Véroni

AURÉLIE ET L'ILE DE ZACHARY

L'archipel des rêves

Tome II

la courte échelle

Les éditions de la courte échelle inc.
5243, boul. Saint-Laurent
Montréal (Québec) H2T 1S4
www.courteechelle.com

Directrice littéraire:
Annie Langlois

Révision:
Sophie Sainte-Marie

Infographie:
Sara Dagenais

Dépôt légal, 1er trimestre 2007
Bibliothèque nationale du Québec

La courte échelle reconnaît l'aide financière du gouvernement du
Canada par l'entremise du Programme d'aide au développement de
l'industrie de l'édition pour ses activités d'édition. La courte échelle
est aussi inscrite au programme de subvention globale du Conseil des
Arts du Canada et reçoit l'appui du gouvernement du Québec par
l'intermédiaire de la SODEC.

La courte échelle bénéficie également du Programme de crédit d'impôt
pour l'édition de livres — Gestion SODEC — du gouvernement du
Québec.

Catalogage avant publication de Bibliothèque et Archives Canada

Drouin, Véronique

    Aurélie et l'île de Zachary

    2e éd.

    (Ado ; 35)
    Publ. à l'origine dans la coll.: Mon roman. Fantastique. 2005.
    Pour les jeunes de 12 à 14 ans.

    ISBN 978-2-89021-889-5

    I. Titre. II. Collection.

PS8607.R68A97 2007   jC843'.6   C2006-941866-7
PS9607.R68A97 2007

Imprimé au Canada

Véronique Drouin

Véronique Drouin a étudié en sciences pures et elle a obtenu un baccalauréat en design industriel. Elle a d'abord été conceptrice de jouets pendant quelques années. Puis elle s'est tournée vers l'illustration de livres jeunesse, avant de se plonger dans l'écriture de romans. Véronique Drouin est une grande amateure de romans d'anticipation, de science-fiction et de bandes dessinées.

Pour en savoir plus sur la série L'archipel des rêves, visitez le www.veroniquedrouin.com

De la même auteure, à la courte échelle

Collection Ado
Série L'archipel des rêves:
L'île d'Aurélie
Aurélie et l'île de Zachary
Aurélie et la mémoire perdue

À mon fils, Frédéric,
la plus belle aventure au cœur de soi

Avant-propos

Le monde imaginaire est un endroit aussi fascinant que périlleux. Vous y trouverez des amis, des alliés, mais également de nombreuses menaces. Pour vous éclairer lors de votre voyage, un guide de survie a été annexé à la fin du roman. Enrichi des notes très pertinentes du père Ambroise Chevalier, le guide vous aidera à identifier les habitants et la faune du monde imaginaire, ainsi qu'à décoder la langue des Pershirs. Faites de beaux rêves… Et, surtout, ne vous réveillez pas avant d'avoir accompli votre mission !

*L'imagination est plus importante
que le savoir.*
ALBERT EINSTEIN

Prologue

Dans la fraîcheur caractéristique du crépuscule au cœur des montagnes pershirs,
Majira était assise sur la balustrade du balcon devant sa chambre. Ce poste d'observa-
tion, situé à l'étage supérieur du palais, dominait tout le royaume pershir et offrait une
vue grandiose sur les pics enneigés au nord
et sur la forêt d'arbres géants qui s'étalait à
leurs pieds.

Malgré ce spectacle à couper le souffle,
Majira leva les yeux vers les étoiles. Elle se
demanda avec un brin de tristesse si Otodux
y avait trouvé sa place et si, parfois, il l'observait avec ce regard tendre qu'il lui réservait toujours. Il y avait un moment que le
roi Otodux avait cédé le trône à sa fille Majira et elle n'était pas encore certaine d'être
à la hauteur de ce règne.

— Ma reine ! Ne vous assoyez pas là !
gronda Baref sur le pas de la porte, un grand

rouleau de parchemin sous le bras.

— Pourquoi pas ? lança Majira avec un sourire insolent et une lueur de défi dans le regard.

— C'est dangereux ! Si vous tombiez…

Majira écarquilla les yeux avec une expression faussement apeurée et battit des bras en faisant mine de perdre l'équilibre. Puis elle se laissa tomber de l'autre côté de la balustrade. Baref poussa un cri étouffé et se précipita vers le parapet, échappant son précieux document sur le sol. Il se pencha, le regard ahuri, pour découvrir Majira accroupie sur une des têtes de caniraz sculptées qui ornementaient la façade du palais. Elle éclata de rire lorsqu'elle le vit soupirer de soulagement.

— Je ne savais pas que tu tenais autant à moi, Baref ! dit-elle en escaladant la paroi sans difficulté pour se jucher à l'endroit où elle prenait place plus tôt.

— Un de ces jours, ma reine, vos tours me donneront une crise cardiaque ! maugréa Baref, la main sur la poitrine pour tenter de reprendre l'air calme et grave qu'il affichait habituellement.

— Voyons, Baref, ton cœur est trop solide pour ça ! ricana la jeune reine. Allez, sois beau joueur et lis-moi les événements de la semaine !

Baref secoua la tête avec un demi-sourire et ramassa le parchemin déroulé sur le sol. Il toussota et, de sa voix rauque, entreprit la lecture de l'horaire chargé qui avait été préparé pour la reine. Il y avait des cérémonies officielles, des rencontres avec des invités de haute lignée, des réunions avec le conseil militaire et, finalement, un banquet en l'honneur de la cour pershir.

— Oh ! quelle horreur ! s'écria Majira, la mine boudeuse. Pas une autre de ces réceptions mondaines ! Est-ce que c'est obligatoire, Baref ?

— Il y a déjà trois semaines que ce banquet doit avoir lieu, ma reine. Nous ne pouvons pas le reporter !

Majira gémit de dépit. Son père avait été un meilleur souverain qu'elle, qui ne se sentait pas à son aise dans les fêtes importantes et détestait parader affublée de parures de cérémonie. Si seulement elle avait pu avoir de l'aide de l'au-delà ! Malheureusement, le seul ange qu'elle connaissait n'avait jamais daigné se pointer pour la consoler.

Majira se tourna vers son conseiller et premier garde du corps.

— Baref, est-ce que tu crois que je suis une bonne reine ?

Devant son air interdit, elle crut bon d'ajouter :

— Je veux dire, puisque tu es passé si près de régner toi-même ?

Baref se gratta la nuque dans un geste embarrassé. Décidément, Majira avait le don de le décontenancer. Tantôt il avait droit à la reine déterminée et courageuse, tantôt à l'enfant terrible qui aimait bien lui jouer des tours et, parfois, à la jeune femme angoissée qui s'engageait dans l'avenir avec incertitude.

— Le peuple semble très satisfait de votre travail et de vos initiatives. Certes, vous négligez un peu vos obligations à la cour, bien que les gens du royaume apprécient votre approche plus simple et plus... humaine, hésita Baref.

Majira haussa les épaules et détourna les yeux pour fixer la forêt sombre. Après la mort d'Otodux, Majira et Baref avaient regagné les montagnes pour assumer les rôles qu'on leur avait confiés. Plus jamais il n'avait été question de la dernière et surprenante décision du roi : Majira serait la détentrice du pouvoir dans le royaume et Baref serait son conseiller et premier garde du corps.

Baref était demeuré loyal et fidèle à la mémoire d'Otodux ainsi qu'à la nouvelle souveraine. Même lorsqu'un des nobles de la cour avait protesté contre l'avènement d'une femme au pouvoir, Baref avait surpris Majira en la défendant d'un ton sans réplique.

— De toute façon, ma reine, vous faites bien meilleure figure que moi dans les fêtes mondaines. Vous cachez votre lassitude et êtes toujours d'agréable compagnie. Moi, je suis plutôt impatient et... intolérant de nature, conclut-il avec un sourire espiègle.

Majira se tourna vers lui, stupéfaite par cette ouverture d'esprit. Puis une idée lui vint.

— Par le grand caniraz ! Baref, tu as oublié d'inscrire les cours de Gayoum à l'horaire ! s'exclama-t-elle.

Une lueur de détresse passa dans les yeux de Baref, qui prit un air accablé.

— Mais, ma reine, je dois m'occuper de l'entraînement des nouvelles recrues de l'armée et, mercredi, il faut que je...

— Mercredi, tu annuleras ce que tu avais au programme ! Ces cours sont une priorité et il n'est pas question que tu fasses l'école buissonnière ! Il est ridicule que les dirigeants du royaume pershir ne soient pas capables de s'exprimer dans la langue de la grande reine Aurélie.

Malheureusement pour Baref, la jeune femme inquiète avait cédé la place à la reine impitoyable.

— À mon âge, je pensais que j'en avais fini avec l'école, grommela Baref comme pour lui-même.

— Baref! Ne me dis pas que tu étais un élève indiscipliné, s'enquit Majira.

— Je crois que je n'ai jamais terminé une seule journée de classe sans me défiler de quelque manière que ce soit, avoua-t-il.

Majira éclata de rire:

— Baref, le Pershir le plus droit et le plus incorruptible du royaume, un élève rebelle et turbulent? C'est trop drôle!

Elle sauta du parapet et se dirigea à l'intérieur, les épaules encore secouées par le rire, suivie de Baref qui paraissait bien satisfait d'avoir provoqué cet accès d'hilarité chez la reine.

Un peu plus haut, perchée sur une des tourelles au sommet du palais, se dessinait une grande silhouette aux ailes repliées. De temps en temps, devant le visage du personnage, apparaissait un éclat incandescent, puis un petit nuage de fumée s'envolait vers le ciel.

— Il était mieux de bien la traiter, le croûton pershir, sinon je lui aurais fait avaler son sabre d'honneur comme un fakir amateur ! marmonna l'homme ailé.

Celui-ci détourna les yeux du balcon vide et observa le paysage. Un sourire étira ses lèvres lorsque son regard erra sur les rails du toboggan infernal. Il remarqua ensuite l'embarcation conduite par l'homme-pieuvre qui effectuait une traversée du fleuve couleur d'émeraude.

Le vaste désert de sable cuivré s'étendait jusqu'à l'horizon. L'homme pouvait distinguer une lueur violacée qui laissait deviner les contours de la Grande Bibliothèque. Tout était paisible et aucune menace ne semblait poindre au-delà des mers.

Le regard perdu au loin, le personnage tira une bouffée de sa cigarette et, quand un projectile siffla sous son nez, il échappa son mégot. Il se tourna en sursaut vers le balcon et y vit Baref, armé de sa fronde. Ce dernier sourit avec ironie et lui adressa un salut.

— Par la fureur de mon patron ! Ce vieux renard m'avait repéré ! s'écria l'homme ailé, ahuri.

Avec un petit rire moqueur, Baref retourna à l'intérieur.

— En plus, il m'a fait perdre ma cigarette ! grommela le personnage en se penchant pour regarder en bas de la tourelle.

Il vit la cigarette rouler le long du toit pointu et tomber de plusieurs étages, bondissant sur les maisons, avant de terminer sa chute dans une ruelle sombre.

— Sac à plumes ! Et Aurélie qui m'avait averti de ne pas jeter mes mégots sur son île !

Il essaya de repérer la cigarette, mais les méandres des rues et des chemins inclinés le forcèrent vite à abandonner.

« Bah ! Elle ne le saura jamais ! » se dit-il en haussant les épaules.

Puis il déploya ses ailes argentées et, d'un bond, s'élança dans la nuit étoilée.

1

Après avoir raccroché, Aurélie entra dans sa chambre, dissimulant à peine son sourire. Elle s'assit sur son lit et fit mine de se concentrer à nouveau sur les cartes de tarot que Jasmine interprétait au son d'une musique envoûtante.

— Le six d'épée représente tes espoirs et tes craintes. Tu crains un obstacle, mais je vois la possibilité d'un voyage. Un voyage physique ou psychique pour réparer les choses, peut-être ? La dernière carte, le Monde, est le résultat final. C'est très bon, car ce voyage pourrait te mener à un accomplissement. Surtout en ayant l'Étoile, soit l'espoir, pour diriger les événements futurs. Porte seulement attention à ce trois d'épée qui signifie que tu vas perdre un être cher.

— Dis donc, qu'est-ce que tu as à sourire bêtement comme ça ? s'enquit Annabelle, la moue sarcastique.

Jasmine releva ses yeux bridés et observa Aurélie, les sourcils froncés.

— C'est vrai que tu as l'air contente tout à coup. La personne qui vient d'appeler t'a sûrement annoncé une très bonne nouvelle… Qui est-ce ?

Aurélie cessa de sourire et rougit, piégée entre ses deux amies aux regards insistants.

— Euh, je… C'était juste Benjamin.

— Et qu'est-ce que mon cher frère te voulait ? demanda Annabelle.

Aurélie se mordit la lèvre pour ne pas rire.

— Il voulait m'inviter au Bal de neige dans deux semaines.

Jasmine poussa un cri de surprise et présenta sa main, paume vers le haut, pour qu'Aurélie tape dedans. Un jeune chaton d'un blanc immaculé, qui sommeillait au pied du lit, se réveilla brusquement en dévoilant de magnifiques yeux ambrés.

— Viens ici, mon pauvre Nofrig, ta maîtresse est folle ! murmura Annabelle du bout des lèvres.

— Sache, ma chère, que ton frère est considéré comme un beau gars populaire, affirma Jasmine.

— Oui, je sais, c'est de famille, répondit

Annabelle avec un sérieux déconcertant.

Elle rigola lorsque Aurélie lui abattit un coussin sur la tête. Après une bataille d'oreillers, les trois jeunes filles s'étendirent rêveusement sur le lit, les joues rouges et les cheveux ébouriffés.

— Ce n'est pas que ça me dérange, mais j'en connais un que cette invitation mettra de mauvaise humeur, commenta Annabelle.

— Qui ça? demanda Aurélie, surprise.

— Tu n'as aucune idée? Tu es si naïve, soupira Annabelle, exaspérée.

Jasmine fouilla dans ses cartes de tarot et lui montra le valet d'épée, représentant un jeune homme vif et perspicace, rebelle à ses heures.

— Voici un indice, dit-elle.

* * *

— C'est stupide, grinça Zachary en appuyant du bout des pouces sur les touches de la manette de jeu vidéo.

— Quoi ça? demanda Benjamin, les yeux rivés sur l'écran de l'ordinateur.

— Cette histoire de Bal de neige. Qu'est-ce que tu vas faire là?

— Je ne sais pas, moi… J'imagine qu'après la journée d'activités d'hiver j'irai danser comme les autres élèves de l'école. Ça risque de ne pas être si ennuyant, tous nos amis seront là!

— Je n'ai pas envie d'y aller.

— Si tu veux être accompagné, tu peux demander à ma sœur, proposa Benjamin avec un sourire moqueur.

— Ha! Elle me déteste. Si je lui demande ça, elle va me scalper! Et, crois-moi, si hirsutes qu'ils soient, je tiens à mes cheveux, ricana Zachary sans joie.

Il se concentra sur son jeu quelques minutes, puis reprit, d'un ton neutre:

— Pourquoi as-tu invité Aurélie?

— Bien… On est amis et c'est une fille amusante. Qu'est-ce qu'il y a? Ça te dérange?

Zachary ronchonna en guise de réponse.

— Comment voulais-tu que je devine que tu avais l'intention de l'inviter? Si tu veux mon avis, tu n'avais qu'à te décider avant! lança Benjamin.

Zachary se tourna vers son ami, le regard aussi étonné que mauvais:

— Ah! On sait bien, toi, tu as toujours ce que tu veux en claquant des doigts! Tout t'est facile.

— Tu dis n'importe quoi! protesta Benjamin. Ce n'est pas ma faute si tu as peur de parler aux filles!

Zach se rendit compte avec un grognement qu'il venait de précipiter son guerrier en bas d'une falaise et que la partie était terminée. Il posa sa manette et se leva d'un coup sec.

— Je n'ai plus le goût de jouer. Je vais rentrer, lâcha-t-il, les joues rouges de colère et d'embarras.

— Mais il est encore tôt! Qu'est-ce que tu as à être de si mauvaise humeur? s'enquit Benjamin, médusé.

— J'ai envie d'être chez moi, c'est tout.

Zachary prit son manteau, sa casquette et son sac à dos avant de saluer son ami avec un air bougon.

Décontenancé, Benjamin resta un moment sur le seuil de la porte à observer Zachary qui s'éloignait d'un pas rapide dans la rue enneigée. Son ami n'était pas dans son assiette ces derniers temps et il cachait quelque chose derrière sa façade nonchalante. Benjamin constata alors que Zachary ne se dirigeait pas vers sa maison.

* * *

Zachary sortit du cinéma, satisfait d'avoir vu le film *Akira* pour la énième fois. Il hésita un peu, puis décida de prendre la direction du centre-ville même s'il était près de vingt-deux heures. Il savait que son père serait inquiet puisqu'il n'était pas encore rentré, mais cela importait peu. Rien n'importait aujourd'hui.

Se frayant un chemin dans la foule qui se massait sur les trottoirs, il se dit que, si tout semblait aller mal dernièrement, cette journée était la pire. En plus de ces rêves étranges qu'il faisait depuis plusieurs nuits, où il était seul et pétrifié de froid dans un paysage arctique, le sort ne cessait de s'acharner sur lui.

Ce matin, il avait reçu une carte d'anniversaire de sa mère avec une semaine de retard. À l'intérieur, il y avait un billet de vingt dollars et un petit mot anodin : « Bonne fête de ta maman qui sera toujours fière de toi. »

Elle avait abandonné sa famille huit ans auparavant et la seule chose qu'il recevait, de temps en temps, c'étaient des cartes brèves sans information ni adresse de retour. Zachary ne savait pas où elle se trouvait et son père se gardait bien de lui parler d'elle.

La journée s'était poursuivie avec une visite chez le directeur parce qu'il n'avait pas remis ses trois derniers devoirs de mathématiques. Il ne voyait pas l'utilité de ces exercices d'une facilité déconcertante.

Le directeur lui avait ensuite demandé de rater une période de cours pour lui faire passer un examen stupide avec des problèmes et des questions de géométrie que Zachary jugeait dignes d'un enfant de maternelle. Peut-être le directeur avait-il l'intention de lui faire doubler son année scolaire ?

Enfin, il y avait cette histoire de Bal de neige. Il ne possédait pas de skis et il n'avait pas les moyens de louer l'équipement pour la journée.

Il n'osait rien demander à son père, car il savait que celui-ci avait déjà de la difficulté à joindre les deux bouts. Et puisqu'il ne pouvait pas profiter de la journée d'activités, il ne voulait pas se présenter à la danse qui aurait lieu dans la soirée. S'il avait été un peu moins orgueilleux, il aurait pu y inviter Aurélie.

Il voyait d'un très mauvais œil ce qui semblait commencer à se tisser entre Benjamin et Aurélie. Certes, Benjamin était son meilleur ami, mais Zachary conservait depuis l'école primaire un lien encore plus spécial avec Aurélie.

C'était la seule qui l'acceptait tel qu'il était, la seule qui avait toujours confiance en lui et la seule qui ne le prenait pas pour un voyou. Ils avaient tout en commun et pouvaient passer des heures à se passionner pour la dernière animation japonaise, à se gaver de beignets chinois ou à rêver de parcourir le monde le sac au dos.

Malgré cela, il devrait sans doute se faire à l'idée qu'Aurélie, comme sa mère, finirait par l'abandonner elle aussi. Il ne pourrait donc compter que sur sa petite sœur de huit ans, Liliane, qui lui vouait une admiration sans borne.

Parfois, il aurait préféré être dans les chaussures de Benjamin : être populaire, venir d'une famille stable et aisée, porter des vêtements à la mode et non de vieilles affaires rapiécées. Tout paraissait plus facile pour lui, car il avait de l'argent, des filles et aussi du succès à l'école.

Soudain, Zachary réalisa qu'il avait marché longtemps et se trouvait maintenant au cœur du centre-ville, entouré de néons et de lumières clignotantes. Dans la rue, la cohue d'acheteurs à l'affût de rabais avait fait place à des groupes de fêtards effectuant la tournée des bars pour célébrer l'arrivée de la fin de semaine. D'un embouteillage de voitures retentissaient de la musique rythmée et des coups de klaxon.

Même s'il était plutôt bien bâti pour son âge, Zachary se sentit intimidé et perdu dans cette artère animée et survoltée.

Fasciné malgré lui par cette faune nocturne, il continua son chemin, à mille lieues des problèmes qui le tracassaient un instant plus tôt. Il fut attiré par l'enseigne fluorescente d'une arcade et fouilla dans ses poches. Il constata qu'il ne lui restait que quelques pièces de monnaie du cadeau que sa mère lui avait envoyé, même pas assez pour prendre le métro.

Il se laissa tenter par ces jeux vidéo ultramodernes et décida de garder une pièce de vingt-cinq cents pour appeler son père lorsqu'il aurait terminé. Il savait qu'il se ferait gronder et se verrait imposer un couvre-feu pour le reste du mois mais, ce soir, c'était sans importance. Il voulait se changer les idées.

Dès qu'il entra, il fut presque étourdi par la cacophonie créée par les sons, par la musique assourdissante et par les cris enthousiastes des joueurs.

Il s'arrêta quelques minutes pour observer

de jeunes Asiatiques aux cheveux colorés et aux visages stoïques qui suivaient la cadence endiablée de pas de danse qui défilaient sur l'écran devant eux. Avec un sourire, il quitta cette compétition et s'enfonça plus loin dans le dédale de machines.

L'une d'elles engloutit avidement ses pièces avant de le transporter dans un monde parallèle où des guerriers humains affrontaient des monstres plus menaçants les uns que les autres. Enivré par le jeu, il ne remarqua pas le groupe de jeunes gens qui l'entouraient. Un garçon aux cheveux noirs et sales, avec un anneau dans un sourcil, se plaqua derrière lui pour observer la partie par-dessus son épaule.

— Tu manquerais une porte de grange à un mètre, gloussa une voix familière.

« Oh non ! Pas eux ! » se dit Zachary sans se tourner. Il continua à jouer jusqu'à ce qu'il n'ait plus de pièces et que la partie soit finie.

— Maintenant que tu as perdu, espèce de nul, enlève-toi de là ! grogna Nico, le chef de la bande, en le poussant.

Zachary se retourna, le souffle court et la moue hargneuse, pour être confronté à sept jeunes à l'air menaçant et cynique.

— Oh ! qu'il est mignon avec ses taches de rousseur et ses grands yeux bleus ! susurra moqueusement une jolie fille aux cheveux roses.

Zachary se sentit piégé, ne sachant ni ce qu'ils lui voulaient ni comment se sortir de cette impasse. De plus, ce n'était pas son genre de se laisser manger la laine sur le dos.

— Hé ! Ce n'est pas lui, le débile qui fait partie du club d'informatique ? demanda Nico à ses copains.

— Il est vraiment nul sur toute la ligne, ricana Thierry, le suiveur de Nico.

— Peut-être, mais moi, je n'ai pas de rumeur qui court à mon sujet et qui dit que je mouille encore mon lit, répliqua Zachary avec un sourire satisfait.

Un silence pesant tomba sur la bande et Thierry glapit de rage. La fille aux cheveux roses pouffa de rire, mais se tut lorsque Nico lui jeta un regard agressif. Ce dernier empoigna alors Zachary par le col de son manteau et le secoua avec brusquerie.

— Alors, ça te tente de rire ? Viens, allons jouer dehors.

Il entraîna Zachary à l'extérieur de l'arcade et, aidé par sa bande, l'attira dans une ruelle mal éclairée. Dans la pénombre, entouré de ces jeunes délinquants, Zachary perdit ce qui lui restait de confiance et se demanda nerveusement comment il pourrait se faufiler hors de ce guêpier.

— Hé, tu as de belles chaussures ! Et ce manteau n'est pas mal non plus, ironisa Nico avec un sourire de requin.

— Ils ne valent rien, rétorqua Zachary sans montrer ses craintes.

— Ils valent au moins de te voir rentrer chez toi sans rien sur le dos…

L'angoisse du garçon se mua un instant en colère et, dès que le chef de la bande esquissa un mouvement vers lui, Zachary lança son poing en avant. Nico hurla et manqua de trébucher sous la force du coup. Sous le regard ahuri de ses amis, il tâta son nez sensible du bout des doigts pour constater qu'il saignait abondamment.

— Quand j'en aurai fini avec toi, tu ne seras plus qu'une masse ensanglantée !

Pris de panique, Zachary vit la lame brillante d'un canif que Nico sortit de sa manche. Sans attendre, il s'élança vers le fond de la ruelle, le cœur noué par le sentiment d'impuissance que lui inspirait ce combat inégal. Il avait peur et l'adrénaline affectait ses sens tandis qu'il entendait résonner dans sa tête les cris et les menaces de la bande à ses trousses.

Arrivé à une clôture, il gravit, avec une agilité qui le surprit lui-même, le treillis métallique jusqu'au sommet. Avant de descendre de l'autre côté, il se tourna vers le groupe qui le pourchassait pour évaluer ses chances de s'en sortir indemne.

Ce qu'il vit à ce moment l'effraya mille fois plus que la bande de canailles.

Une bête, semblable à un wapiti géant, courait vers lui, défonçant de ses bois imposants ce qui bordait la ruelle. Le monstre au pelage noir laineux et aux yeux flamboyants bramait et galopait, faisant claquer ses énormes sabots sur le bitume qui se fendait sous ses pas. L'énorme cervidé fonça la tête la première dans la clôture où était juché Zachary.

Celui-ci poussa un cri et tenta de s'agripper à la barre de métal qu'il enjambait, mais la bête renouvela ses assauts. Zachary se retrouva suspendu dans le vide à quelques mètres du sol, et le grillage continua à trembler sous les coups de l'animal furieux.

Zachary hurla lorsque ses doigts lâchèrent un à un leur prise. Un dernier coup sur la

paroi de fils de fer le projeta en bas et il per-
cuta le sol de la ruelle. Tout s'évanouit alors
dans un tourbillon brumeux peuplé des cris
de jeunes gens alarmés et des lamentations
du sombre animal.

2

Aurélie entra dans la chambre avec appréhension. Puis elle le vit, étendu et immobile,
un tube dans le bras pour faire circuler un
soluté. Un bandage s'enroulait sur son front
et sur ses boucles brunes pour dissimuler la
plaie qui avait été recousue. Un masque couvrait son nez tacheté pour l'aider à respirer.

Zachary était rarement vulnérable mais, à
ce moment, gisant sur un lit d'hôpital, ce
grand gaillard d'à peine quinze ans ne laissait
plus rien paraître de sa vitalité.

La gorge d'Aurélie se noua fort et la jeune
fille retint les larmes qui lui montaient aux
yeux lorsqu'elle constata que Benjamin,
Annabelle et Jasmine étaient déjà là.

— Il m'énerve ! Pourtant, je ne m'habitue
pas à le voir comme ça ! murmura Annabelle,
les yeux embués.

Aurélie hocha la tête et écouta le bip régulier qui ponctuait chaque battement de cœur.

— Est-ce que vous en savez plus sur ce qui est arrivé ? demanda-t-elle.

— Vendredi, il est parti de chez moi furieux et, au lieu de rentrer chez lui, il a flâné au centre-ville, raconta Benjamin. Il est entré dans une arcade et s'est buté à Nico et à sa bande.

— Aïe ! Qui voudrait croiser le chef du gang de taxeurs de l'école… C'est Nico qui l'a mis dans cet état ?

— En réalité, continua Benjamin, ils se seraient disputés dans une ruelle et Zach aurait donné un coup de poing à Nico. La bande l'aurait pourchassé et, au moment où Zach allait les semer en escaladant une clôture, il se serait tourné vers eux avec un air effrayé et serait tombé. Ils ont sans doute secoué le grillage, mais c'est la chute qui l'a blessé. Heureusement, deux policiers qui effectuaient leur ronde ont intercepté la bande de Nico qui sortait de la ruelle en courant et en criant. C'est de cette façon qu'ils ont retrouvé Zach affalé par terre.

— Est-ce que Nico et ses complices vont écoper d'une sentence ? s'enquit Aurélie, indignée par l'histoire.

— On ne le sait pas encore, répondit Jasmine. Ce n'est pas arrivé sur le terrain de l'école, alors le directeur ne peut rien faire.

— Imagine, le père de Zach était déjà mort d'inquiétude et, vers minuit et demi, vendredi, il a reçu un coup de téléphone et a appris que son fils était dans le coma à l'hôpital, commenta tristement Benjamin. Le pauvre, je crois qu'il n'a pas dormi depuis… Il vient de partir chercher des vêtements et va revenir passer la nuit ici.

— Le pire de cette histoire, c'est que les médecins jugent que son état est stable et que tout semble bien aller, expliqua Jasmine. Pourtant, Zach ne se réveille pas. C'est comme si quelque chose le retenait dans son coma.

Aurélie se pencha au-dessus du lit et observa le visage inexpressif de Zachary en espérant voir battre ses paupières. Elle tendit la main vers la sienne, mais les doigts demeurèrent mous.

— Zach est toujours si fort, il ne se laisse jamais abattre ! C'est impossible qu'il reste endormi, articula Aurélie, la voix enrouée.

— C'est étrange de le voir aussi placide, lui qui se moque sans cesse de moi et me joue des tours, souffla Annabelle d'un ton désolé.

Plus tard, lorsque Benjamin et Annabelle

furent partis, Aurélie et Jasmine observèrent un moment Zachary, pâle et cerné dans sa chemise d'hôpital bleue, perdu dans cette chambre fade remplie de machines aux bruits réguliers.

Aurélie songea alors que le coma était une sorte de sommeil très profond. Dans ce cas, pouvait-elle délivrer Zach de ce qui le gardait endormi par le biais du monde imaginaire ? Elle avait réglé ses cauchemars de cette façon, mais pouvait-elle aider quelqu'un d'autre ? Il n'y avait qu'un seul moyen de le savoir…

— Jasmine, est-ce que ton grand-oncle Chang a toujours sa clinique dans le quartier chinois ? demanda Aurélie.

— Bien sûr ! Pourquoi ? s'enquit-elle, intriguée.

— J'ai une idée qui pourrait peut-être tirer Zach de son sommeil, déclara Aurélie avec un air énigmatique.

* * *

Par ce dimanche après-midi clair et glacial, les deux jeunes filles se frayaient un chemin sur les trottoirs encombrés du quartier chinois.

D'un côté, une marchande négociait le prix de paniers de champignons parfumés qui croissaient dans d'obscures montagnes asiatiques. De l'autre, un musicien entamait les notes mélancoliques d'une mélodie traditionnelle d'Orient. Plus loin, on décorait une terrasse de lanternes et de guirlandes voyantes en vue des célébrations du nouvel an chinois.

Enfin, c'est au bout d'une rue bondée que Jasmine et Aurélie retrouvèrent l'enseigne où était inscrit : « Médecine chinoise ». Elles s'engagèrent dans l'escalier bringuebalant qui menait à la boutique.

Depuis leur dernière visite, un an auparavant, l'intérieur n'avait pas changé. Dans ce bric-à-brac de pots et de flacons qui imprégnaient la pièce d'effluves épicés, les patients s'entassaient en attendant leur tour. Jasmine reçut un accueil chaleureux de sa tante qui mena les deux jeunes filles au-delà du rideau de billes, dans un des bureaux de consultation de M. Chang. Celui-ci entra au bout d'un moment, surpris et ravi de revoir la jeune prodige du monde des rêves.

— Bonjour, Aurélie ! J'espère que vous ne me rendez pas visite parce que votre problème est revenu, s'exclama le petit homme rabougri.

Aurélie lui rendit son sourire.

— Non, pas du tout! En fait, mon île semble paisible depuis que vous m'avez aidée.

— Elle n'a même pas voulu me dire ce qu'elle avait en tête avant d'arriver ici, se plaignit Jasmine en croisant les bras.

— C'est parce que mon idée peut paraître farfelue, et je voulais vous en parler avant de l'abandonner, expliqua Aurélie, gênée.

— Je vous écoute, l'encouragea M. Chang.

Après une courte hésitation, Aurélie se lança:

— Vendredi soir, un de nos amis a fait une chute et s'est retrouvé dans le coma. Les médecins jugent que son état s'améliore et que ses blessures guériront sans séquelles. Pourtant, Zach ne se réveille pas. Quelque chose semble le garder endormi.

— Je vois, acquiesça M. Chang en se frottant le menton. De quelle façon croyez-vous que je puisse vous aider?

— Eh bien, lorsque j'ai visité mon île, j'ai rencontré Aldroth, l'archiviste qui s'occupe de ma Grande Bibliothèque, et il m'a mentionné qu'il était possible de voyager sur l'île de quelqu'un d'autre.

Les yeux de M. Chang s'agrandirent d'étonnement.

— Oh ! Je vois où vous voulez en venir !

— Est-ce possible ? demanda Aurélie avec appréhension.

— Ça a déjà dû se faire si votre archiviste vous en a parlé… Cependant, c'est un projet ambitieux qui pourrait s'avérer dangereux.

— Je m'en doute et je suis prête à tenter l'expérience, répondit Aurélie avec détermination.

M. Chang se mit à marcher de long en large dans le bureau exigu, réfléchissant à une solution à cette énigme extraordinaire. Tout était logique, et Aurélie paraissait prête à accomplir l'exploit, mais comment pouvait-elle y arriver ? Il s'arrêta enfin en hochant la tête avec un sourire enthousiaste.

— Attendez-moi un instant, je reviens ! dit-il avant de sortir rapidement de la pièce.

Il revint après un long moment et déballa un paquet de papier de soie rouge pour révéler une lanterne encore plus fabuleuse que celle qu'il avait jadis offerte à Aurélie. D'un bleu profond et ornée de décorations argentées, elle contenait, elle aussi, un petit réceptacle.

— Je n'ai que très peu de lanternes, alors je dois vous prêter la mienne. Avec ceci, je crois que votre projet est réalisable.

Il désigna deux flacons scintillants.

— Le premier flacon de poudre dorée est pour vous et, comme vous le savez, il vous donnera l'énergie nécessaire pour effectuer votre longue expédition dans le monde des rêves. L'autre fiole est pour votre ami. Vous devez suspendre cette lanterne au-dessus de son lit, sinon il n'aura pas assez d'énergie pour explorer son île à son tour. Je lui ai trouvé une poudre vivifiante et, comme elle est presque translucide, les préposés de l'hôpital ne la remarqueront pas.

Aurélie hocha la tête et prit avec reconnaissance la magnifique lanterne et les fioles.

— Encore une chose avant que vous partiez. J'espère que vous connaissez bien ce jeune homme, car sachez que, lorsque vous serez sur son île, plus rien ne vous sera familier : ce sont ses monstres à lui que vous devrez affronter, l'avertit M. Chang.

— Ne vous inquiétez pas, monsieur Chang, je suis sa grande confidente, alors je sais un peu à quoi m'attendre.

La jeune fille se leva et serra la main de l'homme.

— Au revoir, monsieur Chang ! Je me croise les doigts pour que mon idée fonctionne, lança Aurélie.

— Je l'espère !

Avant qu'Aurélie et Jasmine passent le rideau de billes, M. Chang sortit la tête de l'embrasure de la porte de son bureau pour dire avec un clin d'œil :

— Bon voyage, Aurélie !

— Merci, monsieur Chang, répondit-elle avec un sourire complice.

Aurélie et Jasmine se retrouvèrent dans un restaurant où on servait le *dim sum* sur des chariots. Des familles d'Asiatiques, du poupon jusqu'à l'arrière-grand-mère, profitaient de leur réunion hebdomadaire pour manger avec appétit les beignets de pâte de riz nappés de sauces aigres-douces.

— Tu veux des beignets ? demanda Jasmine à Aurélie qui sirotait son thé vert.

— Non. La prochaine fois que j'en mangerai, c'est parce que Zach sera réveillé. Tu sais à quel point il les aime… En plus, il faut que je rentre tôt si je veux mener mon plan à bien.

— Avant, je dois te raconter quelque chose.

— Qu'est-ce qu'il y a ? Tu as l'air inquiète…

Jasmine poussa un soupir.

— Vendredi, juste avant que le cours de

français commence, j'ai tiré Zach au tarot. Il avait dévoilé six des sept cartes pour que je puisse interpréter son avenir quand le directeur est venu le chercher pour la période. Zach paraissait nerveux et il a échappé le paquet par terre avant de piger la dernière carte, celle qui donne l'issue du problème.

Aurélie haussa les épaules.

— Qu'est-ce que ça disait ?

— Rien de bon, le pauvre. Au cœur du problème, il y avait le neuf d'épée, qui symbolise le désespoir. Son présent est géré par la carte du diable, ce qui signifie qu'il a des attaches avec les forces du mal, et les événements futurs laissent entrevoir un coup du destin avec la carte de la maison de Dieu… Je n'ai jamais vu un jeu aussi pessimiste ! gémit Jasmine en se prenant la tête entre les mains.

— Jasmine ! C'est un jeu… gronda Aurélie.

La jeune Asiatique se redressa, insultée par le scepticisme de son amie.

— Ce ne sont pas des blagues ! J'ai quand même prévu que tu partirais en voyage à cause de la perte d'un être cher et c'est ce que tu t'apprêtes à faire, non ? répliqua-t-elle, satisfaite de son argument.

— Contrairement à ce que tu insinues, Zach semblait bien se porter avant son accident. Il n'avait pas l'air déprimé du tout !

— Il faut se méfier de l'eau qui dort… Zach a toujours sa belle façade calme, affirma Jasmine.

— Aie confiance en moi, Jasmine. Je sais ce que je fais ! l'assura Aurélie avec un sourire qui ne trahissait pas l'inquiétude qu'elle ressentait réellement.

Ce n'était pas le moment d'avoir la frousse ou de s'angoisser à propos des obstacles à venir. Elle salua Jasmine et se dirigea vers la sortie d'un pas déterminé.

— J'ai bien hâte de savoir quelle était cette dernière carte, conclut Jasmine.

3

— Je ne suis pas sûre de comprendre pourquoi il faut que tu retournes à l'hôpital ce soir. Tu y es allée aujourd'hui, dit Janie, la mère d'Aurélie, en appuyant sur l'accélérateur dès l'apparition du feu vert.

— Je veux apporter une lanterne à Zach, je crois que ça pourrait l'aider, répondit Aurélie.

— Es-tu certaine que cela fonctionne avec quelqu'un qui est dans le coma ?

— Je n'en ai aucune idée.

Janie hocha la tête et engagea la voiture dans le stationnement de l'hôpital.

— Tu n'as pas peur que son père refuse que tu suspendes cette lanterne au-dessus du lit de Zach ?

— Non, Roch est vraiment très gentil et, en plus, il est très ouvert d'esprit. C'est un tatoueur, tu sais, et…

— Un tatoueur ? Tu m'avais dit qu'il était

artiste ! s'exclama Janie.

— Qu'est-ce qu'il y a, maman ? Le ta-
touage est un art… Et ce n'est pas toi qui
m'as enseigné qu'il n'y a pas de sot métier ?
ironisa Aurélie devant la surprise de sa
mère.

— Oui, bien sûr. Avoue quand même que
ce n'est pas un métier traditionnel…

— Ce n'est pas parce qu'il conduit une
moto et qu'il dessine des têtes de mort qu'il
est nécessairement un criminel ! continua
Aurélie sur un ton sarcastique.

Janie arrêta la voiture et se tourna vers sa
fille avec un sourire en coin.

— Tu as raison de faire la morale à ta
vieille mère pleine de préjugés !

Elles pénétrèrent dans l'hôpital, longèrent
les couloirs gris à l'odeur aseptisée et à l'éclai-
rage sinistre. Dans la chambre de Zachary,
une large silhouette patientait dans la pénombre. À la vue d'Aurélie, le grand homme à
la queue de cheval noire et au veston de cuir
élimé se leva. Son nez cassé et sa moustache
qui se prolongeait jusqu'au menton auraient
pu lui donner un air inquiétant, mais son regard clair et sincère ne laissait aucun doute
sur sa bienveillance.

— Bonjour, Aurélie ! Merci d'être venue,

dit-il avec un sourire triste.

— Roch, voici ma mère, Janie.

Les deux adultes se serrèrent la main et, malgré ses appréhensions, Janie fut attendrie par le colosse aux yeux humides.

— Aurélie ! s'écria une petite fille aux frisettes rousses et aux énormes yeux marron embués.

— Lili ! s'exclama Aurélie en la serrant dans ses bras.

— Qu'est-ce que tu fais ici ? demanda Liliane en essuyant ses larmes du revers de la main.

Aurélie sortit la lanterne fabuleuse de son paquet rouge.

— Je suis venue aider ton frère, répondit-elle mystérieusement avant de se diriger vers le lit de Zachary.

Les deux adultes et la fillette la suivirent, intrigués. Debout sur un fauteuil, Aurélie suspendit la lanterne à une lampe de lecture fixée au-dessus du lit. Avec soin, elle vida le flacon de poudre translucide dans le réceptacle.

— Comment cela peut-il aider mon frère ? questionna Lili, sceptique, les poings sur les hanches.

— Ça semble étrange, mais, lorsque

Aurélie avait des problèmes de sommeil l'an dernier, cette lanterne a mis fin à ses cauchemars, expliqua Janie. Puisque le coma est un sommeil très profond, peut-être que cette lanterne aidera Zachary.

— Nous avons besoin de toute l'aide possible, approuva Roch.

D'un regard, Aurélie s'assura que la poudre d'étoile s'écoulait régulièrement et se tourna vers Roch pour lui donner quelques instructions.

— Il ne faut pas que personne touche à cette lanterne ou empêche la poudre de se déverser, sinon mon plan tombera à l'eau.

— Quel plan ? demanda Roch en adressant un regard interrogateur à Janie.

— Aurélie est convaincue qu'elle peut parcourir les rêves avec ce machin ! s'exclama Janie en secouant la tête.

Roch haussa les épaules et sourit :

— Dans ce cas, ne t'inquiète pas, je vais surveiller. Je n'ai pas l'intention de quitter cette chambre de la nuit.

— Et Lili ? s'inquiéta Janie.

— Je n'ai pas pu trouver de gardienne, alors je crois qu'elle devra rester ici…

— Dans ce cas, je pourrais l'emmener chez nous. Ça te plairait, Lili ?

La petite fille regarda son père avec hésitation, puis se tourna vers Aurélie et Janie avec les yeux brillants.

— Oui ! Ce serait génial ! Mais… Tu ne t'ennuieras pas trop, tout seul, papa ?

— Non, ça ira, ma puce, répondit-il avec un sourire rassurant. S'il y a quoi que ce soit, je vais t'appeler.

La fillette embrassa affectueusement son père. Avant de partir, Aurélie serra la main flasque de Zach et, avec un nœud dans la gorge, elle lui souffla à l'oreille :

— Je m'en viens, Zach.

Avec un salut, Roch observa Aurélie et Janie qui tenaient les mains de Liliane en s'éloignant. Il retourna ensuite dans la chambre de son fils, la tête basse et la mine désemparée.

Ses grands yeux bleus, identiques à ceux de Zachary, errèrent dans la pièce sombre et se posèrent sur la lanterne qui laissait tomber un petit filet diaphane au-dessus du visage du jeune homme endormi. Roch s'affala alors dans le fauteuil à côté du lit et cacha son visage entre ses mains pour laisser libre cours au chagrin accumulé.

* * *

— Elle est fantastique, ta chambre, Aurélie ! s'exclama Lili.

La fillette admira les affiches, les plantes exotiques de taille impressionnante et la multitude de figurines ethniques posées un peu partout. Puis elle saisit une des nombreuses bandes dessinées alignées sur une étagère. Janie entra à ce moment pour offrir une collation aux deux jeunes filles et remarqua qu'Aurélie suspendait elle aussi une lanterne au-dessus de son lit.

— Pourquoi accroches-tu ta lanterne ? Tu n'as pas de problèmes de sommeil pourtant.

— Non, maman ! s'exaspéra Aurélie. C'est pour que je puisse rejoindre Zach…

— Ah ! je vois ! sourit Janie en levant les yeux au ciel.

— Maman, demain matin, il ne faut pas que tu me réveilles.

— Pourquoi pas ? Je te rappelle que tu dois aller à l'école.

— Si tu me réveilles, cela pourrait bousiller mon plan !

— Aurélie, je suis prête à encourager tes plans et tes idées, mais ce n'est pas une raison pour être en retard à l'école. Est-ce clair ?

Janie tourna les talons pour sortir de la

pièce et dit, en ignorant la moue d'Aurélie :

— Ne tardez pas trop à vous mettre au lit les filles, il est déjà tard. Bonne nuit !

Les bras croisés, Aurélie prit place à côté de Liliane.

— Je ne m'attendais pas à ce qu'elle comprenne, murmura Aurélie. Écoute-moi bien, Lili, car j'ai besoin de ta collaboration. Il ne faut pas que je sois réveillée, sinon il se peut que je n'aie pas le temps de délivrer ton frère.

Liliane hocha la tête avec un air de connivence.

— Comment trouveras-tu Zach dans tes rêves ?

Aurélie réfléchit à une réponse plausible.

— Dans le monde de mes rêves, j'ai des amis qui vont me guider jusqu'à lui…

— Je pourrais t'accompagner ? s'enthousiasma la petite fille.

— Non, Lili, c'est trop dangereux ! Je vais devoir affronter plein de créatures pour me rendre jusqu'à Zachary… Tu es plus en sécurité ici, raconta Aurélie, l'air grave.

— Oh, fit Liliane, déçue.

Aurélie conduisit la fillette dans la chambre d'amis et la borda.

— Je vais avoir peur, ici, toute seule…

Aurélie sourit ct posa son chaton blanc sur

l'oreiller à côté de Lili.

— Nofrig, en l'honneur de celui dont tu portes le nom, je te donne pour mission de protéger Lili cette nuit, dit Aurélie au minet qui bâilla en montrant ses minuscules crocs.

— Qui est Nogrif? bredouilla Liliane.

— Nofrig est un noble homme-chat qui a été persécuté par d'horribles pirates…

Aurélie raconta sa première aventure au pays des rêves jusqu'à ce que la fillette se soit endormie avec Nofrig II, roulé en boule au sommet de sa tête. Puis elle retourna dans sa chambre pour préparer le rituel qui allait la mener au-delà de la réalité, dans son monde intérieur.

Après avoir versé la poudre dorée dans le réceptacle de la lanterne, elle s'observa dans la psyché. La glace lui renvoya l'image d'une grande jeune fille aux longs cheveux blonds et aux yeux noisette emplis de détermination et de dignité.

Si elle avait grandi et vieilli durant la dernière année, elle se demandait si son monde avait changé ou s'il avait simplement évolué. Elle se sentait nerveuse à la perspective de le découvrir, même si elle avait déjà vécu une expérience semblable. À quels dangers s'exposait-elle? Ses amis seraient-ils là pour l'aider? Elle aurait vite ces réponses.

Elle se rassura en songeant que le voyage intérieur qu'elle avait accompli un an auparavant lui avait procuré des talents qu'elle ne se soupçonnait pas. Depuis cette aventure, elle pouvait faire croître n'importe quelle plante sans difficulté. Sa chambre ressemblait à une jungle, et le potager avait donné une récolte gigantesque à la fin de l'été.

Avec un soupir, elle se coucha dans son lit, les bras en croix, avec, à ses côtés, son sac à dos contenant les objets habituels: une lampe de poche, un canif, des allumettes et des bandages. En fermant les yeux, elle sentit le léger nuage de poudre scintillante se poser sur son nez, une sensation étrangement apaisante.

Son souffle devint peu à peu régulier et c'est dans une brume sombre qu'elle traversa son inconscient pour entreprendre ce voyage rocambolesque dans la nuit.

4

Aurélie souleva les paupières et battit des cils pour dissiper les grains de poussière scintillante qui s'y accrochaient. Elle retrouva le décor familier de sa chambre, où presque rien n'était différent ou n'avait été déplacé. La seule exception était la fenêtre entrouverte qui laissait filtrer une brise tiède.

La lumière jaune du crépuscule était la preuve qu'elle avait effectué la traversée dans son monde imaginaire, là où le temps ne s'écoulait pas de la même façon que dans la réalité. Elle se leva lentement, engourdie par ce passage sur son île, et explora avec fascination cette réplique de sa chambre réelle.

Elle découvrit au pied de la fenêtre un amoncellement de plumes argentées qui signifiait qu'un ange qu'elle connaissait bien était venu veiller sur son sommeil. Elle en épingla deux sur la cuirasse blanche qui avait remplacé sa chemise de nuit. Sans s'attarder plus, car elle savait que son expédition serait longue, elle mit son sac sur ses épaules et sortit d'un pas précipité.

En bas de l'escalier, elle s'arrêta un moment devant la porte d'entrée et inspira profondément. Dans son cœur, la hâte côtoyait l'appréhension, car les surprises étaient nombreuses dans ce monde irréel.

Avec un grincement, la porte de chêne s'ouvrit pour révéler une mosaïque d'étangs turquoise qui précédait une forêt d'arbres géants. Soulagée, Aurélie soupira en constatant que les marais boueux et nauséabonds avaient fait place à de petits lacs d'eau claire.

Puis elle détourna la tête en entendant des coassements étouffés. Au loin, entre les bandes de terre qui ceinturaient chaque mare, un crapaud orange sautillait avec empressement. À bout de souffle, il s'arrêta en poussant un gémissement de fatigue, puis reprit sa route lorsque Aurélie s'écria :

— Gayoum !

Il plongea dans le dernier étang et nagea avec grâce jusqu'à elle. Il en émergea là où l'eau léchait le bout des bottes d'Aurélie et bredouilla avec une brève révérence :

— Désolé du retard, Aurélie, mais Aldroth vient juste de m'envoyer un message pour me dire que tu revenais parmi nous !

Aurélie prit le crapaud haletant entre ses bras.

— Comme c'est bon de te retrouver, Gayoum ! J'ai si souvent repensé à mon voyage fantastique d'il y a un an !

— La paix règne depuis que tu es venue, sourit Gayoum.

— Où est Icare ? demanda Aurélie en parcourant le ciel du regard.

Gayoum leva à son tour les yeux.

— Je n'en ai aucune idée. Il va, il vient, il repart… Ce n'est pas un personnage très stable. Ce que je sais, c'est que sa réputation aux cartes est excellente et que, après ses nombreuses victoires partout sur l'île, plus personne n'ose se mesurer à lui !

— Au moins, je sais qu'il vient faire son tour régulièrement, car j'ai trouvé des plumes sous ma fenêtre de chambre ! J'espère qu'il va se pointer, car j'ai besoin de lui pour réussir ma mission ! affirma Aurélie, contrariée par cette absence.

— Quelle est cette mission ? interrogea le crapaud. Le message d'Aldroth annonçait ton arrivée sans rien expliquer !

Aurélie toussota de gêne avant de révéler son plan qu'elle jugeait encore aussi farfelu.

— Eh bien, j'ai un très grand ami qui ne se réveille pas d'un coma et j'ai l'intention d'aller sur son île pour…

— Aller sur son île ! s'exclama Gayoum, ahuri. Comment comptes-tu t'y prendre ?

— Aldroth m'a mentionné que c'était possible et que certaines personnes avaient un don pour ces voyages.

— Aldroth a parfois des idées ésotériques… Pourtant, s'il a dit que c'était possible, ce doit l'être, conclut le crapaud, sceptique. Il faut donc lui rendre visite à la Grande Bibliothèque.

— Dans ce cas, appelons vite Icare !

Aurélie mit ses mains en porte-voix et cria plusieurs fois le nom de l'ange, dont chaque syllabe résonna longuement. Après quelques minutes, le ciel n'envoyait toujours aucune réponse.

— Crois-tu que les Pershirs sauraient où il est ? demanda Aurélie.

— À en juger par l'humeur de la reine Majira dès que le nom d'Icare est mentionné, je ne crois pas qu'elle l'ait revu… On peut aller voir.

— Peut-être qu'on trouvera de l'aide un peu plus loin, soupira Aurélie en perchant Gayoum sur son épaule.

Elle s'avança sur les minces bandes de terre qui séparaient les bassins d'eau, tel un réseau de veines.

— Fais attention à ce qui dort dans ces étangs, conseilla Gayoum.

— Pourquoi ? Tu y as nagé, toi.

— Oui, mais je suis quand même plus petit que toi. Souviens-toi que ta maison est l'endroit le mieux gardé de l'île !

Aurélie continua donc son chemin avec précaution, comme une funambule marchant sur la corde raide. À mesure qu'elle progressait vers l'immense forêt, les rubans de terre qui entouraient les bassins s'amincissaient.

Gesticulant pour reprendre son équilibre, elle croyait s'en tirer à bon compte jusqu'à ce qu'elle mette le pied sur une lanière verte à la texture gluante. À ce moment, un autre de ces tentacules sortit de l'eau et encercla sa cheville, la forçant à basculer dans le bassin clair qui ne laissait rien deviner de son contenu.

Aurélie tenta de garder la tête hors de l'eau en s'agrippant aux parois boueuses de la mare, mais les tentacules ne cessaient de l'attirer vers le fond. Malgré les encouragements aigus de Gayoum, elle sombra dans l'eau stagnante. « Non ! C'est ridicule ! Mon expédition ne peut pas se terminer ainsi ! » se dit-elle, paniquée, essayant à grandes brasses de regagner la surface.

Elle savait que sa vie n'était pas en danger. Pourtant, elle risquait de se réveiller et elle n'avait pas de temps à perdre. Dans son affolement, elle ne vit même pas l'éclair jaune qui illumina l'eau au-dessus d'elle.

Un bras plongea dans les flots agités et empoigna sa main pour la sortir d'un élan. Les tentacules lâchèrent prise et Aurélie se retrouva suspendue entre ciel et terre, traînée par deux bras puissants vers le rivage qui bordait le bois.

Abasourdie par ce sauvetage brutal, Aurélie demeura agenouillée sur le sol pour recracher l'eau aspirée par ses poumons, tandis que Gayoum gagnait le bord à la nage. Après quelques quintes de toux creuse, Aurélie releva enfin les yeux et adressa un sourire lumineux à son sauveteur, dont elle croyait connaître l'identité.

Il s'agissait encore une fois d'un ange, car il avait de larges ailes aux plumes blanches. Celui-ci ne ressemblait toutefois en rien à Icare. Il avait la tête auréolée de boucles blondes, son regard bleu était perçant et glacial, et son corps était musclé et basané.

Il portait un pantalon de coton blanc immaculé ainsi qu'un carquois rempli de flèches et un magnifique arc doré.

Aurélie songea qu'il aurait pu avoir le plus beau visage d'homme qu'elle avait jamais vu s'il n'avait pas affiché cet air désagréable et condescendant.

— Qui êtes-vous ? demandèrent en chœur Aurélie et Gayoum.

L'être ailé posa son regard froid sur eux et croisa les bras.

— Je ne mentionne jamais mon nom.

— Savez-vous où est Icare ? s'enquit Aurélie malgré l'air rébarbatif de l'ange.

— Vous voulez parler de cet abruti aux cheveux hirsutes qui fume comme une cheminée et répète sans cesse : « sac à plumes » ?

Gayoum regarda Aurélie avec étonnement.

— Ce n'est pas une description très flatteuse mais, oui, on peut dire ça…

— Je n'en ai aucune idée. C'est précisément pour le trouver que je suis ici. Et puisque vous ne semblez pas en mesure de m'aider, au revoir ! lâcha le personnage insolent en s'éloignant.

— Attendez ! s'écria Aurélie en se relevant d'un bond.

L'ange se tourna à demi, l'air agacé.

— Oui ?

Aurélie remit Gayoum sur son épaule et proposa :

— Nous voulons aussi trouver Icare, justement, et cette île nous est familière. Nous pourrions donc nous entraider.

L'ange se frotta le menton, indécis.

— Avez-vous une idée de l'endroit où il pourrait se cacher ? demanda-t-il, intéressé.

— Nous connaissons un peuple qui pourrait l'avoir vu, continua la jeune fille.

L'ange hésita un moment, puis hocha la tête à contrecœur, sans l'ombre d'un sourire.

— Dans ce cas, j'accepte notre association.

— Je m'appelle Aurélie et voici Gayoum, mon conseiller. Comment dois-je vous nommer ?

— Comme bon vous semble. Je ne divulguerai pas mon identité.

— Êtes-vous toujours aussi snob ou est-ce que vous êtes de mauvais poil aujourd'hui ? demanda Aurélie, exaspérée par l'attitude de l'ange.

— C'est vous qui vouliez vous associer à moi et non le contraire, répliqua-t-il.

— Ce ne sera pas facile, soupira Gayoum à l'oreille d'Aurélie.

— Il a l'air de se penser bien bon et de se prendre très au sérieux, celui-là. Je crois que je vais l'appeler Narcisse !

L'ange haussa les sourcils, aussi surpris qu'insulté.

— Narcisse ? Cet idiot vaniteux ?

— C'était prédestiné, ricana Aurélie, encouragée par les coassements hilares de Gayoum.

Celui qui se nommait à présent Narcisse poussa une exclamation de mépris.

— Hum ! Nous avons assez perdu de temps. Dans quelle direction devons-nous aller ?

— Au-delà de cette forêt, vers le flanc de la montagne où habite le peuple pershir, déclara Gayoum.

Aurélie mit Gayoum dans son sac et tendit les bras avec un sourire. Avec une moue presque dégoûtée, Narcisse empoigna la jeune fille détrempée par le col avant de s'envoler au-delà des grands arbres qui poussaient dans la sombre forêt.

* * *

Baref se passa une main lasse sur le visage en grommelant des paroles incompréhensibles. Décidément, c'était le pire groupe de recrues qu'il avait eu à entraîner depuis le début de sa carrière.

Avec un soupir résigné, il observa les jeunes Pershirs faire tournoyer avec maladresse les frondes au-dessus de leur tête, atteignant tout avec leurs projectiles, sauf la cible devant eux. Le conseiller se demandait comment il allait pouvoir faire des militaires efficaces de ces jeunes indisciplinés.

Bras croisés, il se tourna vers Kanos, le commandant de l'armée, qui ne disait rien, trop embarrassé par les agissements de ses recrues.

— Qu'est-ce que vous leur avez appris durant les trois dernières semaines, Kanos? À nouer leurs chaussures?

— Euh, je… bredouilla Kanos en baissant les yeux.

«Comment un lourdaud pareil a-t-il bien pu se retrouver à un poste aussi important?» songea Baref en secouant la tête, découragé.

— Général Baref, commandant Kanos, pouvons-nous essayer des cibles mobiles? s'enquit une ambitieuse recrue qui, avec plus de chance que d'adresse, avait effleuré le bord de sa cible.

«Ils ne toucheraient même pas le portail du grand palais à cinq pas et maintenant ils veulent des cibles mobiles », pensa Baref en levant les yeux au ciel.

— Essayez ce que vous voulez, mais atteignez quelque chose, pour l'amour des étoiles ! aboya Baref.

* * *

Avec un troublant vertige, Aurélie regardait les arbres défiler sous elle. Elle n'avait jamais eu peur de voler dans les bras d'Icare, mais Narcisse la traînait comme un fardeau en la tenant par le col de sa cuirasse. Elle ne pouvait s'empêcher de ressentir des fourmillements dans les jambes lorsqu'elle jetait un coup d'œil au sol. Gayoum, quant à lui, restait terré au fond de son sac, attendant la fin du supplice.

— Pourquoi est-ce que tu cherches Icare, au juste, Narcisse ? demanda Aurélie, espérant se changer les idées.

— Parce qu'il n'est jamais revenu de la mission qui lui avait été confiée.

— Il devait retourner au ciel ?

— Après chaque mission, il doit se présenter à son supérieur, en l'occurrence moi. Il y a déjà longtemps qu'il a rempli sa fonction sans me faire son rapport.

Sous les pieds d'Aurélie, le bois dense s'éclaircit et laissa place aux flancs accentués des montagnes pershirs.

— Ne te demande pas pourquoi Icare était si révolté avec un supérieur pareil, maugréa Gayoum dans le sac.

— Je peux t'assurer qu'il a rempli sa dernière mission avec succès. Peut-être qu'il ne s'est pas présenté parce qu'il sent qu'il peut encore accomplir de bonnes actions ici, se risqua Aurélie pour expliquer l'escapade de l'ange recherché.

— Ha ! Icare ne sait rien faire d'utile et, en plus, il n'a aucun sens des responsabilités… Que l'on m'abatte en plein vol si je me trompe !

À ce moment, un projectile frappa violemment Narcisse à la tempe. Abasourdi, il se débattit un peu en secouant la tête, puis commença à perdre de l'altitude malgré les cris d'Aurélie.

* * *

Au son d'un cri de joie, Baref releva la tête et vit une silhouette ailée tomber du ciel. En plissant les yeux, il remarqua qu'il ne s'agissait pas d'un oiseau, mais d'un ange. L'être ailé lâcha sa charge sur un lit de verdure mauve avant de s'écraser sur la tente de toile qui abritait le dortoir des recrues.

— Arrêtez de tirer, par le grand caniraz ! hurla Baref tandis que les recrues préparaient à nouveau leurs frondes avec enthousiasme.

D'un pas précipité, Baref se dirigea vers la tente écroulée.

— Que se passe-t-il, général Baref ? demanda Kanos sans comprendre la réaction de son supérieur.

— Si vos stupides recrues ont abattu un ange, la reine va servir ma tête sur un plateau d'argent au prochain banquet de la cour !

* * *

Dans la lumière du soleil couchant, Majira affrontait son ombre à coups de sabre rapides. Avec une grâce aérienne et une technique sans faille, l'arme de la reine fendait l'air à une vitesse foudroyante.

Baref se présenta sur le seuil du grand balcon et observa quelques instants cette danse hypnotique. Il était fier de voir son élève surdouée à l'œuvre après avoir eu à endurer tout l'après-midi les bévues des nouvelles recrues.

D'un geste, Majira lança son sabre au ciel et, d'un bond en arrière, fit une adroite culbute. Elle retomba sur ses pieds et attrapa son arme avant de la pointer à quelques centimètres du cou de Baref qui ne sourcilla même pas.

— Tu croyais que je ne t'avais pas entendu entrer ?

— Je n'oserais jamais penser cela, ma reine.

— Ne sois pas ironique, Baref, car, un jour, l'élève dépassera le maître !

— Vous êtes très ambitieuse, répliqua-t-il avec un sourire en coin pour la mettre au défi.

— Je me demande bien pourquoi je garde un conseiller aussi insolent… Dans quel but est-ce que tu m'as dérangée dans mon entraînement ?

— Vous avez des visiteurs, ma reine, annonça Baref, énigmatique.

— Qui est-ce ? Dois-je enfiler des vêtements de cérémonie ? questionna la reine en rangeant le sabre dans son fourreau.

— Peut-être… mais nous n'avons pas le temps. Venez, dit-il avant de tourner les talons.

— Baref, je te déteste lorsque tu prends

des airs mystérieux comme ça! maugréa Majira en se précipitant à ses trousses.

— Dois-je en conclure que vous m'appréciez parfois, ma reine? s'enquit-il.

— N'éprouve pas ma patience, Baref, sinon je t'envoie cultiver des fleurs sur les plus hauts sommets du royaume! avertit la reine.

Ils dépassèrent les luxuriants jardins intérieurs du palais avant d'arriver à la salle du trône, dont l'allée de tapis doré était bordée par plusieurs gardes. Majira détestait cette salle, la trouvant trop officielle et intimidante. Elle prit place dans un imposant fauteuil dont le dossier était sculpté de cette fleur mauve poussant partout sur les montagnes et dans le royaume pershir. Vêtue d'une simple tunique noire, Majira se sentit ridicule dans ce décor grandiose.

Baref fit signe à un des gardes d'ouvrir la porte aux visiteurs.

La première à franchir le seuil fut Aurélie, Gayoum juché sur l'épaule. Elle s'avança d'un pas incertain, impressionnée par les hauts plafonds voûtés et par les colonnes de pierre zébrées de vignes fleuries. Les yeux de la jeune fille se posèrent enfin sur la reine qui, malgré sa tenue sans artifice, demeurait d'une beauté à couper le souffle.

— Majira !

La reine du royaume pershir parut surprise par cette exclamation joyeuse.

— Aurélie ? Aurélie !

Majira sauta de son piédestal pour accueillir avec une chaleureuse accolade la reine de l'île.

— Par le grand caniraz ! Je ne t'ai pas reconnue, tu as tellement grandi !

Aurélie resta stupéfaite.

— Majira, tu parles le français ?

— Bien sûr, depuis quelques mois, Gayoum nous donne des cours, à Baref et à moi. N'est-ce pas, Gayoum ? sourit la reine en posant un baiser sonore sur la joue du crapaud. Baref, lui, a plus de difficulté parce qu'il est un élève inattentif et indiscipliné. Malgré cela, nous finirons bien par le faire parler, continua-t-elle en tirant la langue à son conseiller qui leva les yeux au ciel.

À ce moment, se tenant le front d'une main, un être ailé entra dans la salle, soutenu par deux gardes. Le cœur de Majira cessa de battre un instant mais, lorsque l'ange se dégagea d'un coup de coude de l'emprise des Pershirs qui l'encadraient, elle vit qu'il ne s'agissait pas d'Icare et masqua à peine sa déception.

— Qui est-ce ? s'informa la reine avec une grimace.

— C'est Narcisse. Un nouvel allié, j'espère, annonça Aurélie.

— C'est pour savoir où Icare se trouve que nous sommes ici… commença Narcisse.

— Oui, Majira, est-ce que tu l'as vu dernièrement ?

La reine croisa les bras et secoua la tête.

— Non. Il n'a jamais daigné donner signe de vie, répondit-elle d'un ton qui en disait long sur son ressentiment.

— Oh ! fit Aurélie, déçue.

— Je suis désolée. Resterez-vous pour prendre le thé avec nous ? demanda Majira.

— Nous n'avons pas de temps à perdre, coupa Narcisse.

— Je déteste admettre qu'il a raison, mais c'est vrai. Une longue expédition m'attend cette nuit et, avant de l'entreprendre, il faut que je retrouve Icare, s'excusa Aurélie.

— C'est dommage. Il est rare que j'aie des visites aussi intéressantes, soupira Majira avant de saluer à regret le petit groupe, le regard triste et nostalgique.

Aurélie lui adressa un signe de la main et courut rejoindre Narcisse qui traversait déjà à grands pas les mosaïques de fleurs du jardin. Avant qu'ils franchissent le portail de l'entrée du palais, une voix rauque et autoritaire les retint.

— Un moment! Vous pas partir tout de suite!

Aurélie se tourna pour voir Baref se diriger vers eux en hâte.

— Vous vouloir chercher Icare, non? bafouilla-t-il de peine et de misère.

— Tout à fait! L'avez-vous vu, Baref? lança Aurélie avec enthousiasme.

Baref hocha la tête et commença une phrase maladroite qui se termina par une énumération de mots pershirs incompréhensibles.

— Ne me demande pas de traduire ce qu'il vient de dire, commenta Gayoum, surpris d'entendre jurer le conseiller de la reine.

Baref inspira pour reprendre son calme.

— Lui venir il y a quelques jours. Lui rester dans ombre, mais venir souvent pour surveiller reine, car lui croire que moi traître, articula Baref avec un gros accent.

— Vous saviez qu'il était là et vous n'avez pas averti Majira? interrogea Aurélie, l'air réprobateur.

— Euh… Lui être caché. Lui pas vouloir que reine le voir, expliqua le conseiller en dissimulant mal son embarras.

— Avez-vous une preuve de sa présence ? intervint Narcisse, sceptique.

Baref sortit une petite boîte de métal d'une sacoche de cuir qui pendait à sa ceinture. Il l'ouvrit pour révéler un mégot de cigarette dont la bague indiquait : « Mélange divin ».

— Oui, c'est bien à lui ! s'exclama Aurélie en battant des mains.

— Ceci tomber du ciel et mettre feu à toit de magasin.

— Oui, c'est assurément à lui, conclut Narcisse.

Aurélie tourna un regard agacé vers l'ange et eut une bonne idée.

— Baref, est-ce que vous croyez que nous pourrions utiliser le toboggan ?

— Tobog… gan ? hésita-t-il.

Aurélie exécuta un mouvement de vague avec la main pour imiter les pentes des montagnes russes. Baref traduisit le geste, mais secoua la tête.

— Toboggan pas être jeu. Pour urgences seulement, gronda-t-il.

— Oh ! soupira la jeune fille, déçue. Pourtant, ce sont vos hommes qui ont amoché mon moyen de transport.

— Il est clair que nous ne tirerons rien de

plus de ce militaire incompétent, lança Narcisse en haussant les épaules.

Baref comprit l'insulte et poussa un grognement de rage avant de se tourner vers Aurélie.

— Vous croire que toboggan donner leçon à ange ? murmura-t-il à l'intention de la jeune fille.

Aurélie esquissa un sourire espiègle.

— Pourquoi pas…

Baref mena le groupe au quai où débutaient les rails et leur désigna le petit véhicule. Aurélie s'assit à l'avant sans hésitation et Gayoum se cacha une fois de plus au fond du sac.

— J'espère au moins que ça va l'effrayer plus que moi, gémit-il.

Narcisse observa l'engin d'un œil interrogateur.

— Qu'est-ce que c'est que ce machin ?

— C'est euh… une coutume pour traverser la chaîne de montagnes, expliqua Aurélie. Tu ne voudrais pas contrarier Baref, n'est-ce pas ?

Le grand Pershir, qui devait bien dépasser l'ange d'une tête, joua le jeu et croisa les bras avec un air hargneux. Narcisse s'installa à contrecœur derrière Aurélie.

— C'est ridicule ! Dans quelle histoire me

suis-je lancé, marmonna-t-il.

Baref fit signe à deux gardes qui actionnèrent l'engin avec des leviers. Le petit véhicule fut parcouru de secousses et se mit lentement en marche.

— Vous avoir bon voyage, dit Baref au bord des rails tandis que le toboggan s'éloignait.

Aurélie comprit l'ironie dans son ton de voix et se tourna pour lui adresser un clin d'œil.

— Tu sais, Gayoum, Baref n'est pas aussi méchant qu'il en a l'air.

— Baref n'est pas méchant, il est juste rigide comme une barre de fer. Il n'y a que Majira qui réussisse à l'amadouer, maugréa le crapaud en sortant la tête du sac.

— En combien de temps cet engin primitif va-t-il nous mener de l'autre côté ? Nous avons déjà perdu assez de temps et c'est plus lent qu'un escargot, s'impatienta Narcisse.

Le petit véhicule termina son ascension du sommet le plus élevé du royaume pershir au son des cliquetis des engrenages. À l'arrêt de celui-ci, Gayoum s'enfouit dans le sac et Aurélie se pencha un peu en avant pour goûter avec allégresse la sensation de vertige qui lui pinçait le cœur.

— Bon, ça y est, votre machin est bloqué. Moi, je sors, grommela Narcisse en tentant de s'extirper du véhicule.

— Oh non ! Ce n'est pas terminé, Narcisse ! S'il vous plaît, veuillez garder vos bras à l'intérieur du véhicule jusqu'à l'arrêt complet de l'appareil ! s'écria Aurélie en imitant un opérateur de manège de foire.

Sa phrase se prolongea en un long cri lorsque le véhicule entreprit sa plongée infernale. Sinuant entre les pics avant de disparaître dans des tunnels et de ressurgir à la crête des collines, le toboggan ne manqua pas, encore une fois, de provoquer un délicieux frisson le long de l'échine d'Aurélie. Malgré son hilarité, elle tendit l'oreille et n'entendit aucun commentaire de la part de l'ange.

Enfin, le petit véhicule amorça une longue et douce descente jusqu'à la fin des rails, où il s'immobilisa d'un coup sec. Aurélie sortit d'un bond en poussant un cri de joie.

— Je suis certaine que ce manège ferait le bonheur des amateurs de montagnes russes !

Narcisse sortit du véhicule, son habituel air de mépris sur le visage.

— Si vous croyez que…

Puis il porta la main à sa bouche, les yeux

agrandis par la surprise, et courut derrière un buisson pour vomir.

Il revint quelques minutes plus tard, livide sous son hâle et la démarche vacillante. En plus, la blessure reçue à la tempe par le projectile des frondes pershirs commençait à lui dessiner un cerne violacé autour de l'œil gauche. Au moins, ses ailes ne semblaient pas avoir souffert du voyage.

— Je pense que nous devrions le ménager un peu si nous voulons qu'il nous soit utile un moment, proposa Gayoum en riant.

Aurélie se sentit coupable et prit l'ange en pitié. Elle lui offrit un pansement qu'il lui arracha, froissé dans son orgueil d'avoir montré un tel signe de faiblesse.

— Si tu promets d'être un peu plus compatissant envers notre mission, je ne te joucrai plus de tours, déclara Aurélie avec bienveillance en tendant la main.

Irrité, Narcisse détourna le regard. Après un instant de réflexion, il hocha la tête et serra la main de la jeune fille.

— Plus vite nous retrouverons Icare, plus vite je serai débarrassé de vous !

5

La seule amélioration dans l'attitude de Narcisse fut qu'il accepta de transporter Aurélie en la tenant sous les aisselles au lieu de la traîner par le col. Ce n'était guère plus confortable mais, pour l'ange, il n'était toujours pas question de prendre la jeune fille dans ses bras, car il jugeait ce contact trop intime.

Aurélie regardait donc défiler le désert de sable cuivré sous ses pieds avec une sensation de vertige beaucoup moins exaltante que lors du voyage à bord du toboggan. Peut-être que c'était une façon pour Narcisse de se venger du mauvais tour d'Aurélie, même si elle doutait fortement que cet ange discipliné et incorruptible sache la signification du mot « vengeance ».

Tandis qu'ils survolaient les dunes sablonneuses en direction de la Grande Bibliothèque, ils distinguèrent des silhouettes étranges qui virevoltaient dans le ciel. Les mugissements aigus et joyeux des créatures démontraient que celles-ci jouaient, se pourchassant et culbutant dans l'air frais de la nuit. Ces étranges bêtes ailées, de la taille de grands oiseaux, se turent lorsqu'elles virent Aurélie et Narcisse approcher vers elles.

— Qu'est-ce que c'est que ça ? demanda Narcisse, redoutant un obstacle.

Aurélie plissa les yeux et s'exclama :

— Ce sont des bébés rajikums ! Comme ils sont mignons !

— Des rajikums ?

— En d'autres mots, des raies volantes, mais elles ne sont pas menaçantes, expliqua Gayoum qui avait sorti la tête du sac.

Les cris hilares des bêtes folâtres s'arrêtèrent lorsqu'une secousse se propagea sous le sol désertique, soulevant des tourbillons de sable. Les raies gémirent et s'envolèrent, laissant Narcisse, Aurélie et Gayoum suspendus au milieu de l'atmosphère inquiétante qui s'était emparée de l'erg.

Soudain, une immense protubérance surgit de la poussière. Figé en plein vol, le petit groupe distingua en hurlant l'énorme tête de reptile aux écailles couleur de sable. Avant qu'ils puissent réagir, le monstre immonde ouvrit son bec dénué de dents et, d'un coup de langue gluante, saisit les voyageurs imprudents pour les enfermer dans une caverne sombre et dégoûtante.

Abasourdi par cette apparition, le groupe fut lavé par un flot de salive visqueuse qui faillit l'emporter vers l'estomac. Aurélie s'agrippait à la jambe de Narcisse qui, lui, se retenait à la luette flasque de l'animal. Une fois le péristaltisme passé, ils se hissèrent dans une enclave qui creusait les joues du dragon fouisseur.

— Maintenant, je sais comment se sentent mes victimes, gémit Gayoum.

Du revers de la main, Aurélie se débarrassa du mucus qui la recouvrait de la tête aux pieds. Elle sortit un reptilux de son sac — dans le monde imaginaire, c'était sa lampe de poche transformée en animal lumineux — et pressa sur le ventre de celui-ci. L'œil unique du petit serpent jeta une lueur bleue et sinistre sur les parois de la grotte vivante.

— Je n'ai jamais rien connu d'aussi dégueulasse ! s'écria-t-elle. Narcisse, prends ton arc et tes flèches pour nous sortir d'ici !

— Je ne peux pas.

— Comment ça, tu ne peux pas ?

Luisant de bave, l'ange croisa les bras pour tenter de se donner un air digne.

— Ces flèches doivent être utilisées en suivant un ordre divin ! Je ne peux pas blesser cette bête !

— Comment te défends-tu, dans ce cas ? s'étonna Aurélie.

— Figurez-vous que je ne suis habituellement pas dans des situations pareilles ! vociféra Narcisse. Si cet idiot d'Icare n'avait pas fugué, je ne serais pas ici et je pourrais reprendre mon boulot normal !

— Qu'allons-nous faire ? s'inquiéta Aurélie en s'appuyant sur la muqueuse humide.

— Je n'avais entendu parler de ces bêtes qu'en légende. Selon les nomades, il y en a trois qui sillonnent le désert. Aurélie, n'as-tu rien dans ton sac qui puisse nous aider ? demanda Gayoum.

— Je n'ai que mon canif.

Aurélie sortit le petit couteau de son sac et l'examina avec une moue : il serait à peine assez efficace pour couper une branche. Une branche… Ce mot évoqua quelque chose dans la tête de la jeune fille.

— Gayoum, tu crois que ma Volonté fonctionnerait ici ?

— Volonté ? répéta Narcisse, sceptique.

— Dans le monde imaginaire, nous avons tous des dons. Moi, je voyage par les miroirs et je fais pousser les plantes. Cependant, je ne vois pas comment ça pourrait nous aider dans notre situation…

— Tu n'as qu'à essayer, proposa le crapaud, une lueur d'espoir dans les yeux.

Aurélie ferma les yeux et serra le canif entre ses mains avant d'inspirer profondément. À la consternation de Narcisse et à la grande joie de Gayoum, une lueur verte apparut entre ses doigts, dessinant dans un nuage de fumée les contours acérés d'une arme impressionnante. Lorsqu'elle souleva enfin les paupières, Aurélie tenait une longue épée pointue, légère et sculptée dans un végétal ressemblant à une épine de rose démesurée.

— Je ne savais pas qu'une plante pouvait produire une arme efficace, s'émerveilla Aurélie. Cette épée pourrait bien nous sauver ! Gayoum, quel est ton plan ?

— Ce dragon de sable se déplace dans le sol, mais il doit respirer avant de s'enfouir. Il faudrait donc trouver un moyen de le forcer à sortir. Narcisse, chatouille-lui la luette. Il aura l'impression d'avoir un chat dans la gorge !

L'ange frissonna de dégoût.

— Je le fais parce que c'est notre seule chance ! grinça-t-il.

Il monta sur la langue matelassée, la salive suintant entre ses bottes de cuir, et, le nez plissé, il tendit les doigts pour gratter l'excroissance informe.

— Pourquoi me torture-t-on de la sorte, au nom du ciel ?

Avec l'inclinaison qu'elle prit, ils sentirent la bête remonter à la surface pour se débarrasser de ce qui lui picotait la gorge. Avec une toux creuse, la luette se rétracta et un serrement de la gorge envoya plonger Narcisse au fond d'une mare de mucus.

— Aurélie, transperce sa luette de ton épée, maintenant ! s'écria Gayoum avant de se terrer au fond du sac.

La jeune fille s'exécuta aussitôt avec un grand coup. D'un spasme de la langue, le dragon de sable éjecta les corps étrangers de sa bouche, les envoyant rouler sur le sable, puis s'enfouit dans le sol aussi subitement qu'il en avait jailli.

Abattus, Aurélie et Narcisse se relevèrent, enrobés d'un mélange nauséabond de salive et de sable.

— Je devrais être payé plus cher pour ça ! gémit l'ange.

— Je me sens comme une grenouille visqueuse, se plaignit Aurélie.

— Hé, c'est une protection naturelle dans mon cas, gronda le crapaud, insulté.

Le dragon de sable avait continué à se déplacer pendant tout le temps où il les avait gardés captifs. Ils étaient donc plus près de la Grande Bibliothèque, dont les contours se profilaient à l'horizon.

— Nous allons devoir marcher, mes ailes sont si engluées qu'elles prendront des heures à sécher, annonça Narcisse.

Ils poursuivirent leur chemin à pied jusqu'à la limite du désert, impressionnés par la vue grandiose de la Bibliothèque. Son architecture organique semblait avoir connu un agrandissement, mais ses dômes de cristal multicolore n'avaient pas changé. Devant la porte d'entrée, un jardin sauvage poussait malgré le reg aride autour.

Dès qu'ils distinguèrent un petit lac dans cette verdure hirsute, véritable oasis au bout du désert, Narcisse et Aurélie hurlèrent de joie avant de s'y jeter la tête la première. Peu importe ce qui pouvait bien se trouver au fond, rien ne valait un bain après la pénible expérience d'une gueule poisseuse.

Une fois nettoyés, ils sortirent de l'eau et

se butèrent contre un mur d'épines. Aurélie redoutait cette forêt de ronces étroitement enlacées mais, dès qu'elle s'en approcha, les branches s'écartèrent pour la laisser passer. Elle fit signe à Narcisse qui observait le bosquet menaçant avec appréhension, et les branches piquantes se refermèrent d'un coup derrière eux, empêchant les intrus de pénétrer dans cette zone.

— Comme tu peux le constater, ta Grande Bibliothèque est mieux gardée qu'auparavant, commenta Gayoum qui se percha sur l'épaule d'Aurélie.

Ils aboutirent devant les deux portes imposantes ornées de têtes de sanglier. Aurélie souleva l'anneau qui pendait et heurta bruyamment le battant. Un visage trouble apparut devant le disque d'obsidienne qu'une des deux sculptures tenait dans sa gueule.

— Aldroth! s'exclama Aurélie, ravie.

— Aurélie? Tu le sais, avant que tu entres, je dois te poser une énigme pour vérifier ton identité… Quel est le nom de la sœur de ton âme sœur?

Surprise, Aurélie rougit et regarda Narcisse à la dérobée. Celui-ci haussa les épaules avec indifférence, mais la jeune fille décida de garder le secret et chuchota le nom en direction du reflet d'Aldroth.

— C'est une mauvaise réponse. Malgré cela, je te permets d'entrer.

— Comment pourrais-je mal répondre ? s'étonna Aurélie.

Sa question demeura en suspens, tandis que les portes s'ouvraient sur le hall des archives. À la lueur des lustres-arbres, les mantes religieuses s'affairaient à placer les précieux documents qui s'entassaient sur les quatorze rayons. Aldroth, le visage éclairé de son mystérieux sourire de croco-dile, s'avança vers eux en faisant osciller son corps de limace et prit tendrement la jeune fille dans ses bras.

— Jc suis content de te revoir, Aurélie ! Je vois que tu as, toi aussi, acquis une épée de Volonté ! Et Gayoum, tu as encore accompli du bcau travail.

Puis il toisa l'ange avec ironie, ignorant l'air supérieur que Narcisse se donnait.

— Je présume que vous êtes Narcisse, n'est-ce pas ? devina Aldroth en se préser-vant de blaguer sur ce nom ridicule ou sur l'aspect fripé de l'ange.

— C'est de cette façon que la jeune fille me nomme. Maintenant, j'aimerais vite passer aux choses sérieuses. Avez-vous repéré l'ange Icare dernièrement?

— Bien sûr! affirma Aldroth. Il revient régulièrement, peut-être toutes les deux semaines. Après un tour de l'île pour s'assurer que tout est en ordre, il repart vers d'autres horizons.

— Est-ce que tu sais s'il est sur l'île en ce moment? s'enquit Aurélie.

— Non. Il vient me rendre visite à l'occasion, mais il ne me tient pas au courant de ses déplacements.

— Hum! Il semble toujours égal à lui-même. Où pourrions-nous le trouver? demanda Narcisse.

— Dans la ville portuaire d'Aberlour, qui se situe sur la pointe est de l'île.

— Dans ce cas, merci et au revoir.

L'ange s'inclina devant l'archiviste et tourna les talons pour se diriger vers la porte. Aurélie se précipita vers lui et le retint par le bras.

— Attends! J'ai encore des questions à poser à Aldroth.

L'ange leva les yeux au ciel, contrarié.

— Dépêchez-vous, car je n'ai pas de temps à perdre! grogna-t-il.

— Tu l'as déjà dit cent fois! clama Aurélie.

Gayoum à ses côtés, elle laissa l'ange bouder et suivit Aldroth dans l'escalier en colimaçon qui menait aux dômes du toit.

En haut de l'édifice, la vue sur l'île était spectaculaire. À l'ouest se dessinaient les montagnes pershirs qui dominaient le fleuve vert et le désert. Au sud, terrain inconnu d'Aurélie, des forêts sombres et les lumières scintillantes de quelques villages se découpaient sur l'obscurité. Aldroth lui prêta une longue-vue pour lui montrer le paysage qui s'étalait au nord.

Sous l'éclat de la pleine lune, Aurélie distingua l'île de Nofrig, proche de la sienne. Cependant, la tranchée qui séparait auparavant les deux îles était remplie d'eau et il n'y avait plus aucune trace de la forteresse noire. Le château de Nofrig surplombait encore des pics enneigés. Pourtant, la verdure qui recouvrait le reste de l'île semblait luxuriante et avait fait disparaître la désolation qui y régnait autrefois.

— Comme tu peux le voir, Nofrig s'est remis du passage de Vorax, dit Aldroth.

— Il y a même de la lumière dans le château, constata Gayoum.

Aurélie sourit, contente du sort de l'homme-chat, et demanda :

— Aldroth, il y a longtemps que je veux savoir… Que représente Vorax ? C'est un pirate mégalomane dans le monde imaginaire, mais que symbolise-t-il dans la réalité ?

— Vorax, c'est lorsque nous cédons au désespoir et que nous renonçons à certains rêves, commença l'archiviste avec un soupir. C'est aussi lorsque nous perdons de beaux souvenirs et, dans certains cas, quand notre monde imaginaire s'effrite et devient désuet avec le temps.

— Je comprends, souffla Aurélie.

Elle détourna les yeux vers l'horizon peuplé des lueurs de milliers d'îles qui se reflétaient sur le vaste océan.

— J'imagine que tu sais pourquoi je suis ici, dit la jeune fille.

— Bien sûr. Chaque jour, je lis avec attention les feuillets qui sortent de la gueule de l'araignée tisseuse.

— Comment est-ce que je peux atteindre l'île de Zachary ?

— Tu dois prendre un bateau, répondit Aldroth avec une évidence déconcertante.

Il ricana devant l'air ahuri de la jeune fille et de son conseiller.

— Aurélie, si c'est possible de se déplacer d'île en île, ce n'est pas une pratique courante pour autant. Il faut donc que tu t'attendes à ce que rien ne soit facile ni évident dans ce périple. J'ai confiance en toi et je crois que tu peux réussir un tel voyage, mais tu auras beaucoup de surprises et tu affronteras de grands dangers.

— Quels sont-ils ?

— Pour commencer, tu devras affronter la faune qui peuple l'île de Zachary, ce qui ne sera pas de tout repos. Ensuite, tu devras élucider le mystère qui se cache derrière son profond sommeil, et tu ignores à quelles menaces cela peut t'exposer. De plus, tu dois absolument revenir sur ton île avant de te réveiller sinon tu vas te retrouver avec une encéphalite, ou même une méningite. Enfin, tu ne dois pas mourir sur cette île, car tu deviendras un fantôme qui hantera Zachary pour toujours…

— Ouf ! souffla la jeune fille, abattue par ces avertissements.

— Je te conseille de trouver Icare avant de commencer ta traversée, car je crois que sa dernière année de vagabondage lui a donné l'expérience qu'il te faut pour te rendre. Tu as besoin de toute l'aide possible car, en tant que conseiller, Gayoum ne pourra pas t'accompagner à l'extérieur de l'île.

Aurélie se tourna vers le crapaud qui secoua la tête avec un air désolé.

— Vous voulez dire que je pourrais être obligée de me débrouiller toute seule ? s'inquiéta-t-elle.

— Tu peux essayer de convaincre Narcisse, proposa Aldroth avec un sourire ironique.

— Ha ! C'est l'être le plus égoïste, le plus imbu de lui-même et le plus désagréable que j'aie jamais rencontré ! Physiquement, il a plus l'air d'un ange qu'Icare, mais il n'a pas sa générosité.

Pour confirmer les paroles d'Aurélie, Narcisse, qui était demeuré au rez-de-chaussée, hurla, à la limite de l'exaspération :

— Avez-vous fini ? Nous n'avons pas toute la nuit !

Aurélie croisa les bras, agacée, avant de demander à Aldroth :

— Où est-ce que je prends ce bateau ?

— Au port… dans la même ville où je vous envoie trouver Icare. Et puisque le capitaine ne connaîtra sans doute pas l'emplacement de l'île de Zachary, vous devrez vous rendre aux Archives interspirituelles.

— Les Archives interspirituelles ?

— Là où tout est écrit sur les relations de

tout le monde. Allez, tu verras bien ! Maintenant, va rejoindre Narcisse avant qu'il parte sans toi et se fasse charcuter par les ronces ! sourit Aldroth.

Deux mantes géantes encadraient Narcisse pour l'empêcher de crier à nouveau son impatience. Elles le guidèrent le premier vers la sortie. La gorge nouée, incertaine de pouvoir conduire avec succès son expédition, Aurélie serra fort son cher et précieux archiviste lorsqu'une dernière question lui vint à l'esprit :

— Aldroth, quelle était la réponse à l'énigme que tu m'as posée avant d'entrer ?

Un sourire reptilien étira les lèvres de l'archiviste.

— Ma chère Aurélie, il n'y a que le temps qui donne les réponses à ces questions.

6

La ville portuaire d'Aberlour était très agitée et une ribambelle de tératomorphes paradaient dans les rues. Il y avait des hommes-loups, des hommes-pieuvres, des nomades, des Pershirs ainsi que d'autres peuples qu'Aurélie ne connaissait pas. Elle fut soulagée de ne voir aucun pirate ou homme-rat déambuler sur les quais de cette cité insolite où régnait une atmosphère exaltée.

Plusieurs bateaux et pirogues avaient accosté et livraient des piles de boîtes de marchandises.

— Puisque tu as une vie sociale active, ces boîtes contiennent tout ce que tu échanges avec ton entourage, expliqua Gayoum. Si tu vivais en ermite, il n'y aurait pas de port sur ton île.

Perdus dans cette foule bigarrée, Aurélie, Gayoum et Narcisse se frayèrent un chemin jusqu'au marché. Sous des toiles tendues en guise de pare-soleil, les commerçants négociaient bruyamment le prix de denrées et d'articles qui couvraient leurs tables et provenaient des quatre coins de l'île.

Fascinée par ce dédale de boutiques dignes d'un authentique souk, Aurélie tenta, malgré la barrière de la langue, de demander à la ronde si Icare avait été aperçu depuis le début de la soirée. Lorsque Gayoum put déchiffrer les forts accents des marchands, il en déduisit que l'ange ne semblait pas avoir mis les pieds dans la ville récemment.

Après plusieurs minutes de recherches, le petit groupe s'affala sur un banc au milieu de la cohue.

— Il est introuvable, se désola Gayoum.

— Où peut bien être ce déserteur ? soupira Narcisse, dont la voix laissait transparaître du désespoir pour la première fois.

— Je n'ai plus de temps et, pourtant, je dois le trouver avant de… de… bredouilla Aurélie, retenant un sanglot.

— Ne pleurez pas pour lui, cet irresponsable n'en vaut pas la peine. Il n'est bon que pour décevoir les autres, grinça l'ange.

Sentant poindre l'émotion dans la voix enrouée de Narcisse, Aurélie reprit espoir et se décida à lui demander son aide.

— Narcisse, est-ce que tu voudrais m'ac-compagner sur l'île de mon ami pour une mission importante ?

L'ange adressa un regard étonné à la jeune fille, puis retrouva son masque de glace.

— Qu'est-ce qui vous fait croire que je participerais à une folie pareille ?

— C'est pour aider…

— J'ai assez d'une mission idiote sur les bras ! s'opposa-t-il, buté.

— Dans ce cas, débrouille-toi seul ! éclata Aurélie avant de se lever et de se précipiter d'un pas déterminé à travers la foule, Gayoum à ses trousses.

La jeune fille se faufila dans les chemins étroits du bazar, essayant de repérer un visage amical et familier. Dans son empressement, elle renversa l'étalage d'une boutique de tissus exotiques et eut droit à des regards menaçants de la part du marchand.

Sans attendre la réaction de l'homme-loup, elle battit en retraite et entra de plein fouet dans un personnage dont la cape de toile brune dissimulait une silhouette inquiétante. Aurélie fut projetée sur le sol et releva craintivement les yeux vers l'individu. Il la souleva sans ménagement et lui secoua les épaules avec un rire tonitruant.

— Aurélie ! Je t'ai cherchée partout ! Sac à plumes ! Mais tu deviens un beau petit bout de femme !

Abasourdie par le son de cette voix, Aurélie vit son ange gardien abaisser sa capuche pour dévoiler sa gueule sympathique. Il n'avait pas changé d'un poil, de ses cheveux ébouriffés à sa barbe de quelques jours, et ses yeux noirs conservaient leur ruse et leur tendresse.

— Icare !

Ravie au-delà de toute espérance, Aurélie se jeta à son cou les larmes aux yeux, désormais convaincue qu'elle avait des chances de réussir son projet.

— Je suis revenu de voyage au début de la soirée et j'ai essayé de te joindre dès que tu m'as appelé, mais je suis arrivé trop tard. J'ai même dû me compromettre et aller interroger ce vieux renard de Baref ! Lorsqu'il m'a appris qu'un ange t'accompagnait, je me suis dissimulé et j'ai essayé de suivre ta trace du mieux que je pouvais…

Gayoum se jucha d'un bond sur son épaule et demanda :

— Pourquoi t'es-tu caché ?

— Je… Euh… Vous êtes bel et bien seuls tous les deux ? s'enquit Icare en lançant un regard inquiet à la ronde.

À ce moment, quelqu'un fendit la masse fourmillante et annonça d'une voix froide :

— Ah, te voilà enfin !

Icare fit volte-face.

— Qu'est-ce que tu fabriques ici ? grogna-t-il.

En observant Icare et Narcisse, Aurélie déduisit que leur relation n'était pas très bonne et Gayoum se réfugia sur son épaule, les pattes sur les yeux.

— Tu n'es jamais revenu, dit simplement Narcisse.

— Je ne croyais plus avoir affaire à un traître comme toi, lâcha Icare.

— Je ne t'ai pas trahi, j'ai seulement…

— Écoute, vieux, ici, tu es sur mon territoire ! Pars, maintenant, sinon je te botte les fesses jusqu'à ton petit nuage rose là-haut !

— Pas question ! Je suis venu te chercher ! Tu as terminé ta mission ici depuis longtemps !

— Espèce de perruche blonde ! Je vais te montrer, moi ! vociféra Icare en enlevant ses gants de cuir, déterminé à faire voir des étoiles à Narcisse.

Tandis que les badauds réclamaient à grands cris une bataille, Aurélie crut bon de s'interposer.

— Du calme! Narcisse, tu ne m'as pas mentionné que tu étais ici pour ramener Icare! Sa mission n'est pas finie, car j'ai encore besoin de lui, expliqua Aurélie.

Icare adressa un regard étonné à Aurélie.

— Quoi? Est-ce que j'ai bien compris? Tu as appelé ce snobinard Narcisse? Alors là, tu viens de faire non pas ma journée, mais mon millénaire! s'écria-t-il avant d'éclater d'un rire goguenard.

Narcisse renifla de mépris et esquissa un mouvement pour prendre d'autorité le bras d'Icare. Celui-ci se déroba et dégaina sa Volonté.

— Je n'irai nulle part avec toi! menaça-t-il en agitant son épée.

— Moi, je ne pars pas sans toi, avertit Narcisse.

Aurélie les repoussa loin l'un de l'autre et, les poings sur les hanches, elle explosa:

— Écoutez! J'ai besoin de vous pour cette mission! Icare, tu dois m'accompagner, car tu as l'expérience qu'il me faut pour réussir! Narcisse, si tu décides de venir toi aussi, tu pourras garder un œil sur Icare jusqu'au retour, et ton aide sera grandement appréciée!

Un silence lourd s'installa. Les deux anges devaient reconnaître qu'Aurélie avait raison.

Hélas, aucun ne voulait admettre qu'ils devraient passer le reste de la nuit à s'entraider.

— Mettez votre orgueil de côté! La vie de quelqu'un est en jeu! continua Aurélie.

Icare fut le premier à céder.

— C'est bon, j'accepte si ce ptérodactyle frisé tient ses distances pendant le voyage!

Narcisse hésita encore et finit par hocher la tête.

— Bien! Maintenant, serrez-vous la main! Allez! ordonna Aurélie d'un ton de mégère.

— Tu n'y vas pas un peu fort? demanda Gayoum.

Les deux anges se jetèrent un regard hargneux, puis se secouèrent la main d'un geste aussi bref que brusque. Aurélie et Gayoum soupirèrent, soulagés. Icare rengaina son épée et, avec un sourire espiègle, il rabattit sa cape en arrière et clama:

— Tout ça m'a donné soif! Que diriez-vous d'une pinte d'hydromel avant de discuter affaires?

Le petit groupe s'assit devant un verre de jus de fleurs, un plat de mouches marinière et une demi-douzaine de pintes d'hydromel, tandis qu'Aurélie dévoilait son plan mirobolant à son vieil allié. Narcisse refusa de boire quoi que ce soit et scruta d'un air dédaigneux la taverne crasseuse dans laquelle ils se trouvaient.

— Enfin, Aldroth m'a mentionné qu'il faudrait se rendre aux Archives interspirituelles avant de pouvoir localiser l'île de Zachary, conclut Aurélie sans remarquer qu'Icare s'était allumé une cigarette.

— Je sais où c'est. Il faut juste se dénicher un bateau et un capitaine prêt à accomplir cette traversée.

— Tu en connais? s'enquit Gayoum en mastiquant avec délice son mets préféré.

— Disons que je me suis fait des amis durant la dernière année…

— Dans quelle histoire me suis-je embarqué? grommela Narcisse.

— Console-toi, ça va te changer de ta routine ennuyeuse, ricana Icare en lui soufflant une bouffée de fumée au visage.

Au moment où Icare prononça ces paroles, un personnage corpulent entra dans la taverne. Son visage rappelait celui d'un phoque et ses grandes mains palmées ressemblaient à des gants de base-ball. Il portait un long manteau bleu, une chemise à jabot défraîchie, ainsi qu'un large tricorne orné de plumes. Suivi de trois marins, l'étrange individu tituba jusqu'au comptoir, l'air las et éprouvé, et commanda plusieurs pintes d'un liquide verdâtre.

— Voilà précisément celui que je cherchais !

Icare bondit de sa chaise pour surprendre le personnage.

— Bonjour, Thazar ! Dure semaine ? s'exclama l'ange par-dessus l'épaule du capitaine qui recracha le contenu de sa pinte.

Thazar se tourna avec un air ahuri.

— Ah non ! Pas toi, Icare ! Qu'est-ce que tu me veux ?

— J'ai besoin que tu me rendes un service. Je veux que tu nous conduises sur une île, moi et deux autres passagers, et que tu nous ramènes au petit matin.

Thazar eut une moue butée et reporta son attention sur sa boisson.

— Il n'en est pas question ! Je n'effectue pas ce genre de voyage !

— Dois-je te rappeler que tu as encore des dettes de jeu à me rembourser ? Cependant, je pourrais décider de les oublier avec ce seul voyage, proposa Icare.

Fascinés, Aurélie, Narcisse et Gayoum suivaient la conversation.

— C'est immoral ! grommela Narcisse, incrédule. En plus de fumer, de boire et de jouer à l'argent, cet ange fait du chantage !

— Nous avons tous un côté noir… souligna Gayoum sur le ton de la plaisanterie. Pourquoi penses-tu qu'Aurélie a des tavernes aussi sordides dans son monde imaginaire ?

— Chut ! Taisez-vous ! gronda Aurélie.

Icare croisa les bras.

— Eh bien ? insista-t-il.

Abattu, Thazar baissa la tête et, après un moment de réflexion, il grogna en menaçant l'ange de son gros doigt boudiné :

— Il y a une condition. Ce sera toi qui s'occuperas des requins ! Ils m'ont déjà donné assez de soucis cette semaine !

— Pas de problème ! Je suis devenu expert en la matière, l'assura l'ange.

Avec un grand rire joyeux, Icare prit le capitaine par les épaules et réclama bruyamment :

— Aubergiste ! Apportez encore deux ou trois jus de spiruline à mon ami, il en aura besoin cette nuit !

Thazar les mena à un magnifique trois-mâts carré, un immense vaisseau robuste digne des navires du dix-huitième siècle. Certes, le bateau aurait nécessité quelques réparations, mais tout y était : les immenses voiles, le pont de bois, les dorures et fioritures qui ornementaient le bastingage, sans oublier la magnifique sirène sculptée à la proue. Avant qu'Aurélie traverse la passerelle qui reliait le quai au bateau, Gayoum lui rappela :

— Je dois rester ici, Aurélie.

— Pourquoi ? J'aurai besoin d'un conseiller là-bas…

— C'est comme ça. Je suis efficace seulement sur ton île, hélas ! Je ne te serais d'aucune utilité sur l'île d'un autre. Par ailleurs, ton ami aura un conseiller qui pourra t'aider, affirma le crapaud.

Aurélie hocha la tête à regret, puis déposa un baiser sur la joue de Gayoum. Elle le laissa sur le quai et rejoignit les anges sur le pont.

— Fais attention à toi, Gayoum ! Et sois là à mon arrivée, demain matin !

— Toi, sois prudente ! Et bonne chance avec tes anges gardiens, ironisa le crapaud avec un signe de la patte en observant les deux silhouettes ailées à bord, l'une debout à la proue, l'autre assise à la poupe.

7

Aurélie observait son île s'éloigner avec un inquiétant mélange de sentiments. Cet amas de terre lui était familier, même s'il lui réservait encore des surprises. Le laisser derrière lui donnait l'impression d'effectuer un voyage hors d'elle, de voguer vers de nouveaux esprits.

Lorsque dans sa réalité elle prenait l'avion pour aller à l'étranger, son monde intérieur la suivait et demeurait un repaire rassurant où se réfugier. À présent, c'était le contraire : son corps physique restait immobile, mais son âme voyageait.

De plus, il y avait ces dangers dont Aldroth lui avait parlé et qui ne la rassuraient guère. Était-ce de la folie, comme le disait Narcisse, ou de l'ésotérisme, comme le pensait Gayoum ? En tout cas, Icare ne semblait pas trouver son projet farfelu et il avait l'air très heureux de prendre part à cette traversée.

En fait, Aurélie ne croyait pas l'avoir déjà vu autant dans son élément que sur ce grand voilier. Avec une adresse surprenante, il avait aidé les marins à déployer les longues voiles diaphanes, riant des blagues grivoises de ces loups de mer. Il savait d'instinct quel était son rôle sur le navire, assistant quelquefois Thazar à la barre.

D'ailleurs, Aurélie avait trouvé sa visite de la cabine du capitaine très insolite. Il y avait une table jonchée d'objets qui s'apparentaient à l'astrolabe — un instrument qui mesure la hauteur des astres sur l'horizon pour déterminer la latitude —, sauf qu'il n'y avait aucune carte ni boussole.

Thazar lui avait expliqué que le monde imaginaire ne comportait aucun champ magnétique et que les cartes auraient été inutiles, car le paysage changeait quotidiennement, au fur et à mesure que les îles se formaient et disparaissaient. On pouvait cependant se fier aux astres, à la position de la lune et, surtout, à son instinct. C'est pourquoi Thazar avait nommé son bateau l'*Intuition*.

Si au premier abord Aurélie se sentait intimidée par ce gros lion de mer bourru, elle le jugea vite sympathique avec sa manie de se lisser les vibrisses et de marmonner chaque fois que quelque chose n'allait pas. Icare ne manquait pas une occasion de l'exaspérer et, malgré cela, leur respect mutuel semblait profond.

Narcisse, lui, se contentait d'errer sur le pont en soupirant, le visage fermé et la mine mauvaise. Le savoir-faire et les connaissances d'Icare ne l'impressionnaient pas et paraissaient, au contraire, l'agacer.

À présent, Aurélie fixait rêveusement le ciel piqueté d'étoiles brillantes et se demandait si l'île de son père s'y trouvait. Une brume basse avait recouvert les flots, empêchant de distinguer quoi que ce soit au large. Seuls le bruit des vagues et les clapotis sur les flancs du bateau donnaient l'indice qu'ils ne naviguaient pas dans le vide.

Avec sa cape, Icare s'était fabriqué un hamac de fortune et s'y balançait au gré de la brise en mangeant des fruits secs. Lorsque Aurélie tourna les yeux dans sa direction, il lui en lança un :

— À quoi tu penses, la petite ?

— À plein de choses, répondit-elle en croquant dans un raisin.

— Ce gars qu'on va sauver, c'est ton amoureux ? s'informa-t-il avec un sourire espiègle.

— Non ! Pas du tout ! Je ne suis pas son genre de fille ! bredouilla Aurélie en rougissant.

— Ah ? Pourquoi pas ?

— Les gars n'aiment pas les grandes échalotes comme moi, ils préfèrent…

D'un geste, Aurélie dessina une forme de sablier.

— … enfin, les filles pulpeuses.

Icare éclata de rire, un brin moqueur.

— Il ne faut pas généraliser ! Tous les goûts sont dans la nature !

— Tu crois ? Et toi, Icare, quel est ton genre de fille ? interrogea Aurélie en croisant les bras, heureuse de lui renvoyer la balle.

— Les anges ne peuvent pas tomber amoureux. Je suis immunisé, expliqua Icare.

— Pourquoi ?

— Cela affecterait notre jugement. Nous ne pouvons ni tuer, ni juger, ni tomber amoureux. Nous devons aussi renoncer à ce qui a un rapport avec les sept péchés capitaux : la colère, la luxure, l'avarice, l'envie, l'orgueil… énuméra l'ange avant de croquer un autre fruit, vautré dans son hamac.

— Tu oublies la gourmandise et la paresse, ajouta Narcisse, ironique, en se joignant à la conversation.

Icare lui jeta un regard mauvais avant de poursuivre :

— Il n'y a que les autorités comme Narcisse, ici présent, qui ont le pouvoir de décider du sort des gens avec leurs flèches divines.

— C'est dommage… L'amour, ça peut être merveilleux ! affirma Aurélie, la tête dans les nuages.

— La gangrène aussi, ricana Icare en s'étirant avec nonchalance.

— Comment peux-tu dire une chose pareille ? s'indigna la jeune fille.

— C'est assez effrayant de voir à quel point vous devenez gagas, les humains, lorsque vous tombez amoureux. Vous ne mangez plus, vous ne dormez plus, vous bégayez des conneries… Bref, ça vous gruge toute votre énergie !

— C'est parce que tu ne t'es pas vu agir avec Majira !

Icare se releva brusquement, une moue contrariée sur les lèvres, tandis que Narcisse esquissa son premier sourire de la soirée.

— Elle ne me laissait pas indifférent, mais c'était fraternel ! Crois-moi, chaque fois que Narcisse tire une de ses flèches dans le cœur de quelqu'un, je le plains, le pauvre !

Un cri provenant de la hune qui coiffait le plus haut des mâts coupa court à leur conversation.

— Requin à bâbord ! Requin à bâbord !

Avec une exclamation de joie, Icare bondit de son hamac de fortune et s'appuya au bastingage. Au loin dans le ciel, une silhouette fuselée se dessinait, agitant langoureusement sa queue en forme de serpe.

— Dépêche-toi, Icare ! Je n'ai plus un sou pour réparer les dommages que ces bestioles infligent à mon bateau ! hurla Thazar pour couvrir le bruit de la panique générale qui régnait à bord.

— À vos ordres, mon capitaine ! s'exclama l'ange en portant la main à sa tempe avant de déguerpir.

Icare ramassa un cordage accroché au mur de la cabine de Thazar et y fit un nœud de lasso. Aurélie et Narcisse observaient avec ahurissement le branle-bas de combat des matelots, tandis que Thazar aboyait des ordres à droite et à gauche. Quatre marins tendirent un filet et le suspendirent au mât de beaupré à l'avant du navire pendant que d'autres préparaient les canons.

Le requin approcha et Aurélie hésita à se cacher. Elle se tint près de Narcisse qui, malgré son éternel air désagréable, inspirait confiance.

— Waou ! Que les jeux commencent ! ricana Icare avant de sauter par-dessus le bastingage et de s'envoler dans la brume.

— Que va-t-il faire ? Il sait qu'il ne peut pas tuer, même pas les bêtes féroces, s'inquiéta Narcisse en suivant l'ange aventureux des yeux.

— Rassurez-vous, il faut attraper cette bestiole vivante, dit Thazar. Une fois le requin capturé dans le filet accroché à la proue du bateau, il dégagera une hormone de crainte qui éloignera ses congénères.

— C'est ingénieux ! sourit Aurélie.

— Oui, mais encore faut-il piéger cette bête…

Caressé par le vent salin, Icare volait entre les nuages bas, guettant du coin de l'œil la bête qui se dirigeait de plus en plus rapidement vers le navire. Dès que l'ange la repéra, il plongea vers les flots sombres, ses ailes frôlant les vagues, et attendit le meilleur moment pour surprendre le requin volant. Icare sentit à plusieurs mètres la rage qui consumait l'animal et sut quand surgir de la brume blanche pour le prendre au piège.

Le requin, d'un orange feu strié de noir,

tressaillit en apercevant l'homme ailé et darda ses yeux ténébreux sur lui.

— C'est moi que tu veux, mon vieux, pas le bateau, l'encouragea Icare.

Le requin fit claquer son énorme mâchoire à cinq rangées de dents et l'ange détala en volant à toute vitesse. Planant à l'aide de ses longues nageoires, le poisson se précipita vers Icare qui disparut dans la masse trouble des nuages.

— Il a failli se faire croquer une aile ! s'écria Aurélie, craignant le pire.

À bord du navire, les passagers retenaient leur souffle en observant cet étrange ballet nocturne à la lueur de la lune. Lorsque le requin réapparut, cherchant de son regard hargneux l'ange insolent, Icare se présenta derrière lui pour lui lancer d'un geste adroit le lasso autour de la tête.

Le poisson se cambra et grogna, se débattant avec force ; Icare tira sur le cordage d'un coup pour étouffer ses ardeurs. Cependant, l'ange n'avait pas remarqué que la corde s'était enroulée autour de sa jambe et, quand le requin changea brusquement de cap, Icare se retrouva entraîné avec lui. En vol, il essaya de libérer sa cheville de la corde, mais il fut emporté vers le bas, dans l'océan.

Happé par les vagues obscures, il se démena dans une myriade de bulles scintillantes. Il tâta dans son dos à la recherche de sa chère Volonté, tandis que le requin le menait sous l'eau dans une course si rapide qu'Icare ne put agripper la corde qui lui enserrait le pied pour la couper.

Narcisse scrutait le brouillard avec impatience. Il se retourna vers les passagers du bateau, qui regardaient dans cette direction, Thazar, bouche bée, et Aurélie, les mains sur les joues. Il conclut qu'aucun d'eux ne pouvait rien pour aider Icare et, exaspéré, se jeta par-dessus le bastingage.

Icare continuait sans succès à essayer de couper la corde, emporté par le courant trop fort. Il distingua dans la noirceur l'énorme ventre du navire, puis un éclair argenté un peu plus loin. Une pointe acérée fendit l'eau sombre à toute vitesse et trancha le cordage qui retenait Icare. Aussitôt libéré, l'ange nagea à grandes brasses vers la surface, où il inspira à pleins poumons l'air tiède.

— Ça va ? demanda Narcisse qui flottait non loin de là, dissimulé par l'épais nuage.

— Oui, toussota Icare.

Un cri de surprise des marins leur signala que le requin fonçait droit sur l'embarcation.

Sur l'ordre de Thazar, les marins projetèrent un filet à l'aide d'un canon. Le requin déchira la toile de cordes en deux coups de dents et s'en libéra.

Au moment où Thazar soufflait de découragement, Icare ressurgit des nuages, accompagné de Narcisse, et ils s'élancèrent à la poursuite du requin. Icare saisit la corde et tira de toutes ses forces.

— Aide-moi, Narcisse ! Il est fort, celui-là !

Narcisse tira à son tour et, à deux, ils remorquèrent la bête pour la conduire dans le filet à l'avant du navire. Dès que le requin se retrouva empêtré dans le piège, les marins tendirent une corde qui resserra le filet autour de l'animal comme un sac.

Puis Icare s'écrasa sur le pont, encore essoufflé, sous les applaudissements joyeux de l'équipage. Les épaules secouées d'un grand rire, il s'écria :

— Ce n'était pas de la petite gomme, ce requin-là !

Il se releva d'un bond pour donner une grande tape sur l'épaule de Narcisse qui se tenait à l'écart.

— Merci, vieux ! Il semble que tu sois bon à autre chose que bougonner ! ironisa Icare avec un sourire taquin.

— Pourquoi est-ce que tu fais des idioties pareilles ? gronda Narcisse.

— Sac à plumes ! Ne me dis pas que tu m'as sauvé juste pour pouvoir me sermonner après ! s'indigna Icare.

Il sortit un cigare de sa cape-hamac et le planta entre les lèvres de Narcisse.

— Tiens, mords là-dedans et merci quand même, espèce de vautour chialeur !

— Ils sont toujours ainsi ? demanda Thazar à Aurélie.

— Je ne sais pas. Ce n'est qu'avant d'embarquer qu'ils se sont retrouvés, répondit Aurélie en secouant la tête de dépit.

Tandis que les marins tentaient de corrompre Narcisse avec une flasque de boisson aux algues pour le remercier de son exploit, Aurélie s'approcha d'Icare qui regardait au loin en fumant un cigare. La jeune fille s'appuya sur la rambarde à ses côtés :

— Tu sais, Icare, je ne crois pas que Narcisse soit fâché contre toi. Je pense plutôt qu'il a eu peur que tu te blesses, même s'il ne veut pas l'avouer.

— Ha ! Ce faux chérubin doit sans cesse avoir raison. C'est un tyran depuis le début de l'éternité.

— Il n'a pourtant pas hésité à te porter secours dès qu'il a vu que tu avais de la difficulté.

Icare secoua la tête.

— Il y a des mois que je chasse les requins sans problème et il fallait que l'accident se produise ce soir, juste pour que j'aie l'air idiot devant Narcisse.

— Pourquoi est-ce que tu chasses les requins ? Les marins sont équipés pour cela, non ?

— Eh bien, disons que je me suis un peu brûlé à jouer aux cartes. Au début, je payais mes voyages à bord des bateaux avec l'argent que je gagnais au jeu. Puisque je ne perdais jamais, je me suis taillé une mauvaise réputation et plus personne ne voulait m'affronter. Alors j'ai dû trouver un autre moyen de payer mes traversées. C'est à ce moment-là que j'ai eu l'idée d'offrir un service de chasse aux requins et, la majeure partie du temps, je suis très efficace !

Aurélie leva les yeux au ciel pour regarder les ombres gracieuses et menaçantes qui survolaient l'océan. Celles-ci ne s'approchaient pas du navire, sentant l'aura de peur dégagée par la bête qui se trémoussait dans son piège à la proue du bateau.

— Icare, pourquoi y a-t-il des requins volants ?

— Je ne sais pas. Ce sont peut-être les préjugés et les tensions qui préoccupent les gens dans la réalité. Parfois, ils sont nombreux et voraces ; d'autres fois, ils sont rares et presque dociles. Ces requins représentent aussi la principale difficulté pour les bateaux qui transportent des marchandises. Si ce n'était pas d'eux, il y aurait beaucoup plus d'échanges entre les îles.

Icare expira la fumée de son cigare et, avec un souffle du vent, Aurélie reçut le nuage en plein visage. Contrariée, elle prit le rouleau de tabac de la bouche de l'ange et le jeta à la mer.

— Sac à plumes, Aurélie ! grogna Icare.

À ce moment, la vigie alerta à nouveau les passagers du bateau.

— Tours à tribord ! Archives interspirituelles à tribord !

8

L'épais voile de nuages se dissipa peu à peu pour révéler un énorme bâtiment surmonté d'une centaine de tourelles sombres qui jaillissaient directement des flots. Cette sinistre silhouette gothique aux contours acérés n'était éclairée que par de minuscules fenêtres jaunes.

Le bateau jeta l'ancre à l'entrée d'une enclave creusant la bâtisse, puis largua une chaloupe à l'eau. Un marin conduisit alors Aurélie, Icare et Thazar jusqu'au quai qui menait aux portes principales.

— C'est un peu lugubre pour un endroit spirituel, commenta Aurélie.

— C'est un peu noir, effectivement, mais ces archives ne doivent pas être faciles à repérer la nuit par les brigands, expliqua Thazar. Elles sont un secret bien gardé par les capitaines de navires marchands et par les autorités du monde imaginaire. Le jour, elles se camouflent en prenant la couleur de l'océan.

Au bout du quai, devant les deux immenses portes, se dressait un monolithe dont le sommet, taillé en biais, affichait un écran avec l'image d'une pyramide.

— Comment est-ce que ça fonctionne ? demanda Icare à Thazar.

— Je ne sais pas. La dernière fois que je suis venu, il y avait un préposé à la porte.

— Ça ressemble à un écran tactile. Peut-être que si on appuie dessus…

Aurélie pressa sur l'icône et un clavier à plusieurs chiffres et symboles apparut. Une voix douce s'éleva et répéta une phrase dans plusieurs langues jusqu'à ce qu'elle dise :

— Pour le service en français, faites le dix-huit.

Intrigué par l'écran, Icare composa le numéro.

— Bonjour et bienvenue aux Archives interspirituelles. Merci de votre confiance.

« Pour savoir où vous vous trouvez, faites le un.

« Pour une information sur une nouvelle île, faites le deux.

« Pour une information sur une île aux cieux, faites le trois.

«Pour…»

— On ne va pas écouter des options toute la nuit! s'impatienta Icare.

— Tu peux essayer le zéro. Parfois, ça mène à un préposé, conseilla Aurélie.

Icare entra le chiffre zéro.

— Ceci n'est pas une option. S'il vous plaît, veuillez choisir parmi les options à votre disposition.

«Pour savoir où vous vous trouvez, faites le un.

«Pour une information…»

— Ça ne marche pas! Cette pie va recommencer son manège! s'énerva l'ange.

— Peut-être que si nous allons à la porte, nous obtiendrons une réponse, proposa Aurélie.

Thazar s'avança vers les portes métalliques et, de son gros poing, il heurta un des battants. Une trappe s'ouvrit à la hauteur de son coude, laissant voir deux yeux fluorescents et malicieux.

— Nous voulons… commença Thazar en se penchant.

— Monsieur, veuillez établir ce que vous voulez savoir à l'aide du clavier pour que nous puissions répondre avec plus d'efficacité! Merci!

La trappe se referma avec un claquement sourd. Démonté, Thazar se releva, mais cela n'arrêta pas Icare qui cogna à grands coups sur la porte. Dès que les yeux jaunes se présentèrent de nouveau, Icare entra la main dans la fente pour empoigner le nabot par le collet.

— Je veux porter plainte, car votre service à la clientèle est pourri ! Et je ne vous lâche pas avant que vous ouvriez cette porte, compris ? grogna l'ange.

Le portail grinça et s'entrouvrit.

— Merci de votre efficacité, ironisa Icare avant de relâcher l'individu qui toussota bruyamment.

— Il n'utilise pas des méthodes très orthodoxes, mais il faut lui accorder que ça fonctionne souvent, soupira Thazar en secouant la tête.

Si le calme régnait à l'extérieur de cette bâtisse imposante, c'était complètement différent à l'intérieur. Un bruit sourd indiquait que l'atmosphère semblait très animée derrière les murs tapissés des étranges symboles du hall.

Le personnage de la porte les accueillit derrière un comptoir sculpté dans du marbre lézardé. De petite taille, cet individu hideux à la peau grise et aux yeux enfoncés faisait penser à un hibou sans plumes. Il cueillit un formulaire dans chacune des vingt-quatre niches du mur derrière son bureau.

— Vous devez remplir ces formulaires, siffla-t-il en leur tendant trois plumes blanches.

— C'est ridicule ! s'écria Icare. On va y passer la nuit !

— Patience, mon cher ! le calma Thazar. On ne pourra pas se sauver de la paperasse bureaucratique si on veut entrer.

— Et n'oubliez pas de rapporter vos plumes, grinça le fonctionnaire avec un air pincé.

Ils s'installèrent à des pupitres prévus à cet effet et répondirent aux questions posées : certaines concernaient le monde imaginaire ; d'autres, la réalité.

Puisque Aurélie, Thazar et Icare provenaient tous de dimensions différentes, il fallait préciser leur identité.

Aurélie habitait la réalité et possédait une île dans le monde imaginaire. Thazar était un voyageur interîles qui transportait des marchandises, et Icare venait d'en haut, au-delà des îles qui peuplaient les cieux. De plus, Aurélie devait spécifier quelle était sa destination, dans quel but elle se rendait sur cette île et quelle était sa relation avec le détenteur de celle-ci.

Après quelques minutes, Icare prit les feuilles de ses compagnons pour aller les remettre au réceptionniste. Aurélie scruta malgré elle ce qu'Icare avait écrit, mais celui-ci plaqua sa main sur le document.

— Icare, tu as vraiment une calligraphie d'ange, ricana Aurélie, moqueuse.

— Hé! Ne regarde pas! J'ai dû utiliser mon vrai nom, et tu ne dois pas le voir!

Le bureaucrate vérifia les papiers et, avec un coup d'œil sceptique vers le trio hétéroclite, il accepta leur demande et leur indiqua une porte ornée d'un triangle de métal.

De l'autre côté, ils découvrirent la source du bruit qui résonnait dans le bâtiment. Comme dans une ruche surchargée, des centaines de petits personnages sombres travaillaient dans des bureaux cordés, courant partout, jetant des papiers en l'air et hurlant des paroles incompréhensibles dans leurs téléphones qui sonnaient sans arrêt. Cette cacophonie générale rendait l'atmosphère quasi hystérique comme lors d'un crash boursier.

Au plafond, un amas de tuyaux transparents acheminait des messages d'un bureau à l'autre. Ces directives étaient aussitôt empilées sur les pupitres qui croulaient déjà sous les documents.

Une dame hautaine, qui ressemblait à une vieille chouette, se présenta devant le petit groupe avec une liasse de papiers entre ses doigts noueux.

La dame conduisit le trio jusqu'à un wagon qui parcourait le dédale des archives. Après avoir cheminé entre des étagères bien rangées par de grandes araignées, ils aboutirent au pied d'un escalier en colimaçon qui menait au sommet d'une des tourelles.

La dame-chouette les précéda sur une des nombreuses passerelles qui reliaient les murs tapissés de documents. Elle fit courir ses doigts crochus le long des papiers entassés et arrêta son choix sur une pile impossible à différencier des millions d'autres. Elle la tendit à Thazar qui en mémorisa les cinq numéros ; le premier était celui du plan, le deuxième marquait le temps et les trois derniers, la position de l'île. Plus loin, Icare prit un nouveau papier sur l'étagère.

— Ah oui ? C'est étrange, je ne les aurais jamais vus ensemble, s'exclama-t-il après l'avoir lu.

— Qui ça ? demanda Aurélie, intriguée.

— Oublie ça! Les journaux à potins vont en parler la semaine prochaine, affirma-t-il.

La dame-chouette donna à Icare une grosse tape sur la main pour qu'il lâche le précieux feuillet.

— Sachez, monsieur l'ange, qu'il est formellement interdit de lire ces informations sans y être préalablement autorisé, crachat-elle en replaçant la feuille. Maintenant que vous avez ce que vous vouliez, allez-vous-en avant de commettre plus de bévucs!

— Espèce de vieille chipie! marmotta Icare en secouant sa main endolorie.

Pour ce commentaire, il reçut un autre soufflet derrière la tête.

La lourde porte de métal noir des Archives interspirituelles se referma avec fracas derrière eux.

— On ne peut pas dire qu'ils soient très accueillants, grommela Aurélie.

— Ils ne sont pas accueillants, car ils ont tous les secrets du monde à garder, expliqua Thazar. Je ne crois pas que nous serions en sécurité si ces archivistes étaient brouillons et bavards! Et toi, Icare, je n'ai pas de félicitations à te faire!

— Comment est-ce que j'étais censé savoir que je ne devais rien lire? s'écria Icare en remontant dans leur chaloupe.

Plus l'embarcation approchait du navire, plus ils distinguaient les cris hilares des marins à bord. Dès qu'ils gravirent l'échelle de cordage pour rejoindre le pont, ils remarquèrent Narcisse, les yeux bandés, qui tirait une flèche en direction du cuisinier qui avait été attaché au grand mât. La flèche frôla le crâne de l'homme-otarie pour s'enfoncer dans un fruit qui éclata et laissa couler un liquide rouge sur son front en nage. Les marins hurlèrent de rire et applaudirent l'archer.

— Que se passe-t-il ici ? demanda Thazar à son second, un petit trapu à qui il manquait une incisive.

— Nous vous attendions, alors il fallait s'amuser un peu, répondit-il avec un sourire canaille.

Dans la première flèche s'en planta une autre et de nouveaux cris accompagnèrent l'exploit.

— Eh bien, maintenant les jeux sont finis ! gronda le capitaine d'une voix forte aux matelots qui marmonnaient leur déception. Reprenez vos postes, car j'ai la position de l'île que nous cherchons ! Allez ! Plus vite que ça !

— Ce n'est pas un peu de l'orgueil que

d'étaler ses talents comme ça ? se moqua Icare.

— Je n'avais pas beaucoup de choix. Ces abrutis m'ont menacé du bout de leurs pistolets, grogna Narcisse en enlevant son bandeau.

L'*Intuition* continua gracieusement son périple sur les mers du monde imaginaire au son du claquement des voiles et des instruments désaccordés des marins qui chantaient des airs populaires. Icare avait pris la place de la vigie et scrutait l'horizon brumeux assis dans la hune en fumant une cigarette, loin du regard désapprobateur d'Aurélie.

Cette dernière rigolait des chansons lubriques des matelots quand elle aperçut Narcisse, appuyé sur la rambarde dans un coin noir, l'air maussade comme à l'habitude. La jeune fille eut pitié de l'ange et se décida à aller lui poser les questions qui lui brûlaient les lèvres.

— Narcisse, pourquoi Icare et toi vous détestez-vous autant ?

— Je ne déteste personne…

— Je sais. Et tu n'aimes personne non plus, conclut Aurélie.

— Ça rend mon boulot beaucoup plus simple et clair.

— Dans ce cas, qu'est-ce qu'il a pu faire pour… s'attirer ta colère ?

— Vous ne pouvez pas imaginer tous les coups pendables et toutes les bévues qu'il a commis. Il a l'air sympathique jusqu'à ce que vous deveniez sa tête de Turc. Un jour, il a simplement dépassé les bornes, soupira Narcisse avec rancune.

— Que s'est-il passé ? demanda Aurélie.

— Il a mis des philtres d'amour sur mes flèches, alors chaque fois que j'intervenais dans une situation, tout le monde tombait amoureux. On aurait dit un téléroman à l'eau de rose ! J'ai été la risée du ciel ! Par la suite, j'ai parlé de ce problème à mon supérieur, qui a décidé d'envoyer Icare purger sa peine en effectuant des travaux communautaires.

— C'est de cette façon qu'il s'est retrouvé sur mon île ?

— Oui, et il… commença-t-il.

— Tu racontes ce que tu veux bien ! coupa Icare qui s'était perché juste au-dessus de leurs têtes. Tu oublies les siècles que j'ai eu à t'endurer, toujours à me rabaisser ou à me réprimander. «Fais ci», «termine ça», «retourne à tes devoirs», et blablabli et blablabla… Tu es pire qu'une écharde dans le pied.

Il se posa près d'eux avec un froissement de plumes.

— Et en traître de première qualité, tu es allé chialer à ton supérieur ! Une vraie poule mouillée !

— Icare, ton attitude me préoccupait depuis des décennies et j'ai eu peur que tu finisses par te faire expulser pour de bon !

Ahurie, Aurélie observait cet échange comme on regarde une partie de tennis. Si, au début, elle était convaincue qu'Icare avait raison de défier son supérieur, maintenant elle doutait un peu. Elle savait à quel point il avait de la difficulté à se conformer à la discipline.

Puisqu'un silence lourd s'était installé entre les deux anges, elle proposa :

— Icare, veux-tu me montrer à me battre avec ma nouvelle Volonté ?

— Volonté contre Volonté, alors !

À la lueur des lanternes qui brillaient un peu partout sur le pont, Aurélie commençait à apprendre comment bloquer les coups d'Icare lorsque la vigie hurla :

— Terre à tribord ! Terre à tribord !

Tous se précipitèrent vers le bastingage pour voir l'île qui surgirait des nuages de brouillard recouvrant l'océan.

— Si tu croyais que j'avais une île surprenante, Icare, tu n'as encore rien vu ! s'écria la jeune fille, surexcitée. Zach est le roi de l'imagination !

C'est à ce moment qu'apparut une île, pas très grande mais extrêmement accidentée, avec des montagnes immenses et des falaises dangereuses. De plus, une couche de glace la recouvrait en partie, incluant le petit port. Il n'y avait aucune verdure dans ce triste paysage où la neige tombait en rafales.

— Tu es certain que c'est la bonne île, Thazar ? demanda Icare, sceptique.

— C'est la position qui m'a été donnée aux Archives interspirituelles. Nous ne pouvons pas nous approcher plus, car l'eau est gelée jusqu'ici, constata le capitaine en désignant la banquise.

Bouche bée, la gorge serrée par l'émotion, Aurélie murmura :

— Oh, pauvre, pauvre Zach !

9

Roch ouvrit un œil bouffi de sommeil et vit une infirmière changer le soluté qui était relié au bras de son fils. Avant de repartir, l'infirmière tendit avec curiosité les doigts vers la lanterne qui laissait échapper un voile de poudre diaphane. Roch toussota et l'infirmière se tourna avec un léger sursaut.

— Oh! pardon de vous avoir dérangé! s'excusa-t-elle.

— Ce n'est pas grave. Je n'ai pas le sommeil très profond.

Elle reporta son attention vers la lanterne.

— À quoi cela sert-il?

— L'amie de mon fils croit que ça pourrait aider son état, expliqua-t-il.

— Eh bien, il ne faudrait pas que ceci nuise à notre travail, répondit sévèrement l'infirmière. Bonne nuit!

Elle repartit, le menton haut et l'air impérieux pour faire valoir son autorité auprès de cet homme inquiétant. Roch secoua la tête avec un sourire : il était habitué d'avoir cet effet sur les gens. Certains le craignaient d'instinct et d'autres pensaient l'intimider en se campant dans un rôle de despote.

Il s'approcha du lit où reposait Zach et l'observa quelques minutes. Son état ne changeait pas, son coma restait profond malgré les bips constants qui accompagnaient ses battements de cœur. Il pressa tendrement les doigts de son fils entre les siens et murmura :

— Zach, où es-tu, mon gars ?

Puisque sa question demeurait sans réponse, Roch alla reprendre sa place sur son siège avec un soupir.

* * *

Dès qu'Icare se posa avec elle sur le quai, Aurélie observa, médusée, ce paysage désolé. Elle referma les pans du manteau de fourrure bleu qu'elle avait déniché à bord du bateau et avança d'un pas hésitant vers le port enseveli sous le froid. Il ne semblait pas y avoir âme qui vive, mais elle fut soulagée en distinguant quelques bougies briller derrière les vitres givrées des bâtiments.

— C'est plus glacial qu'un regard de

Narcisse, ici ! ricana Icare en s'enroulant dans sa cape.

— Très drôle. J'imagine que ceci ne laisse rien présager de bon pour votre ami, Aurélie, affirma Narcisse qui avait l'air noble dans la vieille redingote de Thazar.

— Comme on dit, tant qu'il y a de la vie, il y a de l'espoir, marmonna la jeune fille sans en être convaincue.

— Maintenant, il faut se dépêcher, car Thazar ne restera pas indéfiniment dans le port pour nous attendre, les pressa Icare. En plus, je n'ai pas l'impression que ça va être une sinécure de chercher quelqu'un sur ce terrain escarpé.

— Qu'est-ce que tu suggères ? demanda Narcisse.

— Eh bien, il y a des heures que je n'ai rien bu ! Et puisqu'ils ne connaissent pas mon talent sur cette île, il sera facile d'obtenir de l'information, déclara Icare avec un sourire satisfait et en faisant craquer ses jointures.

— Icare, tu ne vas pas… commença Aurélie.

À cet instant, un sombre personnage dans un long manteau noir sortit d'une ruelle et surgit à leurs côtés. Il jeta un coup d'œil furtif autour de lui et déclara d'une voix de serpent :

— Je croisss avoir quelque chossse qui vousss intéressse…

Puis l'étrange individu ouvrit son manteau d'un geste sec. Aurélie poussa un petit cri de surprise.

— Ça alors ! s'exclama Narcisse, décontenancé.

— Sac à plumes ! Quel équipement !

L'intérieur du manteau était tapissé d'armes de toutes sortes : des épées, des sabres, des poignards, des pistolets…

— Je crois que Zach joue trop aux jeux vidéo, maugréa Aurélie en secouant la tête.

— Je m'appelle Oxybélisss, pour vous ssservir…

— Merci, vieux, mais je pense qu'on va se débrouiller avec ce qu'on a déjà ! dit Icare.

Un cri sinistre, semblable à celui d'un animal blessé, retentit alors des sommets de l'île. Ce hurlement, qui résonna longtemps dans la baie où ils se trouvaient, bondissant sur les parois rocheuses escarpées, pétrifia les trois voyageurs.

Le vieux reptile referma prestement son manteau et susurra :

— À votre guissse. Hélasss ! vous regretterez de ne passs être mieux armés lorsssque vousss arriverez face à la bête…

Il allait partir lorsque Narcisse le rattrapa par le bras.

— De quelle bête parlez-vous ?

— De la bête… La bête qui ravage l'île avec le désessspoir au cœur…

Puis le personnage disparut telle une ombre dans la nuit. Interloqués, les deux anges et la jeune fille restèrent figés dans le mystère.

— Pfft ! Ce n'est qu'un vieux serpent sonné qui raconte des histoires pour vendre sa marchandise, grommela Icare.

— Nous avons pourtant entendu ce cri, avança Narcisse.

— Et il y a quelque chose qui a mis l'île de Zach dans cet état, approuva Aurélie.

— Dans ce cas, informons-nous…

Après avoir déambulé un moment dans le petit village côtier, Icare allait entrer dans une taverne parsemée de longs glaçons pointus dont l'affiche battait au vent. L'établissement s'appelait Le mammouth cyclope, et Aurélie se doutait trop bien de ce qu'Icare manigançait.

— Icare, je t'interdis de jouer ! s'écria Aurélie en le retenant. Tu ne vas pas perdre ta Volonté sur une autre île ! Tu ne connais pas les règles, ici. Le jeu est peut-être différent !

Icare lui jeta un regard exaspéré :

— Tu es casse-pieds, Aurélie !

L'air implorant de la jeune fille acheva de le résigner. Icare hocha la tête puis, avec un sourire coquin, il vola une des flèches du carquois que portait Narcisse.

— Qu'est-ce que tu fais ? vociféra celui-ci.

— Je suis certain qu'une flèche divine doit valoir son pesant d'or !

— Icare, si tu continues à ne pas avoir de respect pour ces flèches, cela se retournera un jour contre toi, je t'avertis !

— Oh, j'ai peur ! railla Icare. Relaxe tes nerfs, Boucle d'or, je suis imbattable aux cartes ! Je vais te la rendre intacte dans deux minutes…

Sur ce, il tourna les talons et pénétra dans la taverne, laissant un souffle chaud et malodorant se faufiler dehors. Aurélie et Narcisse demeurèrent sur le pas de la porte quelques instants, la mine déconfite.

— Décidément, c'est le plus arrogant, le plus entêté, le plus… grinça l'ange entre ses dents.

— Je ne suis pas souvent d'accord avec toi, Narcisse. Pourtant, cette fois, je t'appuie à cent pour cent ! maugréa Aurélie avant de le suivre à l'intérieur du commerce.

Icare traversa le seuil et, malgré lui, un long frisson parcourut sa colonne vertébrale. Dans ce lieu sombre où se mêlaient les odeurs de paraffine, de bière et de sueur, il fut surpris d'être confronté aux regards hostiles d'une clientèle de mercenaires barbares.

Il faillit se raviser et rebrousser chemin, mais se reprit lorsque Aurélie et Narcisse entrèrent dans la sinistre pièce. Il conserva sa façade calme, peut-être par orgueil ou peut-être aussi parce qu'il ne pouvait faire autrement.

Après ces longs mois à parcourir les mers du monde imaginaire et à visiter une panoplie d'îles différentes, Icare savait mieux que quiconque que, sur une île où la vie semblait si rude, rien ne se donnait. La moindre petite information se vendait très cher car, pour les habitants, la survie était le mot d'ordre. Il était donc pris entre son envie d'impressionner Narcisse et son devoir d'aider Aurélie dans sa mission.

Devant ces personnages menaçants parés de cuirasses, de fourrures et de casques à cornes, Aurélie s'agrippa au bras de Narcisse.

Dès qu'Icare s'avança vers l'aubergiste qui distribuait des pintes de bière noire derrière son comptoir, le bourdonnement des murmures se tut et les musiciens cessèrent de jouer. L'ange déposa la flèche divine devant l'aubergiste et demanda avec un sourire narquois :

— Où est-ce que je pourrais trouver des joueurs intéressés à ça ?

L'aubergiste, dont le côté droit du visage était strié de balafres, haussa le sourcil et désigna un coin de la pièce d'un geste nonchalant. Les conversations reprirent à ce moment et la tension baissa d'un cran.

— Nous ne pouvons le laisser jouer, Aurélie ! murmura Narcisse.

— J'ai déjà essayé de le retenir et j'ai appris que, lorsque Icare a une chose en tête, il est impossible de le faire changer d'idée, expliqua Aurélie en secouant la tête.

— J'ai un mauvais pressentiment à propos de cet endroit.

— Aie confiance ! Il paraît qu'il n'a jamais perdu une partie ! assura Aurélie.

— Peut-être, mais les parties demeuraient honnêtes. Le problème, c'est qu'Icare ne sait pas tricher. Il en est incapable car, malgré tous ses défauts, c'est encore un ange...

Icare fut accueilli froidement à la table des joueurs qui lui adressèrent des moues agressives. Sans se démonter, l'ange adopta une attitude arrogante et montra sa flèche avec fierté.

— Est-ce que je peux me joindre à vous ? Ma monnaie d'échange est une authentique flèche divine !

La seule réponse qu'il reçut fut un grommellement et Icare prit place parmi cette bande de brutes. L'ange songea qu'il préférait de loin les étranges tératomorphes de l'île d'Aurélie.

La première ronde de cartes fut distribuée et Icare retrouva ses aises. Après quelques échanges, il remporta le magot sans difficulté. Les joueurs marmonnèrent que c'était la chance du débutant. Pourtant, une nouvelle partie confirma le talent de l'étranger ailé.

Assise à une table plus loin, Aurélie battit joyeusement des mains.

— Il est génial ! ricana-t-elle, encore fascinée de voir Icare jouer avec autant de ruse et de perspicacité.

Narcisse soupira de mépris et croisa les bras.

— Ce n'est pas très noble d'utiliser ses talents de cette façon ! Et je suis certain qu'il y a dans cet endroit une âme charitable qui pourrait nous donner les indications que nous cherchons !

Aurélie inclina la tête et repensa à l'aventure qu'elle avait vécue un an auparavant sur son île.

— Nous sommes des intrus sur cette île, alors personne ne nous doit rien. Sur mon île, c'est facile, car je commence à connaître des gens, sauf qu'ici je suis une étrangère. En plus, ces barbares n'ont pas l'air très amicaux !

Narcisse balaya la pièce des yeux et repéra une grande fille pulpeuse transportant un plateau rempli de chopes vides sur son épaule.

— Je suis certain que cette brave personne nous aidera ! dit-il avant de se diriger vers la serveuse qui ressemblait à une amazone.

La fille, qui devait bien le dépasser d'une tête, lui lança un regard surpris.

— Pardonnez-moi, mademoiselle, auriez-vous l'amabilité de me fournir des informations sur cette île ? demanda l'ange avec un air officiel.

La fille gloussa, ce qui fit onduler sa longue queue de cheval cuivrée.

— Tu es mignon, toi ! Beaucoup plus poli que la majorité des clients ici ! Si tu me suis à l'arrière, je te raconterai ce que tu voudras, conclut-elle avec une moue sensuelle et en posant l'index sur le bout du nez de Narcisse.

— Merci, vous avez la bonté inscrite sur le cœur ! sourit Narcisse, reconnaissant.

La serveuse ricana de nouveau et retourna vers les cuisines, Narcisse sur les talons. Celui-ci adressa un clin d'œil complice à Aurélie avant de s'engouffrer dans la pièce arrière.

Aurélie fronça les sourcils, sceptique, car elle ne croyait pas que la fille avait l'intention de jouer à la guide touristique avec Narcisse. Et le pauvre Narcisse, qui avait la naïveté d'un ange n'ayant jamais vécu parmi les mortels, ne s'attendait pas à ce qu'il allait recevoir…

Un grognement attira l'attention de la jeune fille qui porta son regard vers la table de jeu. Un des joueurs, coiffé d'un casque de métal qui dissimulait son visage, s'était levé d'un bond pour diriger son épée vers la gorge d'Icare.

— Hé ! ne soyez pas mauvais perdants ! glapit Icare, les mains levées.

— Ce n'est pas un étranger qui va venir nous voler notre argent !

— Mais j'ai besoin de cet argent ! En plus, je suis ici pour aider à sauver cette île !

Les trois joueurs devant Icare éclatèrent d'un rire tonitruant. Le joueur au masque métallique écarta de la pointe de son épée un pan de la cape de l'ange.

— Il te manque de la chair sur les os si tu veux accomplir quoi que ce soit ici, étranger ! Pour te montrer que nous avons le sens de l'humour, nous allons reprendre notre argent et te laisser ta flèche divine sans te casser la figure !

Les joueurs repartirent avec l'argent. Icare, penaud, demeura assis seul à sa table, sa flèche sous les yeux.

— Sac à plumes ! J'ai tout perdu, souffla-t-il quand Aurélie vint le rejoindre.

— Ton talent ne semble pas très utile, ici, compatit-elle. Console-toi, Narcisse interroge la serveuse. Qui sait ? Peut-être qu'il pourra obtenir quelque chose d'elle.

Un sourire ironique se dessina sur les lèvres de l'ange, mais avant qu'il puisse répondre, un groupe de silhouettes noires se présenta devant lui.

— Moi, je serais très intéressée à acheter cette flèche divine, susurra une voix féminine.

Icare et Aurélie levèrent des yeux surpris sur celle qui était vêtue d'un long manteau de velours noir et dont le grand capuchon lui cachait le visage, ne révélant que des lèvres charnues et rouges. Elle était accompagnée d'un sbire portant un masque de cuir au faciès de cochon avec un groin de métal. Il croisa ses gros bras marqués de cicatrices avec un rictus menaçant. Un groupe de chevaliers en armures sombres se tenaient derrière eux, imposant un silence lourd dans la taverne.

— Cette flèche n'est pas à vendre, car j'ai promis à quelqu'un que je ne la perdrais pas, rétorqua Icare. Cependant, si vous avez de la monnaie d'échange, je suis prêt à la mettre en jeu pour vous donner votre chance !

L'inconnue sourit.

— Vous êtes dur en affaires. Par contre, j'accepte votre offre, dit-elle en lançant une sacoche pleine de pièces dorées sur la table. Cerdo, apporte à boire à ce pauvre ange, il doit être assoiffé !

Son homme de main rapporta deux pintes de bière fraîche. Dès qu'Icare prit une gorgée du liquide amer, Aurélie se pencha à son oreille.

— C'est trop facile ! Je trouve qu'ils ont l'air louche !

— Ne t'inquiète pas, Aurélie, je me sens en pleine forme, ce soir ! En plus, avec le butin qu'il y a dans cette bourse, je pourrai m'acheter un bateau et un équipage au complet en repartant de cette île !

— Que vas-tu faire si elle triche ?

— Reste tranquille ! Tu n'as pas encore confiance en moi ? demanda-t-il en reprenant une rasade de bière.

— Ce n'est pas en toi que je n'ai pas confiance, c'est en eux ! grinça Aurélie en croisant les bras.

— Vous êtes prêt ? s'enquit la femme en commençant à distribuer les cartes.

Malgré lui, Icare sentit la sueur perler sur son front et il but une autre gorgée. Il observa son jeu avec une moue incertaine, hésita quelques secondes, puis jeta une carte pour en piger une nouvelle. Aurélie songea, en regardant toutes ces cartes aux symboles étranges qui ne correspondaient pas aux cœur, carreau, trèfle et pique traditionnels, qu'elle n'y comprenait rien.

Quelque chose dans l'attitude d'Icare lui indiqua que tout n'allait pas comme prévu. Il avala une nouvelle gorgée de bière et pianota sur la table avant d'échanger une carte.

La dame continuait à sourire dans l'ombre de son capuchon, jouant calmement sans perdre aucun des gestes d'Icare. L'ange essuya son front du revers de sa main tremblante.

Les cartes dansaient devant ses yeux et il avait beaucoup de difficulté à les associer. Il cilla pour se concentrer et tenta un autre coup, mais celui-ci fut fatal. La femme éclata d'un rire cristallin et révéla une combinaison gagnante.

— Dommage pour votre ami, car vous semblez avoir perdu sa flèche !

Interloqué, Icare regarda les cartes sur la table, puis le jeu qu'il tenait encore dans sa main. Aurélie porta la main à sa bouche.

— Icare, tu as perdu !

Les yeux de l'ange se posèrent sur la pinte de bière vide et il comprit. Il se leva en vacillant et brandit l'index sous le nez de la femme.

— Vous avez triché ! J'ai été drogué avec cette... cette potion, essaya-t-il d'articuler, la bouche molle.

— Voyons ! Comme vous le dites si bien : ne soyez pas mauvais perdant !

La femme prit la lourde sacoche de monnaie ainsi que la flèche dorée et tourna les talons pour sortir de la taverne, suivie de ses acolytes. Enivré par la bière et la frustration, Icare abattit son poing sur la table et bondit en avant sans qu'Aurélie puisse le retenir. Il empoigna le capuchon de la femme et une longue chevelure brune s'étala sur le manteau. Lorsqu'elle se tourna, Icare et Aurélie se figèrent de terreur.

— Par les caprices des anges, je me suis fait avoir par une femme-rat! souffla-t-il.

Cerdo, le garde du corps de la femme-rat, envoya son poing sur la mâchoire d'Icare qui roula inconscient sur le sol. Aurélie poussa un cri et vola au secours de son ange gardien.

— Que faisons-nous d'eux, Xélia? interrogca Cerdo.

— Puisqu'ils m'ont vue, nous devons les emmener avec nous. Attachez l'ange et sa petite compagne, et embarquez-les dans notre convoi. Qui sait? Peut-être pourrons-nous les jeter en pâture à la bête…

10

Narcisse sortit en courant des cuisines, la mine ahurie, en réajustant sa tenue. Il fut encore plus surpris de trouver la taverne vide, la majorité des clients ayant pris la poudre d'escampette à l'arrivée de Xélia et de ses cavaliers sombres.

Ne voyant pas ses compagnons, Narcisse fonça vers la porte, mais la rue était également déserte. Décontenancé, il revint à l'intérieur et demanda à l'aubergiste où étaient partis Icare et Aurélie. L'aubergiste haussa les épaules avec nonchalance et continua à essuyer ses pintes avec un linge d'une propreté douteuse.

À ce moment, la jeune serveuse passa la porte de la cuisine et tendit les bras vers l'ange avec un sourire langoureux.

Narcisse commençait à en avoir assez de ces mortels insolents qui n'avaient aucun respect pour l'autorité divine !

— Je vous en prie, mademoiselle, un peu de retenue ! Et vous…

Il s'avança vers l'aubergiste, l'empoigna par le col et le souleva de terre avec une force surprenante.

— … je vous serais très reconnaissant de répondre à ma question avec courtoisie !

Étouffé par la prise de Narcisse, l'aubergiste bredouilla :

— Une femme-rat et ses cavaliers les ont emmenés sur leur convoi, il y a quelques minutes. J… je ne sais pas où ils vont, je le jure !

— Merci de votre collaboration.

Narcisse relâcha l'homme et sortit de la taverne. Il s'était lui-même surpris d'avoir agi ainsi. Hélas, il ne semblait y avoir aucun autre moyen de faire entendre raison aux habitants de ce monde de fous.

— Hé ! mon mignon ! Tu reviendras me voir ? s'écria la serveuse derrière lui.

Narcisse soupira, exaspéré, avant de s'envoler dans la nuit glaciale.

* * *

Tandis que le convoi s'ébranlait vers les hauteurs vertigineuses de l'île, Aurélie s'était réfugiée entre les ailes d'Icare pour se protéger du vent glacé. Ils étaient ligotés au fond d'une cage de métal à l'arrière de la caravane. Celle-ci était guidée par Xélia et son sbire qui prenaient place dans un traîneau ornementé tiré par deux grands lévriers aux longs poils blancs. Ces bêtes paraissaient adaptées au climat rude et aux parois abruptes de l'île, et ne s'essoufflaient pas malgré la cadence rapide.

Avec tous les sinistres gardes en armure postés sur chacun des traîneaux, Aurélie savait qu'il était impossible de s'échapper de l'emprise de Xélia. De plus, leurs épées avaient été confisquées.

Elle se décida à réveiller Icare qui était demeuré inconscient depuis leur départ de la taverne. Il se redressa en secouant la tête et regarda, médusé, les liens qui enserraient ses poignets.

— Où sommes-nous ? gémit-il.

— À bord du convoi de Xélia… la femme-rat.

Icare grimaça et porta les mains à sa joue douloureuse.

— Ce gros Cerdo a bien failli me casser la mâchoire ! Où est Narcisse ?

— Je ne sais pas. Je ne l'ai pas vu revenir des cuisines avant qu'on nous emmène. J'espère qu'il nous retrouvera, car je ne vois pas de moyen de sortir d'ici ! soupira Aurélie.

Icare observa le paysage formé de stalag-mites de glace scintillante. À cette altitude, le manteau de neige immaculée s'étendait à perte de vue sous le plafond de nuages bas. Une bourrasque transportant des cristaux pointus comme des aiguilles le fit frissonner.

— Le moins que l'on puisse dire, c'est que l'île de ton ami n'est pas très hospitalière ! Que s'est-il passé pour qu'elle soit dans un tel état ?

— Avec ce qu'on a vu depuis notre arri-vée, j'ai l'impression qu'il y a un bout de temps que ça ne va pas !

— Tu crois que c'est l'œuvre des pirates ? suggéra Icare en désignant les gardes et la caravane.

— Je souhaite que non, sauf que cette Xélia me fait penser le contraire...

Le convoi parvint à un campement entre les falaises, qui regroupait plusieurs tentes de peau. À l'intérieur de chacune d'elles brillait un petit feu. Aurélie et Icare ne purent pro-fiter de cette chaleur, car leur cage fut lais-sée dehors, sur le sol enneigé. Aurélie res-serra les pans de son manteau de fourrure bleu et se réfugia dans les bras d'Icare, qui referma ses ailes sur eux.

— Icare, je vais mourir de froid ! souffla Aurélie.

— Voyons ! La seule façon dont tu pourrais mourir dans le monde imaginaire, c'est si tu n'avais pas le temps de te réveiller avant. C'est Aldroth qui me l'a dit, expliqua Icare.

— Mais je ne veux pas me réveiller maintenant !

À ce moment, on déposa à côté d'eux une imposante cage qui abritait une énorme silhouette noire. Les gardes, avec des éclats de rire mauvais, s'amusèrent à tourmenter l'animal en lui lançant des balles de neige et en donnant des coups de bâton sur les barreaux. La bête piaffa pour effrayer ses tortionnaires qui s'éloignèrent en blaguant.

Curieux, Icare se redressa pour voir l'animal au pelage noir. Il ressemblait à un cervidé préhistorique aux bois d'envergure monstrueuse et aux yeux rouges comme des braises. Une profonde blessure à son flanc l'affaiblissait et le faisait râler de douleur.

— Tu crois que c'est la bête dont parlait ce vieux serpent armé ? demanda Icare.

— Je ne sais pas… Elle n'a pas l'air bien ! murmura Aurélie en s'agrippant au bras de l'ange.

Celui-ci tendit ses mains ligotées vers la bête qui sursauta. Le wapiti géant se releva d'un bond et rua dans sa cage pour éloigner ces inconnus qu'il jugeait menaçants.

— Attention, Icare !

L'ange ne se laissa pas démonter par l'agressivité de la bête et lui chuchota des paroles rassurantes. La bête hésita, tiraillée entre l'effroi et la voix apaisante de cet étranger aux ailes d'aigle. Elle s'approcha graduellement, ses gros sabots martelant le sol givré de sa cage, jusqu'à ce qu'elle flaire les mains d'Icare. L'ange plongea son regard dans celui de la bête et y lut un profond désespoir qui lui rappela ce qu'il avait ressenti lui-même quand il avait perdu ses ailes.

Fascinée, Aurélie observa Icare caresser la bête. Elle remarqua que, sur le front de celle-ci, quelques mèches de poils sombres devinrent blanches comme la neige qui tombait. Le wapiti ferma les yeux, rassuré, et soupira.

— Je suis très touchée par cette scène émouvante. Malheureusement, ceci entrave mes plans de vous faire dévorer par cette bête, mon bel ange ! déclara Xélia debout devant les cages, les mains sur les hanches, toujours accompagnée de son homme de main.

La bête se dégagea et retourna au fond de

sa cage en poussant un bramement sinistre et assourdissant.

— Puisque la bête dédaigne son dernier repas, cela rapproche son exécution.

On ouvrit grandes les portes de la cage et plusieurs lassos furent jetés en direction de l'animal. La bête résistait de son mieux, hurlant de désespoir, les yeux révulsés de terreur. Elle fut traînée au milieu du campement où, d'une ruade, elle mit deux des dix gardes au sol. Mais les autres parvinrent à attacher et à immobiliser la bête.

— Cerdo, apporte-moi mon arbalète ! ordonna Xélia.

Le colosse au masque de cochon lui tendit l'arme et la séduisante femme-rat sortit la flèche divine de son manteau.

— Nous verrons si cette flèche est aussi efficace que le dit la légende, déclara-t-elle.

— Non ! cria Icare, ahuri.

Soudain, des flèches se mirent à pleuvoir du ciel, coupant presque d'un coup tous les liens de la bête. Une autre frôla le bras de Xélia qui lâcha son arbalète. Cerdo se lança sur elle pour la protéger des flèches ainsi que de la bête qui s'était lancée dans une course folle. Une pointe coupa le loquet de la cage d'Icare et d'Aurélie qui regardèrent, surpris, la cime des montagnes. Une silhouette ailée s'y était juchée, un arc tendu entre les mains.

— C'est Narcisse ! s'écria Aurélie.

— Vite ! la pressa Icare en poussant la porte de la cage pour entraîner Aurélie à l'extérieur.

En dépit de ses poignets liés, il passa les bras autour d'Aurélie et s'envola vers la plus grande des tentes. Elle n'était plus gardée, tout le campement s'acharnant à se débarrasser de cette menace venue d'on ne sait où. Malgré cela, les flèches projetées vers l'ange au sommet de la montagne déviaient en raison du vent violent.

Dans le riche décor de la tente de Xélia, Icare trouva les deux Volontés confisquées. Il défit ses liens et ceux d'Aurélie à l'aide de la lame tranchante de son arme, puis tendit à la jeune fille l'épine de rose géante qui lui servait d'épée.

— On doit profiter de la cohue pour se sauver ! avertit l'ange.

Aurélie tint sa Volonté entre ses doigts tremblants et murmura :

— Icare, je ne suis pas prête à m'en servir ! Je ne sais pas me battre !

Il la secoua un peu, son regard noir rivé au sien.

— Tu le sais autant que moi lorsque j'ai obtenu mon épée. Aie confiance ; c'est le courage qui mène à la volonté ! affirma-t-il avant de la tirer à l'extérieur.

Xélia se releva en secouant la neige de son manteau et jeta plusieurs ordres à droite et à gauche pour rétablir le calme dans le campement. Les troupes étaient énervées par la créature perchée qui semait la discorde sans se faire atteindre. On commença à sortir les catapultes, mais Xélia jugea inutile de bombarder l'ange, craignant que les projectiles ne soient détournés par la tempête et qu'ils causent une avalanche fatale.

Ignorant les prisonniers sortant en catimini de sa tente, la femme-rat décida de pourchasser la précieuse bête qui s'échappait au grand galop.

Avant que Cerdo et les gardes l'encerclent, Icare prit Aurélie et s'envola vers Narcisse. Dès que l'ange déposa la jeune fille, son supérieur souffla sur le ton du reproche :

— Je suis certain que ces histoires entacheront mon dossier de façon permanente !

— Ah ! arrête de geindre comme un oisillon qui quitte son nid pour la première fois ! grommela Icare. Je te confie Aurélie. Ramène-la à la chaleur avant qu'elle ne soit frigorifiée.

— Où vas-tu ? s'écria Aurélie.

— Cette Xélia a l'intention de tuer la bête avec la flèche divine et je dois l'en empêcher !

Narcisse secoua la tête :

— J'étais certain que tu perdrais cette flèche, Icare ! Sais-tu ce que cela signifie ?

— Garde tes plumes ! Je vais la récupérer, ta flèche ! cria Icare pour couvrir le hurlement du vent.

Montés sur de gracieux lévriers des neiges, Xélia et ses cavaliers poursuivaient la bête noire qui courait en laissant derrière elle des marques écarlates sur le sol blanc. Au moment où Icare allait s'élancer au secours du wapiti, Narcisse le retint :

— Icare, dans ton existence, as-tu déjà réfléchi avant d'agir ?

L'ange rebelle sourit malicieusement.

— Peut-être pas, mais jusqu'à maintenant je m'en suis toujours sorti !

D'un bond, il se lança en bas de la falaise pour planer habilement sur chaque bourrasque. Narcisse poussa un soupir résigné et se tourna vers Aurélie qui croisa les bras, les cheveux fouettés par les rafales. Une lueur de compassion éclaira le visage stoïque de l'ange et il tendit les bras.

— Agrippez-vous bien, Aurélie, il y a de la turbulence !

Ayant peine à battre des ailes au cœur de cet ouragan de glace, Icare se fraya un chemin en direction de la bête, les yeux plissés à cause de l'accumulation de cristaux sur ses cils.

Il fut soulagé de constater que Xélia et ses gardes avaient renoncé à tirer des projectiles vers le cervidé.

Icare parvint sans difficulté à prendre place sur le wapiti qui, heureusement, demeurait plus rapide que les cavaliers à ses trousses. La bête sursauta en sentant un poids sur sa croupe, puis fut apaisée par la voix d'Icare qui lui murmura des paroles d'encouragement.

Il n'y avait pas d'endroit où se sauver dans cette enclave de falaises escarpées, et Icare dégaina sa Volonté, prêt à défendre cette bête contre les assauts de Xélia. Il songea que, si la femme-rat tenait tant à se débarrasser de cet animal, c'est qu'il avait une importance capitale sur cette île. Et ce qu'Icare avait lu au fond du regard du wapiti le lui avait confirmé.

Arrivée au bout d'une impasse, la bête se mit à longer la montagne abrupte et bifurqua vers une large grotte. Des stalactites et des colonnes de calcaire descendaient de la voûte de roche, donnant l'impression d'une gueule de crocodile pleine de dents acérées. Icare fut renversé par l'une d'elles et roula sur le sol dur. L'ange se releva péniblement, pris entre l'envie de suivre la bête qui continuait son chemin et celle de défendre l'entrée de la grotte.

Les cavaliers n'entrèrent pas dans la caverne et Xélia se présenta devant l'ouverture.

— J'ai bien peur que vous ne vous retrouviez dans un cul-de-sac! susurra-t-elle à Icare.

Frustré, Icare pinça les lèvres et leva sa Volonté en direction des cavaliers qui entouraient la femme-rat. Un grand râle dont l'écho se propagea partout dans la grotte détourna leur attention.

En entendant le martèlement des sabots de la bête qui revenait vers l'entrée de la caverne, Icare se lança de côté. La bête fonça droit sur la paroi de roches avec ses énormes bois, ce qui déclencha un éboulis. À ce moment, les cavaliers se retirèrent en courant et en criant. Avant que l'entrée de la grotte fût bouchée, l'ange eut le temps de jeter un coup d'œil à Xélia et lui sourit avec défi.

« Tu ne perds rien pour attendre, mon bel ange », pensa Xélia.

Puis elle lança à ses gardes :

— Libérez l'entrée de cette grotte, même si vous devez y passer la nuit ! J'ai ordre de retourner au château, mais soyez certains que je vais revenir au petit matin pour achever cette bête !

11

— Belle cascade, mon vieux, mais là, j'ai l'impression qu'on est enfermés !

Icare laissa son regard s'habituer à la noirceur de la grotte où résonnait, quelque part, une goutte. Plus loin, une faible lueur bleue lui indiqua qu'il y avait une issue et il prit un briquet dans ses poches pour s'orienter.

La bête s'était étendue en gémissant contre un amas de roches. C'était avec l'énergie du désespoir qu'elle avait réussi à fuir et à sceller l'entrée de la caverne. À présent, chaque souffle semblait pénible et elle combattait ce sommeil éternel qui l'appelait.

— Tu ne pourras pas me suivre, n'est-ce pas, vieux ? demanda Icare, accroupi près de l'énorme cervidé.

À la lumière de la maigre flamme, Icare évalua la blessure qui creusait le ventre de la bête et en déduisit qu'elle ne passerait peut-être pas la nuit. Il se doutait aussi que cette perte pourrait être catastrophique pour l'île et pour le sauvetage de Zachary. À cet instant, l'ange aurait souhaité avoir les pouvoirs nécessaires pour guérir la bête.

Caressant le museau de la bête, Icare vit la mèche de poils blancs sur son front. Elle contrastait avec son pelage noir, telle une étoile brillant au milieu de l'obscurité. Cela signifiait que la bête gardait espoir.

— Ne t'inquiète pas, vieux. Mon cœur me dit que tu vas renaître, murmura l'ange dans son encolure.

La bête râla en guise de réponse et un nuage de condensation s'échappa de sa gueule.

Icare se releva à contrecœur et, avec un dernier regard pour le wapiti géant, il marcha vers la clarté au fond de la grotte.

* * *

Se faufilant entre les bourrasques hurlantes, Narcisse avait survolé une grande partie de l'île glacée sans repérer d'abri ou de bâtiment.

Les montagnes semblaient désertes et les habitations se perdaient sous les accumulations de neige.

L'ange sentit Aurélie crisper les poings sur

le col de sa redingote. La jeune fille frémissait dans la tempête et Narcisse ne savait comment réagir.

— Vous tenez bon, Aurélie ?

Elle releva la tête et serra les dents pour les empêcher de claquer violemment. Ses cheveux s'encombraient de neige, et sur ses joues se dessinaient deux plaques rouge vif.

— Oui… oui… ça… va, articula-t-elle avec un sourire peu convaincant.

L'ange, irrité, grogna devant ce mensonge. En voyant les yeux larmoyants de la jeune fille, il sentit une petite boule se former au fond de sa gorge, ainsi qu'une pointe de remords. Il devait vite trouver un endroit pour qu'elle se réchauffe.

Au pied d'une falaise apparut bientôt une forêt. Malgré les arbres dénudés, la végétation dense pouvait leur procurer un répit contre le vent incessant. Narcisse plana doucement et transporta Aurélie dans le coin le plus fourni du bosquet sombre.

Endolorie par des engelures naissantes, Aurélie s'installa sur une souche et referma les pans de son manteau en grelottant. Elle faiblissait et le désespoir la gagnait aussi vite que le froid sibérien de l'île. Décidément, cette nouvelle aventure mettait à rude épreuve son optimisme et son enthousiasme.

Depuis le début de la nuit, elle avait réussi à rejoindre Icare et à repérer l'île de Zach, mais, pour ce qui était du mystère qui enfermait son ami dans un profond coma, elle n'avait encore que peu d'indices.

Narcisse, lui, l'observait, les mains sur les hanches, comme un étrange animal. Il ignorait comment prendre soin de cette mortelle. Il avait accepté de surveiller Icare jusqu'à la fin de la mission. Par contre, il n'avait jamais donné son accord pour jouer les gardiens d'enfant. Icare lui avait confié cette tâche fastidieuse sans réfléchir, et Dieu seul savait où il se trouvait.

Narcisse oscillait donc entre la colère de s'être de nouveau fait prendre dans une des manigances d'Icare et la culpabilité devant cette jeune fille qui comptait sur lui et sur ses pouvoirs divins pour mener sa mission à terme. Comment pouvait-il se sortir de cette impasse ?

Aurélie fouilla dans son sac et en sortit une pochette d'allumettes.

— Narcisse, va chercher des branches pour que nous allumions un feu ! s'exclama Aurélie en sentant un peu d'espoir renaître en elle.

Narcisse acquiesça d'un signe et s'éleva entre les arbres pour cueillir quelques morceaux de bois sec. Juché sur une branche, l'ange sentit quelque chose lui frôler le bras. Surpris, il se tourna, mais il n'y avait rien ni personne derrière lui. Il pensa alors qu'il n'avait remarqué aucune faune dans la forêt depuis que lui et Aurélie y étaient entrés.

Après un moment, il déposa un amas de bois aux pieds d'Aurélie.

— Cette forêt est énigmatique, murmura-t-il en regardant autour de lui. Je suis certain qu'elle renferme une présence. Pourtant, il n'y a personne.

Aurélie reconnut que le massif demeurait étrangement silencieux. Malgré cela, elle était trop transie pour s'inquiéter et, de ses doigts gourds, elle gratta une allumette. Une flamme bleutée embrasa l'extrémité et Aurélie alluma une brindille qui rougit avec ardeur. Puis le vent l'éteignit et une volute de fumée s'envola. Les mains tremblantes, Aurélie renouvela ses efforts plusieurs fois jusqu'à ce qu'il ne reste que deux allumettes.

— Narcisse ! Tu n'as pas de truc pour allumer un feu ? Bouger ton nez, claquer des doigts ou un tour du genre ? souffla la jeune fille découragée.

— Je suis un ange, pas un magicien! riposta Narcisse.

Aurélie tendit le paquet d'allumettes vers lui, et une ombre derrière l'ange la fit pâlir. Pendant un instant, une vague avait troublé le paysage, comme si la jeune fille observait la forêt à travers une lentille convexe. Ce mouvement flou semblait aussi incertain qu'un mirage.

— Qu'y a-t-il? demanda Narcisse en remarquant son malaise.

La jeune fille, ahurie, se frotta les yeux.

— On dirait que j'ai vu les arbres bouger!

Narcisse scruta le bois autour d'eux. Il y vit une grande silhouette fantomatique errer, donnant l'impression que les troncs d'arbres eux-mêmes se déplaçaient. Hypnotisée par cette vision spectrale, Aurélie s'approcha de l'être surnaturel et vit son reflet se dessiner sur le corps, tel un miroir. Fascinée, elle leva les doigts.

— Aurélie, soyez prudente! l'avertit l'ange.

Sans écouter, elle posa la main sur la surface et découvrit avec stupeur qu'il s'agissait d'un pelage. Cette fourrure camouflait la bête, imitant parfaitement la forêt autour d'elle, comme un caméléon. Avant qu'Aurélie puisse réagir à sa découverte, Narcisse la tira en arrière et les deux compagnons se retrouvèrent devant une énorme gueule béante qui hurlait à tue-tête.

* * *

— Sac à plumes ! J'ai l'impression que ça fait des heures que je tourne en rond dans ce dédale ! grogna Icare.

Après avoir exploré plusieurs grottes, certaines envahies par une jungle de verdure et d'autres en quartz translucide, il finissait toujours par aboutir à de nouveaux tunnels, comme dans un labyrinthe infini. L'ange sortit d'une énorme galerie où coulait une cascade et se trouva une fois de plus devant un groupe de couloirs. Il détestait devoir choisir entre eux, surtout que le quatrième couloir se séparait en deux autres embranchements au bout de quelques mètres. Et il ne savait plus comment retourner en arrière.

Icare médita un moment, la tête entre les mains, espérant une illumination qui pourrait l'aider. Elle se présenta sous la forme d'un petit animal ressemblant à une souris, qui sautilla à grande allure sous son nez. La bestiole sortit du premier tunnel, puis s'engagea dans le troisième en poussant des couinements aigus à chaque bond. Icare remarqua que l'animal se guidait avec les ondes sonores.

Puisque c'était le premier signe de vie qu'Icare voyait depuis son entrée dans la grotte, il s'élança à la suite du petit animal. Le troisième couloir s'avéra fortement incliné, et l'ange débaula jusqu'à une galerie de pierres rouges. Il s'écorcha les ailes et se heurta le front en jurant.

À plat ventre sur le sol, Icare releva la tête et observa la bestiole aux longues oreilles pointues, sans yeux et avec une corne sur le nez. Elle hésita un instant et Icare la saisit.

— J'en ai marre de te suivre, espèce de sauterelle mécanique !

La bestiole poussa un cri perçant et mordit la main de l'ange de ses dents pointues. Icare hurla et relâcha l'animal qui partit en trombe. Fulminant, Icare tenta de le traquer, mais finit par le perdre de vue. Découragé, il s'arrêta pour reprendre son souffle ; il fallait qu'il cesse de fumer…

Puis il entendit un bruit sourd semblable au claquement d'une porte. Le cœur plein d'espoir, il repartit d'un pas précipité.

Au bout du tunnel, de la vigne dissimulait une façade de granit savamment sculptée.

Au-dessus d'un lourd portail de bois taillé était inscrit : *Arkheia*.

Icare souleva le heurtoir et frappa plusieurs fois.

— Cette zone est strictement interdite aux étrangers, gronda sèchement la voix d'une jeune fille.

— J'ai besoin d'aide ! s'écria Icare.

— Je suis désolée.

— Pouvez-vous au moins m'indiquer où je suis ?

— Vous êtes aux Archives.

— Les Archives ? Vous voulez dire la Grande Bibliothèque ? Ah ! merci, patron ! soupira-t-il en levant les yeux au ciel. Vous devez me laisser entrer !

— Il n'en est pas question ! Nous ne laissons pas entrer n'importe qui !

— Je suis un ange et je dois parler à votre archiviste !

— Un ange ? Ha ! Vous avez plutôt l'air d'un vagabond ! ricana la jeune fille.

Surpris, Icare baissa les yeux sur son accoutrement. Sa cape pendait en lambeaux, son jean s'effilochait, et ses gants et ses bottes de cuir avaient connu de meilleurs jours.

— Sac à plumes ! Donnez-moi un peu de

répit ! Je viens de traverser un enfer de grottes et j'ai aidé une bête blessée à fuir une exécution ! Et je fais ça pour sauver votre maudite île ! Si ça continue, je vais demander à Aurélie qu'on mette les voiles, et vous devrez vous débrouiller avec vos problèmes ! vociféra l'ange exaspéré.

— Bon, bon ! Calmez-vous !

Et la porte s'entrouvrit.

12

Partout autour d'eux, des gueules ouvertes apparaissaient. Narcisse et Aurélie se rendirent alors compte que le bosquet dans lequel ils avaient trouvé refuge regorgeait de créatures. Dans la pénombre de cette nuit de tempête, les bêtes se fondaient dans le décor, ne laissant voir que leurs grandes bouches remplies de dents carrées.

Narcisse se releva d'un bond et tendit son arc avec une flèche brillante. Comme les bêtes ne bougeaient pas, l'ange attendit. Il se demandait comment il pourrait éloigner ces monstres sans les blesser, étant donné que leurs silhouettes étaient camouflées.

Au moment où Aurélie leva sa Volonté aux côtés de son compagnon ailé, les bêtes poussèrent des cris stridents et quelques-unes se sauvèrent dans la forêt.

Incrédules, Aurélie et Narcisse se regardèrent sans comprendre.

Puis un large filet fut lancé sur le moins rapide des monstres. Celui-ci se débattit faiblement et Aurélie comprit que, malgré leur taille imposante, ces animaux n'étaient pas menaçants.

Des êtres filiformes à la peau de cuir noir sortirent de leurs cachettes pour attacher le monstre pris dans leur piège. Ainsi ficelé, Aurélie put enfin reconnaître les contours de la bête qui l'avait effrayée ; elle ressemblait à un grand ours dont la peau flasque trahissait un régime forcé de plusieurs mois. Au milieu du pelage brillant, la jeune fille devina deux immenses yeux noirs au regard triste et naïf.

— Nousss aurons droit à un fessstin, ce sssoir ! s'écria un des chasseurs.

— Remarque, nousss avons peut-être volé le repas de quelqu'un ! Qui sssont-ils ? constata un autre des prédateurs en désignant Aurélie et Narcisse.

Comme l'ange gardait son arme pointée, Aurélie souffla :

— Ils ressemblent à l'homme-serpent du village…

Les énigmatiques personnages s'avancèrent en agitant leur queue. De leurs yeux jaunes, ils examinèrent avec intérêt les deux curieux étrangers qui occupaient leur domaine.

— Vous vous trouvez sssur notre territoire de chassse ! grogna un premier homme-serpent.

— Sssi ce magritérium vousss a fait peur, calmez-vous… Ils ne mangent que les feuilles d'arbres ! se moqua un autre.

— En plusss qu'ils n'ont pas mangé depuis longtemps !

Ces obscurs reptiles avaient un torse d'homme qui se terminait par une queue de serpent, et leur tête rappelait celle d'un cobra. Aurélie doutait qu'ils leur veuillent du mal. Pourtant, Narcisse gardait son arme braquée. Les rencontres de cette nuit l'avaient rendu méfiant.

— Donnez-nous vos armes et nous vousss essscorteronsss à la chaleur, proposa un des hommes-serpents.

Impressionnée par ces êtres curieux, Aurélie tendit son épée, mais Narcisse la retint. L'ange remit sa flèche dans son carquois et son arc sur son épaule.

— Ce ne sera pas nécessaire, les assura l'ange.

— Pourquoi ? interrogea avec un rictus mauvais celui qui semblait être le chef de la bande.

— Si j'avais décidé de me servir de mon arme, plus aucun d'entre vous ne serait de ce monde, expliqua Narcisse.

Surprise par cette réponse, Aurélie songea que Narcisse commençait de plus en plus à ressembler à Icare.

Le reptile montra les crocs. Néanmoins, il hocha la tête et fit signe à ses pairs de guider l'ange et la jeune fille vers les grottes du peuple serpent.

Derrière le groupe, plusieurs hommes-serpents remorquaient le magritérium qui râlait.

* * *

Icare poussa la porte et plissa les yeux en pénétrant dans une pièce éblouissante. À l'entrée, il y avait une fontaine en forme d'étoile où nageaient des poissons dorés.

Au-delà de ce vestibule s'étendait la Bibliothèque qui comportait quinze allées de documents bien tassés. Le plafond aux dômes lumineux reposait sur de larges colonnes blanches et des vignes fleuries couraient un peu partout dans ce décor qui rappelait un temple de la Grèce antique. La richesse et la beauté des Archives tranchaient avec la désolation qui régnait à l'extérieur des grottes.

Une jeune fille aux longs cheveux blonds vint accueillir l'ange et le salua avec une moue hautaine. Elle le toisa des pieds à la tête de ses grands yeux pâles.

— Bonsoir, je m'appelle Clio. Après votre périple jusqu'ici, je constate que vous êtes blessé.

Icare fronça les sourcils et regarda sa main où se dessinait un cercle rouge. Puis, remarquant la bestiole qui se cachait au creux du bras de la jeune fille, l'ange s'écria :

— C'est elle qui m'a mordu !

— Pourquoi avez-vous essayé d'attraper un kéroptère qui ne vous est pas destiné ? Non, mais, quelle idée ! s'exaspéra-t-elle. Veuillez me suivre.

Icare remarqua que plusieurs jeunes filles, toutes semblables, s'affairaient à placer les documents dans les allées. Elles ricanèrent en le voyant, blaguant sur son apparence dépenaillée et sur ses ailes hirsutes.

— Il est passé dans un tordeur ou quoi ?

— Je ne savais pas que les chacals avaient des plumes !

— On dirait un oiseau mal empaillé !

Blessé dans son orgueil, l'ange redressa

le menton et tenta de prendre un air digne. Clio s'approcha d'un grand secrétaire où reposaient des piles de papiers vélins en broussaille. Une autre jeune femme tenait en éventail des feuilles soyeuses et les lisait à voix haute.

— Mélusine, il y a quelqu'un ici pour toi ! souffla Clio en déposant le kéroptère sur un amas de feuilles pêle-mêle.

— Il se faisait pourchasser par la bande de voyous de Nico, puis le mégacéros est apparu. Il est alors tombé en bas de la clôture, puis plus rien… Plus rien ! Je ne comprends pas, comment est-ce possible ? continua Mélusine pour elle-même, sans porter attention à sa sœur.

— Mélusine ! Je te parle ! C'est un ange et il connaît Aurélie !

Catapultée hors de ses songes, la jeune femme abaissa les documents qu'elle tenait devant son visage.

— Un ange ? Aurélie ? souffla l'archiviste en déposant ses papiers.

La jeune femme se leva, puis scruta Icare d'un air ébahi, comme s'il sortait d'une boîte à surprise.

Icare dut avouer qu'il fut impressionné par l'archiviste. Ses longs cheveux bouclés rappelaient l'eau bleue d'un lagon exotique et ses yeux pétillants avaient la couleur d'une tempête en haute mer. Elle avait un visage fin et était vêtue d'une longue soutane blanche et de délicats escarpins de satin. L'ange toussota pour se ressaisir et déclara d'un ton officiel :

— Non seulement je connais Aurélie, mais elle est sur cette île en ce moment.

Mélusine descendit quelques marches et rejoignit l'ange d'un pas précipité.

— Vous voulez dire qu'elle a traversé l'océan et qu'elle est venue jusqu'ici pour aider Zachary ? Quelle bonne nouvelle ! C'est un très bon revirement de situation ! s'enthousiasma-t-elle en secouant les épaules d'Icare.

— Euh, oui… J'imagine, souffla Icare.

Mélusine montra d'un geste un grand métier à tisser argenté.

— Depuis les lignes que je lisais lorsque vous êtes arrivé, il n'est rien sorti de là. C'est le néant ! Zach est dans un profond coma. En plus, on a arrêté de livrer les poils de lévrier pour tisser les documents. Et tout ce que je sais au sujet de l'extérieur, c'est qu'une épouvantable tempête fait rage !

— Nous avons un nouvel indice, affirma

Clio en présentant le petit kéroptère à sa sœur.

La bestiole transportait une touffe de poils bleus entre ses minuscules pattes. Mélusine les prit et les examina.

— C'est Rictus ! La dernière fois que j'ai entendu parler de lui, il avait été capturé par Bathor et par le peuple serpent ! Ceci doit être un message pour me signifier qu'il est encore captif !

— Hé ! Une minute ! Est-ce que quelqu'un pourrait m'expliquer qui est ce beau monde ? s'écria Icare.

Clio et Mélusine se tournèrent vers l'ange comme si elles reprenaient conscience de sa présence.

— Bathor est le chef du peuple serpent et, normalement, il est pacifique. Ainsi, il ne devrait rien avoir contre Rictus, car c'est le conseiller de l'île. Depuis quelques jours, tout est sens dessus dessous sur l'île ! raconta Mélusine.

— Eh bien, moi, je peux vous confirmer qu'une femme-rat et sa horde de cavaliers ont pris le contrôle et qu'ils se servent de vos lévriers poilus pour se déplacer. En plus, elle compte faire un méchoui avec un wapiti géant ! soutint Icare.

Mélusine eut un air consterné.

— Des pirates ? Sur cette île ? S'ils ont découvert le mégacéros, c'est catastrophique !

— Il est à l'entrée de la grotte et il y sera en sécurité pour un moment. Malheureusement, il est pas mal amoché. Il ne passera pas la nuit si on continue à se tourner les pouces, expliqua l'ange. D'ailleurs, que représente cette bête ?

— Le mégacéros représente Zach, ses états d'âme, ses humeurs, ses craintes. La forme qu'il prend et sa couleur montrent comment il se sent. Si l'animal meurt, Zach ne se réveillera jamais dans la réalité, murmura tristement Mélusine.

Icare s'assit sur le coin du secrétaire et posa une cigarette entre ses lèvres.

— Bref, ça va mal, conclut-il en l'allumant.

Les jeunes bibliothécaires poussèrent en chœur un cri d'horreur. Mélusine confisqua la cigarette et l'écrasa fermement du bout du pied.

— Fumer dans une bibliothèque ? Vous n'y pensez pas ? gronda-t-elle.

— Pas de panique ! Je ne suis pas idiot ! Je ne mettrai pas le feu !

Clio tapota l'épaule de sa sœur.

— Maintenant, que fait-on ?

— C'est décidé : je pars. J'accompagne ce monsieur…

— Icare, répondit l'ange.

Des rires moqueurs fusèrent un peu partout dans la Bibliothèque.

— Mélusine, tu ne peux pas partir ! Il est impossible pour une archiviste de quitter la Grande Bibliothèque ! s'indigna Clio.

— Et moi, je n'ai pas besoin d'une mégère de plus sur les bras. Donnez-moi des instructions et une carte et je me débrouillerai, proposa Icare.

Mélusine fixa l'ange avec un sourire sarcastique.

— Vous croyez pouvoir vous orienter seul ? Vous vous trouvez sur une des plus grandes îles souterraines du monde imaginaire. Si je ne quitte pas cette bibliothèque pour aller élucider ce qui se passe, nous n'aurons plus d'île pour nous abriter demain matin !

— S'il t'arrive quelque chose, Mélusine, qui interprétera les tissages ? demanda Clio.

— Vous êtes huit pour les traduire. Et ça te donnera une bonne occasion de me remplacer, Clio, toi qui me reproches d'être trop brouillonne ! ironisa Mélusine.

La jeune femme saisit le bras d'Icare et l'entraîna vers la porte de la Bibliothèque.

— C'est irresponsable, ça ! Nous sommes neuf sœurs et nous avons la consigne de ne jamais sortir ! argua Clio.

— Ah, et maintenant je suis irresponsable ? s'indigna l'archiviste, les poings sur les hanches. Je vais t'apprendre les bonnes manières, espèce de dinde aux cheveux filasse !

— Vous ne pourriez pas laver votre linge sale une autre fois ? La vie de votre roi est en jeu ! soupira Icare, irrité par les balivernes des sœurs rivales.

Après un regard plein de reproches à Clio, Mélusine avoua :

— Vous avez raison, monsieur Icare ! Ce n'est pas le moment de discuter de ces futilités. Venez, nous n'avons plus de temps à perdre !

Elle tira l'ange à l'extérieur et salua ses sœurs d'un geste.

— Au revoir ! Prenez soin des documents !

— Au revoir ! s'écrièrent à l'unisson les autres sœurs, tandis que Clio croisait les bras avec une mine butée.

La lourde porte se referma avec un bruit sourd. Icare était abasourdi par sa visite éclair de la Grande Bibliothèque de Zachary et par les caquetages des bibliothécaires.

— Où va-t-on ? interrogea l'ange.

— Nous avons besoin d'une amulette, monsieur Icare. C'est la dernière chose qui puisse encore sauver Zachary ! répondit Mélusine avant de se mettre en route.

13

Au terme d'un méandre de couloirs souterrains éclairés par des torches, Aurélie et
Narcisse débouchèrent dans une immense
caverne. Autour de cette chambre étaient
sculptés des pièces et des balcons qui abri-
taient les familles du peuple serpent. On avait
aussi creusé des aquariums où nageaient de
gracieuses bestioles fluorescentes, ce qui
jetait une lueur irréelle dans la tanière.

Une foule d'hommes et de femmes-
serpents de toutes formes et couleurs se
précipitèrent lorsque Aurélie et Narcisse se
présentèrent sur le seuil, flanqués des chasseurs qui transportaient leur proie. Un des
reptiles fendit la foule et se présenta devant eux, paré de vêtements scintillants
brodés de fils d'or. Le capuchon orange de sa
tête de cobra était orné d'anneaux et ses
longs doigts écailleux s'alourdissaient de
bagues.

Le chef des chasseurs s'inclina profondément devant celui-ci et désigna le magritérium d'un geste cérémonieux.

— Bathor, notre chassse a enfin porté ssses fruits !

Le souverain posa une main réconfortante sur le front du chasseur.

— Bien ! Mon cher Haje Croc-Noir, après ces mois de famine, nous pourrons nous payer un banquet digne de notre peuple, clama fort le roi en dévoilant un croc d'or.

La foule hurla de joie, ce qui produisit un écho assourdissant dans la grotte. Aurélie ne put s'empêcher de sourire devant tant d'enthousiasme. C'était son premier contact amical depuis qu'elle était arrivée sur l'île.

Bathor Venin-de-Lave se tourna vers les deux étrangers : les yeux d'émeraude du serpent charmeur luisaient d'intérêt.

— Qui sssont ces deux intrigants perssssonnages ? demanda-t-il, sa langue fourchue frémissant entre ses lèvres.

— Ilsss erraient dans la forêt… commença Haje.

Aurélie se décida à prendre la parole. La nuit avançait vite, et elle devait commencer à accumuler les indices pour sortir Zachary du sommeil.

— Nous sommes des amis de Zach et nous venons essayer de sauver son île ! déclara fièrement la jeune fille.

Surpris, les chasseurs pouffèrent, et des rires résonnèrent ailleurs dans la salle.

— Vousss êtes une bien mignonne jeune fille ! Et ambitieussse de sssurcroît ! Maisss il y a déjà un moment que l'île est dansss un état lamentable, alors je doute que deux mai-gresss humains y puisssent quelque chossse ! railla Bathor.

Aurélie soupira de frustration et Narcisse s'impatienta.

Avez-vous au moins essayé ? questionna l'ange en levant le menton d'un air impérieux.

— Il ssse croit fort, celui-là ! Il affirme qu'il peut tousss nousss atteindre avec ssses flèches lesss yeux fermés ! se moqua Haje.

La foule s'esclaffa de nouveau. Le roi les fit taire de la main.

— Il est trèsss attendrisssant que deux étrangers démontrent autant d'essspoir et de dévouement envers notre roi Zachary. Nous allons au moins leur montrer notre hossspi-talité avant qu'ils poursssuivent leur voyage ! dit Bathor en claquant des doigts. Venez ! Nous vous ssservironsss une généreussse part de magritérium !

Narcisse jeta un regard inquiet vers Aurélie.

— Je préfère jeûner !

— Tu ne voudrais pas insulter le roi Bathor, n'est-ce pas, Narcisse ? souffla Aurélie d'un ton moqueur.

La jeune fille se laissa entraîner dans cette caverne fantastique, les yeux brillants et le souffle court. Elle savait que le monde imaginaire de Zach renfermerait des trésors inestimables et cela confirmait ce qu'elle avait toujours su à propos de son ami. Contrairement à son apparence inquiétante, le peuple serpent était chaleureux et plein d'attentions envers ses invités.

Aurélie et Narcisse furent installés dans des fauteuils aux côtés du trône du roi, et des femmes-serpents s'empressèrent de leur apporter à boire, faisant onduler leur corps de mouvements fluides. Narcisse observa le contenu de son verre d'un œil sceptique.

— Qu'est-ce ?

— Du venin, répondit Bathor.

Il sourit en constatant l'air ahuri de l'ange.

— Du calme, mon cher. Il ne sss'agit que d'un cidre épicé… C'est très désssaltérant et ça réchauffe lesss entrailles !

— Un serpent qui offre la pomme à un

ange… On aura tout entendu, ironisa Narcisse.

— Narcisse, tu viens vraiment de blaguer ? rit Aurélie.

Le reste du goûter se déroula dans la bonne humeur et Aurélie en profita pour visiter les aquariums. Des méduses, des pieuvres et quelques poissons se baladaient en un ballet lumineux. Elle ne put réprimer un sourire en voyant deux jeunes hommes-serpents l'épier et chuchoter des commentaires à son sujet.

Si Aurélie ne pouvait obtenir d'aide de Bathor et de son peuple, au moins cette rencontre lui donnait-elle l'occasion d'explorer plus à fond l'île de Zach, et peut-être de mieux le comprendre.

La jeune fille remarqua une cage où se terrait un animal à fourrure bleue tachetée. À pas feutrés, elle s'avança vers les barreaux et l'animal bondit. Aurélie reconnut une hyène et ses grands yeux tristes l'attendrirent immédiatement.

— Hi, hi, hi ! Je n'ai rien fait ! Je vous l'assure encore ! Ne me torturez pas ! ricana la pauvre bête.

Étonnée de cette réaction, la jeune fille murmura :

— Je ne te veux aucun mal, ne t'inquiète

pas ! Pourquoi est-ce que tu ris et pleures en même temps ?

— Hi, hi, hi ! Désolé, c'est nerveux ! Je suis une hyène, vous savez…

L'animal scruta Aurélie avec incertitude et constata qu'elle n'était pas une femme-serpent. Ainsi, il se risqua :

— Qui êtes-vous ?

— Je m'appelle Aurélie. Pourquoi êtes…

— Aurélie ! Aurélie Durocher ? Hi, hi, hi ! Dans ce cas, Zachary pourrait être sauvé ! s'enthousiasma la hyène.

— Tu me connais ? Qui es-tu ? s'enquit la jeune fille.

— Je suis Rictus, le conseiller de l'île de Zachary !

— Le conseiller ? Une hyène ? sourit Aurélie.

— Je suis un jouet de peluche que le jeune Zachary a trouvé dans une poubelle. À cause de mon poil bleu et de mon allure ridicule, j'étais condamné au dépotoir, mais Zach m'a rescapé ! Hi, hi, hi ! Alors je suis devenu son confident.

Aurélie devait avouer que cet animal hirsute lui était familier. Puisqu'elle côtoyait Zach depuis la première année du primaire, elle avait souvent vu le toutou préféré de son ami. À cause de sa bouche recousue plusieurs fois, la hyène avait hérité du surnom de «Rictus». Aurélie serra la patte tendue à travers les barreaux de métal.

— Rictus, pourquoi es-tu enfermé? Le conseiller de l'île ne peut se trouver emprisonné à un moment pareil! Bathor est-il ton ennemi?

— C'est une longue histoire… chuchota Rictus en baissant les yeux.

— Ça n'a aucun sens! Durant une période difficile, les habitants de l'île devraient s'entraider et se consulter! tempêta la jeune fille en tournant les talons.

D'un pas déterminé, elle se dirigea vers le trône du souverain. D'un signe de la main, elle attira l'attention de l'homme-serpent qui était absorbé par la danse langoureuse d'une femme-vipère voilée. Narcisse, lui, refusait en gesticulant le «venin» qu'on lui offrait.

— Roi Bathor, pourquoi le conseiller de l'île est-il en cage? Nous avons besoin de son aide, il faut le libérer!

— Ce traître n'a rien d'un consssseiller! cracha Bathor. C'est un manipulateur de la pire essspèce!

Les instruments de musique cessèrent de résonner dans la grotte et la foule se tut, osant à peine respirer devant la colère de leur roi.

Les yeux de Bathor lancèrent des flamm-mèches tandis qu'il se levait pour rejoindre la jeune fille, la dominant de toute sa taille. Narcisse s'interposa entre l'homme-serpent et sa protégée.

— L'île est en péril, il faut être solidaires ! articula Aurélie pour ne pas paraître trop intimidée.

— Cette charogne a manigancé avec lesss êtres les plus vils du monde imaginaire… Les rats !

— Ce n'est pas possible ! murmura-t-elle, incrédule.

Rictus s'était retiré au fond de sa cage.

— Je ferais n'importe quoi pour sauver Zachary ! assura-t-il à Aurélie avec un sanglot.

La jeune fille se tourna vers Narcisse pour lui demander son avis, mais l'ange secoua la tête. Il ne savait pas qui, du serpent ou de la hyène, disait vrai. En repensant à Gayoum, son propre conseiller qui l'avait tant aidée durant sa première mission, Aurélie décida de croire la hyène.

— Ou vousss êtesss avec nous, ou vousss êtes contre nous. Si vous vous rangez du côté de ce fourbe, alors vousss êtesss une ennemie ! jugea Bathor d'une voix forte.

— Pour le bien de Zachary, vous devez

relâcher Rictus, s'opposa Aurélie.

Bathor inspira profondément devant la détermination de la jeune fille. Comme la foule hésitait et susurrait autour de lui, le roi serpent déclara :

— Dans ce cas, sssi vous gagnez un duel contre notre championne, nous libérerons le conssseiller !

* * *

— C'était drôlement isolé, pour une Grande Bibliothèque ! s'exclama Icare.

— C'est parce que Zach préfère tout garder enfoui au fond de lui, expliqua Mélusine. Il aime montrer une façade impassible pour mieux cacher le tumulte d'émotions qu'il ressent. Si un jour il s'ouvre plus, peut-être que nous pourrons déménager les Archives en surface.

Icare et Mélusine avaient parcouru un bon nombre de grottes et de souterrains, certains secrets et bien dissimulés, d'autres grandioses avec des parois ornées de fresques dignes des artisans de l'Antiquité. Fasciné, Icare suivait l'intrigante archiviste qui ponctuait chaque pièce d'une anecdote.

Il semblait qu'un royaume d'une immense

richesse était enterré sur cette île. Huit ans auparavant, lors du départ de la mère de Zach, tout avait été englouti. L'île avait retrouvé un équilibre mais, depuis quelques mois, Zach sombrait et Mélusine avait noté que plusieurs tensions s'étaient développées entre les habitants de l'île.

Maintenant, plus rien n'allait. La neige tombait sans relâche et Zach ne donnait aucun signe de vie.

L'ange escalada un rocher escarpé et tendit la main vers Mélusine qui entama la montée en relevant ses jupes.

— Comment connais-tu les souterrains si tu restes enfermée dans tes archives ?

— C'est qu'ils font autant partie de moi que de Zach. Ce serait ridicule qu'une archiviste ne connaisse pas les moindres recoins de son île !

Soudain, ils aboutirent sur un balcon sculpté à même la paroi d'une caverne où il ne semblait y avoir aucune issue.

Icare s'apprêtait à lancer un commentaire cinglant quand Mélusine tâta le mur d'une main ferme et assurée. Elle entra le bras dans une brèche et, la langue sortie, tourna une poignée invisible. Le son d'engrenages rouillés résonna et une partie du mur de roches s'écarta. Derrière se trouvait un corridor dont les murs étaient couverts de peintures. Icare haussa les sourcils avec un air éberlué.

— Que pensez-vous de ça, monsieur Icare ?

— Ah, laisse tomber ces « vous » et ces « monsieur », Mélusine ! lâcha Icare. J'ai l'impression de me retrouver à nouveau au ciel à me faire réprimander comme un enfant mal élevé !

— Déplumé comme vous... tu l'es, c'est difficile de croire que tu es un ange responsable, ricana Mélusine qui rougit sous le regard irrité d'Icare.

Au bout du couloir, il y avait une pièce circulaire coiffée d'un dôme d'une hauteur imposante. Au centre trônait une magnifique statue assise qui représentait une femme d'une beauté mythique, dont la main droite était levée. Dans la paume de son autre main, Icare remarqua un objet brillant.

— C'est ça, l'amulette qu'on cherche ? demanda-t-il avec impatience.

Mélusine retint Icare qui s'aventurait déjà vers l'idole de marbre.

— Attention ! C'est l'un des trésors les plus importants de l'île et, comme tout trésor, cette amulette est gardée par plusieurs pièges...

L'ange baissa les yeux et vit des cercles concentriques de métal encastrés dans le sol. Avec précaution, il retira son pied de l'un d'eux, mais un mécanisme fut aussitôt enclenché et le cercle pivota dans le plancher. Avec un déclic, une des nombreuses trappes en périphérie de la pièce s'ouvrit.

— Il ne faut pas être aussi fougueux ! murmura Mélusine, sachant ce qui allait arriver.

Un grognement menaçant résonna dans la grotte, et la porte par laquelle ils étaient entrés se ferma avec un claquement. Un énorme reptile, semblable à une salamandre, sortit de sa tanière et se déhancha lentement vers eux, se pourléchant les lèvres de sa langue fourchue.

— Tu aurais pu m'avertir avant ! se plaignit Icare en dégainant sa Volonté.

14

Aurélie tourna un regard effrayé vers Narcisse.

— Ce… ce n'est pas ce que je voulais ! Je souhaitais la libération de Rictus, pas un duel ! s'écria-t-elle en sentant la sueur froide perler sur son front.

— Vous avez un peu couru après, Aurélie ! jugea l'ange.

— Aide-moi au lieu de me sermonner !

— Vous savez très bien que je ne peux pas me battre à votre place !

Quatre hommes-serpents escortèrent Aurélie et Narcisse au-delà d'un couloir étroit. Ce passage débouchait sur un vaste amphithéâtre taillé dans la roche et dont les murs représentaient des scènes historiques du peuple serpent. Au plafond, un aquarium circulaire géant où dansaient des silhouettes fluorescentes jetait une lumière vacillante sur l'aire de jeu.

Autour de l'arène, la foule s'installa dans les gradins, scandant des slogans, heureuse de ce combat inattendu. Un vieux python à la peau écailleuse et flasque prit la Volonté d'Aurélie et la fit briller avec un chamois. Lorsqu'il remit l'arme à la jeune fille avec une profonde révérence, elle reconnut Oxybélis, le vendeur d'armes croisé un peu plus tôt dans le village portuaire, et lui adressa un signe de tête reconnaissant.

Aurélie tendit le cou et vit Bathor assis à la meilleure place, Rictus enchaîné à ses côtés. Le roi serpent souriait sous les acclamations de la cohue qui n'avait pas eu droit à ce genre de spectacle depuis des mois.

Aurélie s'était-elle trompée sur le compte du peuple serpent ? Au premier abord, elle avait cru qu'il serait un allié important et s'était instinctivement sentie en confiance en la présence de Bathor.

À présent, elle se demandait si les serpents n'étaient pas un peuple ennemi. N'avait-elle pas de bonnes raisons de se fier à Rictus, le conseiller de Zach ? Pourtant, dans le monde imaginaire, il était difficile de distinguer ce qui était vrai et ce qui était une illusion, même en ce qui concernait les gens.

Ses doigts tremblants serrant le pommeau

de sa Volonté, Aurélie allait s'avancer dans l'arène la mort dans l'âme quand une main la retint. Narcisse la força à pivoter vers lui et la secoua par les épaules.

— Prenez sur vous, Aurélie ! gronda-t-il, les sourcils froncés.

— Comment vais-je faire ? Je sais à peine bloquer un coup et encore moins en porter un ! admit la jeune fille d'une voix chevrotante.

— Cette épée que vous tenez a été formée par vos propres mains, elle doit donc être taillée sur mesure pour vous !

— Qu'est-ce que tu veux dire, Narcisse ?

— Il existe sans doute une technique particulière que vous connaissez d'instinct pour cette arme unique ! Par exemple, mon arc a été conçu pour moi et personne d'autre ne sait s'en servir à ma façon. C'est probablement le cas pour la Volonté d'Icare, car ne croyez pas que nous ayons des cours d'escrime au ciel !

Aurélie eut une moue sceptique.

— Merci quand même, Narcisse.

Le visage stoïque de l'ange se fendit d'un sourire qui surprit la jeune fille.

— Bien. Maintenant, tâchez de botter le derrière à cette supposée championne !

Le nom de celle-ci fut annoncé en grande pompe. Dans une ouverture à l'opposé de l'arène ondulait l'ombre d'une femme-serpent de haute taille. Elle levait un sabre acéré et sa tête était couverte d'un casque qui dissimulait son visage.

— La championne, Naja Fer-de-Lance, affrontera aujourd'hui Aurélie Cœur-de-Pirate ! déclara Bathor d'une voix forte.

Cette annonce encouragea les acclamations de la foule de serpents qui pariaient déjà cher sur la vipère guerrière.

— Quoi ? Mais je ne suis pas un pirate ! s'écria Aurélie.

Narcisse lui donna une légère poussée en avant et la somma de relever le défi d'un geste du menton. Les épaules voûtées et la tête baissée, la jeune fille avança jusqu'au milieu de l'arène sans quitter son adversaire des yeux. Cette méduse au corps de serpent et aux bras musclés semblait encore plus redoutable à la lumière avec ses écailles lisses et son armure étincelante.

Le même vieux reptile qui avait poli la Volonté d'Aurélie lui tendit un casque et un plastron de métal.

— Vous êtes chanceussse, Oxybélisss l'armurier vous offre gracieusssement quelques protections, dit Bathor.

D'une main maladroite, Aurélie enfila le

heaume sur sa tête et, derrière le grillage qui lui obstruait partiellement la vue, elle entendit sa respiration sifflante, ce qui ne la rassura guère. Elle remercia Oxybélis, qui sourit de tous ses crocs, et se tourna vers Narcisse qui l'observait les bras croisés. Comment cet ange égoïste pouvait-il la laisser ainsi affronter une vipère gigantesque ?

Icare aurait dû être à sa place ! Il était bien plus agile qu'elle ! Elle se sentait ridicule au milieu d'un amphithéâtre à attendre les coups.

Naja Fer-de-Lance tendit ses longs doigts pour serrer la main de son adversaire et les deux combattantes prirent leurs positions. Un gong au son grave retentit, marquant le début de l'épreuve.

— Mon Dieu, aidez-moi ! souffla Aurélie sous son casque.

* * *

Icare brandit son épée devant le basilic hostile, mais Mélusine le retint.

— Attends !

Elle marcha calmement vers le reptile puis, les mains jointes, elle inspira profondément. Un halo lumineux enveloppa le monstre, dont les yeux jaunes cillèrent.

— Du calme, du calme ! Nous sommes ici pour aider et non pour dérober ! articula la jeune femme d'une voix basse et hypnotique.

Comme le saurien hésitait, elle posa les doigts sur son museau en un geste apaisant. Le reptile se retira brusquement à ce contact. Icare eut juste le temps d'attraper Mélusine et de s'envoler lorsque le monstre ouvrit sa gueule pour cracher une boule de feu.

— Il n'était pas d'humeur à négocier aujourd'hui ! commenta l'ange en se perchant sur la tête de la statue, quelques mètres plus haut.

— Je ne comprends pas ! Il devrait pourtant me reconnaître !

Le cercle sur le sol tourna encore et s'arrêta sur un symbole en forme de volute. Des ouvertures situées autour du dôme déversèrent des cascades d'eau qui inondèrent la pièce.

Sans être intimidé par ce nouveau guet-apens, le reptile amphibien se mit à nager autour de la statue, attendant que l'eau monte pour avoir accès à son festin. Un cliquetis indiqua que le cercle n'avait pas terminé son jeu infernal, et des pointes acérées descendirent du plafond. Entre l'eau, le monstre et les pointes, il ne restait plus beaucoup d'issues.

— C'est horrible ! Je n'ai jamais été pié-gée de cette façon ! cria Mélusine, un sanglot dans la voix.

Icare regarda autour de lui et proposa :

— Commençons par récupérer l'amulette avant qu'elle soit engloutie !

Icare escalada le visage angélique de la madone et sauta de l'épaule à l'avant-bras. Il manqua de perdre pied et le reptile profita de cette maladresse pour grimper sur le coude de la statue. Icare eut à peine le temps de saisir l'amulette que le monstre lâchait une autre de ses redoutables boules de feu.

— Icare, vite ! hurla Mélusine, les yeux fixés sur les pointes qui s'approchaient.

En quelques coups d'ailes, l'ange tenta de rejoindre l'archiviste, mais retomba en évi-tant les pointes qui continuaient à s'abaisser du plafond. Il s'accrocha tant bien que mal aux cheveux de la statue et Mélusine lui ten-dit la main pour l'aider à remonter. Le reptile choisit ce moment pour cracher ses flammes à quelques centimètres du pied d'Icare. Avec un effort désespéré, Mélusine hissa l'ange à ses côtés, sur la tête de la déesse.

— Ça sent le roussi ! constata la jeune femme.

— Sac à plumes ! Cette chimère est en

train de me rôtir comme un poulet !

— Comment allons-nous sortir d'ici ? Il n'y a presque aucune issue…

— Presque ?

— Eh bien, la tanière du gardien de l'amulette a dû rester ouverte, sauf qu'elle est enfouie dans l'eau et que, moi, je ne sais pas nager. Et toi, tu tiens plus de l'oiseau que du poisson ! ironisa Mélusine.

Icare jeta un regard au reptile qui escaladait le bras de l'idole et sourit malicieusement.

— Les canards et les pélicans sont de très bons nageurs…

Devant l'air interdit de Mélusine, il s'exclama :

— Accroche-toi et retiens ton souffle, ma belle !

Icare empoigna la jeune femme et plongea dans l'eau à l'instant où le saurien envoyait une explosion de flammes sur eux. Mélusine s'agrippa au cou de l'ange et ferma les yeux, effrayée.

Icare s'engouffra dans l'antre du reptile avec une brasse agile et rapide. L'eau y était sombre et Icare remarqua plusieurs ossements qui traînaient sur le sol, probablement ceux des voleurs qui avaient tenté de s'emparer de l'amulette. Certains crânes avaient la physionomie de rongeurs, ce qui confirmait que les pirates infestaient cette île.

Comme partout ailleurs dans ce dédale, cette allée se séparait en plusieurs embranchements. Malheureusement, le monstre s'était lancé à leur poursuite et gagnait du terrain. L'ange dut donc prendre une décision rapide.

D'un coup de pied, Icare bifurqua sur la gauche et se faufila dans un conduit étroit. Il crut s'être ainsi débarrassé du reptile. Pourtant, quand il sentit un courant d'eau réchauffée par le souffle de l'animal lui frôler la jambe, il se rappela sa présence. Les joues gonflées, Icare tentait de garder son souffle, mais craignait que Mélusine, elle, ne s'étouffe de panique.

Puis il buta contre une barrière de bois. Épouvanté par cette dernière embûche, l'ange se tourna, puis vit le monstre foncer droit sur eux, ses yeux jaunes luisant dans l'obscurité. Mélusine hurla sous l'eau, relâchant de précieuses bulles d'air.

Entre la porte et le reptile, Icare hésita jusqu'au dernier moment. Il projeta Mélusine sur la paroi du couloir et se colla sur le mur opposé. La salamandre géante ouvrit sa gueule et fut surprise de ne rien avaler. Elle entra de plein fouet dans la trappe qui céda sous son poids.

Dès que la porte s'ouvrit, ils furent tous aspirés dans un nouveau couloir. Icare tendit la main vers Mélusine, mais un tourbillon de vagues déchaînées emporta l'archiviste sans qu'il réussisse à l'agripper.

Confus, il ne sut pendant combien de secondes il fut transporté par les flots noirs et sentit la claustrophobie le gagner. Un long cri de Mélusine le délivra de son affolement, puis la lumière le fit cligner des yeux. Enfin, il se sentit entraîné par une chute d'eau.

Il se ressaisit vite et déploya vivement ses ailes pour voler en direction de l'archiviste qui plongeait vers un bassin d'eau. Le reptile tomba à son tour et regagna vite la surface dans l'espoir d'attraper une de ses proies. Icare eut juste le temps de sauver Mélusine avant de la mener vers une des nombreuses alvéoles qui donnaient sur la galerie.

L'ange déposa la jeune femme sur le sol humide et, en la sentant frémir, la garda un moment contre lui. Mélusine émit un râle et fut secouée d'une quinte de toux creuse. Icare lui tapa dans le dos et elle recracha l'eau qu'elle avait avalée.

Embarrassée, l'archiviste s'éloigna de l'ange avec les joues en feu et le souffle court.

— Ça va ? s'inquiéta Icare.

Elle hocha la tête, les yeux ailleurs.

— Oui. Merci pour la rescousse.

— Pas trop ébranlée par ton baptême de l'eau ?

— À défaut de pouvoir voler, j'essayerai d'apprendre à nager avant ma prochaine sortie, répondit-elle.

Le regard craintif, Mélusine se pencha pour observer le lac souterrain où nageait le reptile en poussant des lamentations rauques.

— Ce ne sera pas facile. Par contre, il devrait pouvoir retrouver son chemin vers sa grotte.

— Tu t'inquiètes pour le monstre qui a failli nous transformer en rôtis ? s'indigna l'ange.

— Il y va de l'équilibre de l'île, mon cher Icare.

— Ouais, mais il n'aura plus de trésor à garder…

Icare ouvrit la paume et dévoila l'amulette. Sertie de pierres bleu et rouge, celle-ci représentait un cœur en coupe avec ses ventricules, oreillettes et artères principales.

Mélusine prit la chaînette à laquelle était accroché le talisman et fit balancer l'objet sous ses yeux, émue par sa beauté.

— Cette amulette représente le Cœur de l'île. Ce n'est pas seulement le cœur symbolique, mais aussi physique. Si nous oublions souvent ce dernier, c'est quand même lui qui bat au rythme de nos émotions… Et puisque tu sembles déterminé à ce que je vive des émotions fortes, je devrais le mettre en sécurité, conclut-elle en le pendant à son cou.

Icare secoua la tête et adressa un étrange petit sourire à l'archiviste.

— Pourquoi est-ce que tu me regardes de cette façon? s'enquit Mélusine en rougissant de nouveau.

— Parce que tu es une véritable encyclopédie sur pattes!

— Oh! Je suis désolée! Toutes ces années d'isolement avec mes sœurs m'ont rendue mélodramatique et ennuyante, s'excusa-t-elle en baissant les yeux.

Icare éclata de rire:

— Mais non! Tu es…

Il se mordit la lèvre et se reprit:

— Tu es bien comme ça.

Allait-il vraiment dire mignonne? Une

telle expression ne devait pourtant pas faire partie de son vocabulaire! Contrairement aux anges d'autorité supérieure comme Narcisse, Icare était capable d'éprouver de la sympathie, voire de la fraternité, mais de là à bredouiller des conneries pareilles?

Mélusine se réjouit du petit compliment et s'enquit:

— Icare, est-ce que tu me trouves jolie?

— C'est quoi, cette question? répliqua l'ange, ahuri.

— Bien... Plus tôt, tu m'as appelée «ma belle» et je...

— J'appelle plein de filles «ma belle»! C'est une expression, c'est tout!

— Oh! répondit Mélusine, la voix lourde de déception.

— Quoi encore? Tu vas me demander si ta robe te grossit? ironisa l'ange.

Mélusine regarda sa soutane détrempée.

— Ah? Est-ce que c'est le cas?

Icare répondit d'un grognement de rage. Si cette drôle d'archiviste le fascinait, il ne voulait pas qu'elle se fasse des illusions à son sujet, à l'instar de Majira qui scrutait toujours l'horizon à sa recherche... Il inspira profondément et se contraignit à une attitude froide et distante.

Pour marquer ce brusque changement d'humeur, l'ange se leva d'un bloc et s'engagea dans le couloir pour s'éloigner de la galerie et du lac souterrain.

— Viens-t'en, Mélusine, on est loin de la fin de notre quête !

Abasourdie par cette rudesse, Mélusine se contenta de le suivre avec un nœud dans la gorge qui n'avait rien à voir avec l'eau qu'elle avait ingurgitée.

15

Derrière sa visière, Aurélie vit plonger le premier coup en direction de son visage. D'instinct, elle leva sa Volonté à la hauteur de ses yeux et bloqua le sabre. Elle avait le souffle coupé, et son cœur battait la chamade, semblant prêt à exploser dans sa poitrine. Un autre coup, puis un troisième, et la lame de son adversaire vint tinter contre son casque.

Aurélie avait une tête de moins que Naja Fer-de-Lance et en ressentait un nct désavantage. Malgré la lenteur de ses déplacements, la femme-serpent demeurait plus forte et ses sens étaient bien plus aiguisés que ceux de la jeune fille.

Aurélie s'accroupit pour parer une nouvelle attaque et fonça devant, épée pointée, pour blesser la vipère. La jeune fille ne réussit qu'à égratigner la peau coriace de la femme-serpent.

Le filet de sang sur la Volonté d'Aurélie parut attiser l'agressivité de Naja qui redoubla d'ardeur dans ses coups. La jeune fille eut la chair de poule en entendant le sabre redoutable trancher l'air près de sa peau. La pointe vint s'abattre sur le plastron de son armure et le métal s'ouvrit comme une plaie béante. Aurélie resta figée, surprise d'être aussi facilement mise à nu.

— Hélasss pour vous, Oxybélisss est le pire armurier qui exissste ! susurra Naja.

La jeune fille répondit d'un gémissement aigu. Cela n'arrêta pas la championne du peuple serpent, qui porta encore un coup. Aurélie l'arrêta, mais avec beaucoup moins de conviction qu'auparavant ; son armure semblait taillée dans du papier…

Narcisse grinçait des dents. Son regard furtif avait scruté l'arène au complet à la recherche d'une issue. Malheureusement, ils étaient dans une grotte profonde et le nombre d'ouvertures était restreint. Il ne devait blesser personne et Aurélie tenait à récupérer l'étrange hyène au pelage bleu. À vue de nez, ce combat ne s'éterniserait pas : Aurélie avait un désavantage évident. L'ange devait donc agir vite.

Narcisse fut tiré de ses pensées par une

bestiole qui lui frôla la jambe. Un peu plus tôt, il avait remarqué que de petits rongeurs aveugles folâtraient partout dans les souterrains. Un homme-serpent lui avait expliqué qu'il s'agissait de kéroptères et qu'ils se guidaient par les sons.

L'ange suivit la course de l'animal qui monta le long des parois de la grotte pour se réfugier dans une ouverture à droite de l'aquarium géant au plafond. S'il y avait une issue, elle se trouvait en haut…

Rictus, lui, avait cessé de regarder. Le sort paraissait jeté, et la pauvre Aurélie qui avait offert de le défendre allait se faire charcuter par la femme-serpent. La hyène s'était donc roulée en boule derrière le trône de Bathor qui souriait de contentement devant ce splendide divertissement.

Aurélie fut projetée sur le sol par un coup violent. Naja gagnait de la force au fil de la bataille et, à l'opposé, la jeune fille faiblissait. La femme-serpent balança son arme et, avant qu'Aurélie s'en rende compte, une lacération avait ouvert l'épaule de la cuirasse qu'elle portait sous son plastron. La blessure laissa couler une goutte de sang. Piquée au vif, la jeune fille bondit sur ses pieds pour éviter de nouvelles attaques.

— C'en est assez ! fulmina Narcisse.

La foule s'était levée et réclamait à la championne d'anéantir l'ennemie. L'ange en profita pour mettre son plan à exécution. Dissimulé derrière les partisans, il prit une flèche de son carquois et visa en direction de Bathor.

La lame de Naja effleura la cuisse d'Aurélie et une nouvelle balafre rouge apparut. La foule hurla, les yeux rivés sur le spectacle. La flèche de Narcisse partit et pas un serpent dans l'assistance n'y prêta attention. Un bruit de chaînette fit lever la tête à Rictus, qui remarqua que le lien qui pendait à son cou n'était plus attaché au siège de Bathor.

Aurélie tomba à genoux, les épaules voûtées, et plaça sa Volonté au-dessus de sa tête comme dernière défense. Narcisse s'envola d'un coup d'aile, passant presque inaperçu au-dessus de la foule qui attendait avec des murmures impressionnés le moment fatal où la jeune fille allait capituler.

Quelques spectateurs tentèrent d'avertir le roi de la menace de l'ange mais, avant qu'il s'en rende compte, Bathor se retrouva confronté à Narcisse. L'ange prit la hyène dans ses bras et, en une fraction de seconde, le roi serpent fut ligoté avec la chaîne qui pendait au dossier de son trône.

Naja Fer-de-Lance, qui n'avait rien vu de cette distraction, éleva son sabre et s'apprêtait à porter l'assaut final à son adversaire. Un coup de pied venu de Dieu sait où lui fit perdre son arme et la championne du peuple serpent observa sa main vide, le regard ahuri.

Narcisse posa Rictus à côté d'Aurélie et recommanda à la jeune fille de s'accrocher à la hyène. L'ange envoya une nouvelle flèche vers le plafond, dans la vitre de l'aquarium qui se perça d'un éclat étoilé. L'ange cueillit ensuite ses deux protégés et, d'un bond, s'envola vers le haut de la grotte qui laissait déjà échapper quelques gouttes.

Soulagée, Aurélie s'appuya, tête ballante, contre le pelage soyeux de la hyène qu'elle serrait contre elle.

— J'espère que vous en valez la peine, la hyène, murmura Narcisse, sceptique.

Bouche bée, la foule regarda en direction du verre qui continuait à se lézarder avec des craquements inquiétants. Lorsque quelqu'un poussa un hurlement d'effroi, le peuple serpent fut délivré de son hébétude et les gradins en périphérie de l'arène se vidèrent rapidement. Le roi fut transporté à bout de bras, encore enchaîné à son siège.

La paroi transparente céda et des trombes d'eau se déversèrent sur l'amphithéâtre, emportant les serpents retardataires qui se bousculaient aux sorties.

— Naja devra nager ! Hi, hi, hi ! ricana Rictus qui se tut devant le regard sévère que lui lança Narcisse.

Dès que le réservoir fut vidé, l'ange entraîna son fardeau par l'ouverture de l'aquarium, avec l'espoir que ce chemin menait en dehors du royaume du peuple serpent et, éventuellement, à la sortie des grottes.

* * *

— Icare ! Ne va pas si vite ! J'ai de la difficulté à te suivre ! s'écria Mélusine, à bout de souffle.

L'archiviste courait aux trousses de l'ange qui avançait à grandes enjambées pour garder une distance raisonnable entre elle et lui. Icare ne lui avait pas adressé la parole depuis un bon moment, écoutant ses consignes avec une moue butée et répondant par des hochements de tête ou des haussements d'épaules.

En fait, il était si préoccupé par ses sentiments troubles qu'il n'entendit même pas l'avertissement de Mélusine.

— Attention devant !

Icare déboucha sur une autre caverne et, avant de reprendre ses esprits, il perdit pied et tomba dans le vide.

— Icare !

Icare déploya ses ailes à l'instant où il sentit un souffle chaud lui brûler le visage. Au fond de cette galerie oblongue coulait une rivière de lave rougeoyante. L'ange comprit alors qu'au cœur de l'île de Zachary se trouvait un immense volcan. Il remonta vers Mélusine qui l'attendait, le visage livide.

— Ouf ! J'ai eu peur…

— Où est censé mener ce chemin ? s'enquit Icare, les bras croisés.

— Normalement, un pont relie cette porte à celle que tu vois de l'autre côté. Mais ce lien a été retiré et je constate que l'entrée de l'autre côté est bloquée.

— N'as-tu pas une clef ?

— Non, je ne peux pas ouvrir toutes les portes closes du royaume souterrain. Si cette issue est fermée, c'est que Bathor a décidé de protéger le peuple serpent d'une menace que j'ignore. Et puisque c'est dans cette ville d'hommes-serpents que je compte me rendre pour retrouver Rictus, le conseiller de Zach, nous devons sortir des grottes et emprunter un nouveau chemin à l'extérieur.

— Dans ce cas, quelle direction prend-on ? demanda l'ange.

— On doit remonter. Cette galerie est une brèche naturelle dans l'île et en haut se trouve une issue… Ah oui ! je suis désolée pour ce que j'ai dit plus tôt.

Icare lança un regard étonné à Mélusine.

— Qu'est-ce que tu as dit ?

— J'ai dû dire quelque chose de déplacé pour me faire rudoyer ainsi ! répondit-elle avec colère.

Devant l'air pincé de la jeune femme, Icare rougit et se sentit idiot. Pourquoi se comportait-il comme un mufle avec cette fille ?

— Je… je m'excuse. Ce doit être le stress du voyage, bredouilla-t-il.

— Bien, admit-elle avec un sourire radieux. Maintenant que cela est clarifié, partons avant que l'odeur de soufre me monte à la tête !

Avec un mouvement d'hésitation, Icare prit Mélusine dans ses bras et s'envola vers le sommet de l'énorme entaille. Là, effectivement, un passage menait à l'extérieur et, dès qu'ils franchirent la porte, un nouveau paysage s'offrit à leurs yeux.

Sous le vent glacial chargé de cristaux de neige, les cimes de hauts conifères pointaient vers le ciel, rappelant une armée de lances acérées. Cette végétation rude s'étendait du fond de la vallée où ils étaient et montait jusqu'à mi-chemin des sommets.

Ce spectacle de désolation tira une exclamation étouffée de la jeune femme qui porta la main à sa bouche avec consternation.

— C'est grave, hein? compatit Icare.

— Je ne pouvais pas m'imaginer une telle horreur! L'île a passé de mauvais moments, mais ça, c'est le comble! Transporte-moi au-delà de la vallée pour que je puisse m'orienter.

— Bien, ma… mon capitaine.

Icare reprit la jeune femme dans ses bras à contrecœur et bondit au-dessus des sommets. Après cinq minutes de vol dans cette poudrerie impossible, Mélusine lui demanda de se poser sur un mont enneigé.

— Qu'est-ce qu'il y a? cria l'ange pour couvrir le hurlement du vent.

— Avec toutes ces congères, j'ai de la difficulté à trouver des points de repère. En plus, j'ai froid!

Elle s'avança de quelques pas dans une direction, scruta l'horizon, puis pivota à l'opposé, une main sur le front pour se protéger des flocons qui virevoltaient. Songeur, Icare se contenta d'observer les longs cheveux bleus de l'archiviste qui battaient au vent comme les vagues dans une tempête sur l'océan.

* * *

Plus loin, sur une montagne plus élevée, une caravane traçait son chemin dans la neige. Un cavalier en armure ajusta ses jumelles sur les individus qu'il apercevait. Satisfait, il désigna le couple hétéroclite à sa maîtresse.

— Très bien, mon cher! Vous mériterez une promotion pour avoir un tel œil de lynx, le félicita Xélia avec un sourire. Non seulement ce bel ange a réussi à se frayer un passage dans le méandre compliqué de l'île, mais il s'est aussi déniché une jolie compagne.

Assise sur son grand lévrier, la femme-rat prit son arbalète et se tourna vers son homme de main.

— Cerdo, donne-moi la flèche divine!

— Ne deviez-vous pas la garder pour la bête, Xélia? demanda le garde du corps en remettant la précieuse pointe à sa maîtresse.

— J'ai plus envie de me débarrasser de cet ange. La bête est déjà très affaiblie et ne sera pas très difficile à éliminer lorsque nous la retrouverons au matin. Pour ce qui est de l'ange, on dit que les flèches divines ont le pouvoir de tuer les êtres imaginaires, les êtres immortels et même les êtres divins. Essayons donc pour voir…

Xélia plaça l'arbalète devant ses yeux et visa le dos de l'ange, entre les deux ailes. La flèche partit, traçant un arc de cercle lumineux dans le ciel obscur.

— Adieu, mon ange.

* * *

Mélusine entendit un hoquet de surprise et se tourna vers Icare pour le voir s'effondrer dans la neige. Avec un cri, elle se jeta sur lui.

16

Après avoir quitté le lac souterrain vide où nageaient les créatures fluorescentes, Narcisse s'infiltra dans une multitude de passages où coulait une source fraîche.

— En suivant cette rigole, nous allons sans doute trouver la sortie, dit Rictus.

Aurélie s'agrippait à la hyène, même si les blessures infligées par Naja Fer-de-Lance la faisaient souffrir. Elle se taisait en suivant le déroulement de l'action, encore abasourdie par les événements précédents.

Le petit groupe déboucha enfin sur l'extérieur, émergeant de la gueule chaude et humide des grottes pour affronter le froid intense qui régnait dehors.

— C'est pire que la dernière fois que je suis sorti, gémit Rictus.

Une bourrasque faillit déstabiliser Narcisse qui s'enfonça la tête entre les épaules pour mieux combattre la tempête. À cette heure, le ciel s'éclaircissait, ce qui laissait deviner les contours de l'horizon. Narcisse repéra en quelques minutes de vol les pointes élevées des tours d'une fortification.

— Voilà enfin un endroit qui semble habité, se réjouit l'ange en remarquant des fenêtres illuminées.

Rictus releva le museau avec un air horrifié.

— Ne vous approchez pas ! Hi, hi, hi ! Faites marche arrière ! Il ne faut pas que…

— Nous devons nous poser quelque part, sinon nous serons gelés en moins de temps qu'il n'en faut pour le dire ! coupa Narcisse, contrarié.

La hyène se mit à hurler de terreur et l'ange se figea en plein vol. Aurélie ouvrit les yeux et distingua un drapeau qui flottait, accroché au mât d'une des tours. Au moment où elle reconnut le motif sur le pavillon, il était trop tard. Un filet avait été lancé dans le ciel, capturant le petit groupe.

* * *

— Icare ! Icare ! Qu'est-ce qui ne va pas ? Tu es souffrant ? s'écria Mélusine en secouant le bras de l'ange.

226

À plat ventre, le visage enfoui dans la neige, l'ange poussa un gémissement. Il fixa avec ahurissement la jeune femme qui se penchait sur lui. Il paraissait remarquer pour la première fois ses traits angéliques, ses lèvres roses et son regard doux comme le velours.

— Icare, tu me reconnais ? Tu es amnésique ou quoi ? continua l'archiviste.

— Euh, je… Oui… Non… Je suis tout mêlé, articula-t-il.

Il se redressa péniblement, la tête entre les mains, confus de sentir l'étrange boule de chaleur qu'il avait au fond du ventre.

— Ce doit être ce froid polaire qui ne te va pas !

Icare enveloppa la jeune femme d'un regard étrange, puis tendit la main pour dégager une mèche de cheveux qui lui barrait la joue. Ce geste caressant surprit Mélusine qui sursauta.

— Oh ! tu ne vas pas bien du tout, toi ! s'exclama-t-elle. Il faut vite te ramener au chaud !

Elle passa son bras sous les aisselles de l'ange pour le soutenir et l'entraîna en bas de la montagne.

—Viens, il doit y avoir un campement près d'ici. Les barbares sont nomades et s'installent dans les vallées lors des périodes froides. Nous pourrons reprendre nos énergies et emprunter des vêtements !

Icare hocha la tête sans écouter, troublé par le tumulte d'émotions qui se chamaillaient dans sa poitrine.

* * *

Étourdis de s'être fait bousculer en suivant une foule de couloirs glacés, Aurélie, Rictus et Narcisse se retrouvèrent dans une pièce verrouillée. Les gardes qui les avaient escortés portaient les mêmes armures sombres que le groupe de cavaliers qu'Aurélie avait croisé à la taverne du village. Cela confirmait donc les soupçons de la jeune fille à propos de la présence de pirates sur l'île.

La femme-rat, Xélia, ne devait pas être loin, et la bannière qu'Aurélie avait vue flotter au-dessus des tours lui laissait craindre le pire ; les pirates semblaient bien établis, et peut-être depuis longtemps.

Les mains retenues dans un étau de métal au-dessus de la tête et les ailes enchaînées, Narcisse remua dans son piège. Il pouvait à peine bouger.

— Y a-t-il quelqu'un sur cette île qui ne

veuille pas nous faire la peau ? grogna-t-il.

Rictus s'était roulé en boule dans un coin et gémissait comme un chien blessé. De la chaise où elle était attachée, Aurélie s'inquiéta pour la hyène.

— Qu'y a-t-il, Rictus ? Pourquoi pleures-tu ? s'enquit-elle d'une voix douce.

— Il ne fallait pas… Je ne voulais pas… répétait sans cesse la hyène.

Puisque Rictus ne répondait pas clairement, Aurélie balaya la pièce du regard. Le château dans lequel ils se trouvaient avait été bâti en neige et en glace. Pourtant, la température y demeurait confortable. Les gardes les avaient menés dans ce qui ressemblait à un donjon, car pas une fenêtre n'éclairait la prison, ce qui signifiait qu'il n'y avait aucune issue ni évasion possible.

Aurélie soupira et baissa les yeux sur ses blessures qui continuaient à saigner. Cette mission était beaucoup plus difficile que la précédente. Rien dans ce qu'elle avait vécu sur cette île ne lui donnait l'espoir de pouvoir s'en sortir et de sauver Zach de son coma.

Bien sûr, Narcisse s'était montré très efficace. Hélas, il était un peu trop naïf pour comprendre les esprits tordus qui régnaient sur le monde imaginaire. Le seul qui pouvait encore l'aider, c'était Icare, et elle ne savait pas où il était.

Une clef tourna dans la serrure et la porte s'ouvrit avec un bruit sourd. Un groupe de gardes attendaient derrière et deux d'entre eux se postèrent de chaque côté de l'ouverture. Aurélie se demandait ce qu'ils attendaient, jusqu'à ce qu'elle entende des pas irréguliers s'approcher.

Clac! Toc! Clac! Toc! Clac! Toc! Clac! Toc!

La démarche, traînante, était ponctuée d'un bruit métallique. Intriguée et effrayée, Aurélie se raidit sur son siège et déglutit avec peine.

Une silhouette obscure apparut dans l'embrasure de la porte. Le personnage scruta un moment les prisonniers, puis approuva d'un hochement de tête.

— Bon travail, souffla-t-il.

Il s'avança dans la lumière avec une lenteur calculée. Aurélie ouvrait des yeux exorbités, terrorisée par cette voix rauque et envoûtante.

Elle comprit vite pourquoi le personnage claudiquait: on l'avait amputé sous le genou gauche et il portait une jambe de bois terminée par un embout métallique. Ses vêtements étaient extravagants et il avait presque fière allure dans sa chemise de soie et sa cape rouge rejetée sur l'épaule. Mais les traits de son visage figèrent la jeune fille. Trois profondes balafres striaient le côté droit de sa figure et un morceau de cuir dissimulait son œil.

Malgré cette horrible défiguration, il réussit à esquisser un sourire charmeur.

— Vorax ! s'écria Aurélie.

* * *

Pensif, Icare ruminait au bord du feu qui dansait dans un foyer de terre.

Un peu plus tôt, tandis qu'il marchait dans la tempête avec Mélusine, Icare avait aperçu un groupe de tentes au creux d'un vallon protégé du vent. Dès que Mélusine et lui avaient passé le seuil de l'abri principal, une grande salle au toit de bois et de peaux, ils s'étaient retrouvés au beau milieu d'une fête de barbares bruyants et enivrés de chaleur et de bière.

Le chef du clan, Morak, un immense homme au visage buriné et à la barbe rousse, avait accueilli les deux visiteurs avec des claques amicales dans le dos. On leur avait offert des capes de fourrure adaptées au climat rude et de la bière chaude épicée à la cannelle.

Toujours confus après sa chute dans les montagnes, Icare sirotait sa boisson dans un coin tranquille. Il ne comprenait pas ce qui lui arrivait, ni tous ces symptômes étranges qui le rongeaient.

Il n'avait pas de fièvre, et pourtant il se sentait fiévreux ; il avait mal à l'estomac, et pourtant il n'allait pas être malade. Ses mains étaient moites et tremblaient ; son cœur pouvait se serrer et, un instant plus tard, battre trop vite. En plus de cette arythmie, il ne pouvait ouvrir la bouche devant Mélusine sans bredouiller une idiotie.

L'ange leva les yeux pour observer l'archiviste qui apprenait les pas d'une danse traditionnelle en compagnie de deux jeunes femmes aux allures de guerrières. Elle fit signe à Icare de se joindre à la foule, mais l'ange se détourna avec une moue maussade. Contrariée, Mélusine décida de laisser le trouble-fête à son sort et continua à s'amuser.

Les musiciens entraînèrent alors les barbares grisés dans un rythme endiablé et Mélusine, qui n'avait jamais rien connu de pareil, passa des bras d'un cavalier à l'autre.

— Il n'est pas temps de se préoccuper de la sorte, mon cher homme ailé, nous sommes en pleine célébration !

Le chef du clan vint s'asseoir aux côtés de l'ange.

— Qu'est-ce qu'on célèbre ? demanda Icare.

— C'est cette nuit que les célibataires doivent se trouver un compagnon ou une compagne, répondit Morak avec un sourire qui illumina ses yeux verts.

Icare pâlit, puis avala une nouvelle lampée de bière.

— Vous avez une compagne ravissante et elle semble très populaire, constata le chef.

— Ce n'est pas ma compagne ! s'écria Icare avec plus de véhémence qu'il n'était nécessaire.

Morak éclata d'un rire tonitruant et secoua l'épaule de l'ange.

— Gardez vos protestations ! Pour le moment, il faut que vous payiez votre dette !

« Ma dette ? Quelle dette ? » s'interrogea Icare.

Le chef l'abandonna et se dirigea vers les musiciens. Il coupa court à leur allégresse pour faire une déclaration devant son clan. Les barbares se tournèrent vers le géant barbu, contenant leurs rires et profitant du calme pour avaler des litres de boisson.

— Très chers amis, comme il est inscrit dans notre tradition, notre hospitalité a un prix. Puisque nous recevons aujourd'hui des étrangers d'outre-mer, et même d'outre-espace, ils devront nous gratifier d'une histoire venant de leur monde !

Les barbares applaudirent joyeusement et levèrent leurs pintes. Sentant tous les regards sur lui, Icare s'étouffa.

— Maintenant, homme ailé, racontez-nous quelque chose, conclut Morak avec une courbette.

Deux colosses escortèrent Icare devant la foule qui l'acclama à grands cris.

Icare se tint devant le clan qui devint, du coup, très attentif et silencieux. On aurait pu entendre une mouche voler. L'ange se racla la gorge pour tenter de trouver une solution à cette situation embarrassante. Malheureusement, il ne pouvait raconter aucune histoire provenant de son monde, car il devait les garder dans le plus grand secret.

Une rumeur s'éleva ; les barbares allaient bientôt s'impatienter. Mélusine soupira et se frotta nerveusement les mains.

Icare se sentait aussi ridicule que s'il avait

eu à exécuter un numéro de clown devant ses archanges supérieurs. Pourquoi ce clan d'abrutis ne lui avaient-ils pas proposé un combat à l'épée ou, mieux, une partie de cartes ? Sac à plumes ! Une histoire ! Il avait l'air d'un conteur ou quoi ? C'était Aurélie, avec son imagination débridée qui aurait dû être à sa place ! Mais, sans savoir pourquoi, il ne voulait pas décevoir Mélusine…

L'ange se tourna vers un des musiciens, lui prit son instrument à cordes, un luth étrange, et l'accorda comme il put. Peut-être qu'une chanson pourrait distraire ce public exigeant.

— Je vais vous chanter une légende que j'aime bien…

L'ange gratta les cordes et entama une rhapsodie mélancolique.

There's a Spanish train that runs between Qualdaquivir and old Seville,
And at dead of night the whistle blows,
And people hear she's running still… [*]

D'une voix douce et mélodieuse, qui n'avait rien à voir avec son habituel ton rocailleux, l'ange chanta comment, dans une

---

[*] « Spanish Train » de Chris De Burgh est une chanson populaire parue en 1975.

partie de poker, Dieu négocia les âmes de dix mille défunts avec le diable à bord d'un train espagnol. Dieu savait bien jouer et la chance semblait de son côté. Hélas, tous sursautèrent quand le diable, d'un éclat de voix, dévoila une combinaison gagnante… Le diable tricha aussi lors d'une partie d'échecs et s'appropria encore plusieurs âmes. Malheureusement pour Dieu, il était honnête et ne pouvait faire que son possible…

… That train is still on time,
Oh my soul is on the line,
Oh Lord, you've got to win.

Lorsque la voix de l'ange s'éteignit, le silence lourd revint. Il releva la tête et, quand il vit les visages béats devant lui, il eut peur que les barbares aient trouvé sa chanson ringarde. Mais son doute se dissipa quand des cris enthousiastes montèrent. Son regard croisa alors celui de Mélusine, qui s'avança vers lui, une main sur la poitrine.

— Y a-t-il quelque chose que tu ne saches pas faire, cher Icare ? sourit-elle.

— Ça te surprend ? La légende ne dit-elle pas que les anges braillent des mélopées et jouent de la lyre sur leurs nuages ? ironisa-t-il.

236

Oubliant complètement la dette de Mélusine, un groupe entraîna les deux compagnons de voyage à une table où était dressé un festin. On leur accorda les places d'honneur et les meilleures pièces de viande. La musique reprit de plus belle, mais Icare demeura taciturne malgré l'ambiance de fête. Cette attitude préoccupa Mélusine qui tendit la main vers le front de l'ange pour vérifier qu'il n'avait pas de fièvre. À ce contact, Icare sursauta.

— On va vite devoir partir d'ici, si on veut finir notre mission cette nuit, dit-il pour masquer sa confusion.

— Je sais, mais nous n'avons pas le choix de faire honneur à ce banquet si nous voulons garder les barbares comme amis, répondit-elle.

À ce moment, un grand jeune homme s'avança vers Icare. L'ange reconnut un des barbares avec qui il avait joué aux cartes dans la taverne du village un peu plus tôt. Le mercenaire au masque métallique jeta une bourse avec des pièces d'or sur la table, entre une cuisse de sanglier à moitié dévorée et une pinte renversée. D'un coup d'œil, Icare calcula le nombre de pièces et conclut qu'il y en avait assez pour s'adonner à bien des folies.

— Je sais que vous cherchiez de l'argent au début de la soirée et je suis prêt à négocier avec vous, proposa le barbare.

— Je suis tout ouïe ! s'exclama Icare, ébloui par la fortune.

— Cet or sera le vôtre en échange de votre compagne.

Icare resta bouche bée devant cette offre et se tourna vers Mélusine qui, après un moment de surprise, rougit de colère.

— Ce n'est pas ma femme, elle ne m'appartient pas ! déclara Icare. Il faut lui demander à elle !

— Elle m'a déjà repoussé. Vous pourriez peut-être la convaincre puisqu'elle semble si attachée à vous…

— Espèce de macho archaïque ! s'indigna Mélusine.

— Elle n'est pas à vendre, mon vieux, alors si elle n'a pas envie d'un homme des cavernes pour mari, laisse-la tranquille ! se moqua Icare.

Le barbare grogna et sortit son épée. Des protestations s'élevèrent autour de la table, certaines en faveur de l'ange et d'autres, du barbare.

— Tu ne te payeras pas ma tête deux fois, espèce d'oiseau décharné ! cracha la brute, convoquant, du coup, l'ange à un duel.

Renversant sa chaise, Icare se leva, la mine mauvaise.

— J'ai de la difficulté à digérer les types non coopératifs !

L'ange et le barbare croisèrent le fer. Avec des tintements métalliques puissants, les lames se heurtaient avec rapidité et précision. Icare se rendit vite compte que cette bataille n'avait rien d'un combat amical et qu'elle se solderait par des blessures. L'ange savait aussi qu'il ne pouvait toucher son adversaire sans en subir les conséquences.

Affolée, Mélusine surveillait le combat en secouant la tête. Cette fête prenait une tournure dramatique. Elle vit alors que les peaux du toit étaient reliées au même poteau. Sans se faire remarquer par la cohue de barbares ivres, elle monta sur la table et saisit une dague plantée dans une cuisse de sanglier.

Icare repoussait de son mieux les coups du barbare, paniqué à l'idée de lui infliger une quelconque blessure. Il ne pouvait se permettre de perdre ses plumes une fois de plus !

Sur la pointe des pieds, Mélusine s'ingéniait à couper les liens entre les peaux. Une partie de l'abri finit par céder, étouffant ainsi les ardeurs des fêtards et de la bataille.

L'archiviste entendit des plaintes et, quand la foule se mit à s'agiter, le reste de la tente s'écroula.

En soulevant un coin de peau, Mélusine repéra vite une aile hirsute et sortit son compagnon abasourdi des décombres.

— Dépêche-toi !

Des bêtes blanches attelées somnolaient dans la neige non loin de là. Mélusine s'installa sur une des bêtes et ordonna à Icare de prendre place sur la selle derrière elle. L'archiviste tira sur le harnais et la bête émit un cri aigu en se réveillant.

— C'est quoi, cet animal ? demanda Icare.

Des barbares vacillants commençaient à se dégager de l'abri effondré et accouraient déjà dans leur direction.

— Un béluga des neiges, affirma Mélusine.

Accroche-toi !

Le béluga glissa vers le creux du vallon. Avec une vitesse surprenante, ils gagnèrent la forêt et se faufilèrent avec agilité entre les arbres. Icare se retourna et constata qu'ils avaient perdu de vue le campement des barbares.

— Mélusine, pourquoi ne leur as-tu pas mentionné qui tu étais ?

L'archiviste soupira :

— Peut-être parce que je me suis laissé emporter par l'ambiance de fête. Pendant un moment, j'ai pu oublier qui je suis. Tu sais, Icare, c'est parfois lourd de gérer une île et d'avoir des millions de responsabilités tout en étant isolée. Alors ça fait du bien de s'évader un peu…

— Où nous dirigeons-nous, maintenant ?

— Mon instinct me dit d'aller chez le peuple serpent pour savoir ce qu'il advient du conseiller Rictus !

17

— Quelle agréable surprise, ma très chère, de se retrouver après si longtemps. Je dois avouer que tu es encore plus ravissante que dans mon souvenir!

— Vorax! répéta Aurélie, toujours sous le choc.

Le jeune homme-rat avança les doigts et caressa le visage de la jeune fille qui tenta de se dégager.

Vorax rit doucement:

— Avec cette nouvelle invasion, j'espérais un peu que nos chemins se croiseraient. J'ai appris par cette bestiole bleue que tu étais la meilleure amie de l'hôte de cette île, raconta-t-il en désignant Rictus.

Les sourcils froncés, Aurélie se tourna vers la hyène sans comprendre. Bathor avait-il raison de dire de Rictus qu'il était un traître?

— Ne l'écoute pas, Aurélie! Hi, hi, hi!

C'est faux! Je ferais n'importe quoi pour Zach! J'ai été manipulé par les pirates! expliqua la hyène en essuyant ses yeux larmoyants du revers de la patte.

La jeune fille reporta son attention vers son ennemi.

— Alors tu as bousillé l'île de Zachary pour te rendre jusqu'à moi?

— Non, je n'ai pas eu besoin. Ton copain manque assez de confiance en lui et semble assez déprimé pour semer la discorde lui-même dans son monde. Bien sûr, nous avons peut-être agacé sa bête pour la rendre plus agressive, mais la tempête s'est installée seule et dure depuis déjà un moment.

— Dans ce cas, pourquoi avoir choisi cette île?

— Zach possède une des plus grandes îles souterraines du monde imaginaire. En plus de renfermer un nombre incalculable de trésors, cet endroit nous donne l'occasion de bien cacher notre butin pendant que nous écumons les mers.

— Et Zach? Vas-tu le laisser dormir pour que son île se dépeuple et que tu puisses la posséder? Il risque de mourir comme ça, tu le sais?

— Je sais, ma chère. Mais j'ai des plans

pour lui : sa déprime prouve que le monde réel l'a abandonné et je compte conclure un marché avec lui.

— Tu es un monstre, Vorax !

— De cette façon, tout le monde sort heureux de cette mésaventure, affirma Vorax avec un air presque bienveillant.

— Et nous ? Qu'allez-vous faire de nous ? demanda Narcisse, la voix étranglée.

— Vous, mon bel oiseau, je l'ignore. Un être divin tel que vous vaut certainement très cher… Mais je vous offrirai peut-être en cadeau à quelqu'un.

Vorax se tourna vers Aurélie.

— Toi, ma très jolie, dans la dernière année, mes plans n'ont guère changé en ce qui te concerne. J'aimerais encore t'épouser et acquérir ta magnifique île.

L'homme-rat prit fermement le menton de la jeune fille qui rabattit la tête en arrière.

— Rien au monde ne pourrait me convaincre ! Tu me répugnes, espèce de…

Avec un sourire moqueur, Vorax posa les lèvres sur celles d'Aurélie.

— J'ai des moyens pour te persuader. Vois-tu, je suis plus puissant que je ne l'ai jamais été et je connais maintenant tous les trucs de l'esprit et du sommeil. Tu seras mienne, que tu le veuilles ou non ! soufflat-il à quelques centimètres de son visage.

Tandis qu'Aurélie crachait sur le sol avec dégoût, Vorax ordonna à ses gardes :

— Emmenez-la, ainsi que cette bête pathétique.

Aurélie criait et se débattait entre les bras des gardes, horrifiée par le sort qui l'attendait de l'autre côté de la porte. Rictus hurlait de désespoir et reçut un coup de botte sur le museau avant d'être emmené, à moitié conscient, sur l'épaule d'un pirate.

— Vous ne l'emporterez pas au paradis ! s'écria Narcisse avant que Vorax ferme la porte avec un rire sardonique.

L'ange se tordit sans succès entre ses liens. Il ne voyait aucun moyen de pouvoir sauver ses compagnons de voyage. Jamais il ne s'était senti aussi seul et perdu de son existence. Avec un soupir, il laissa retomber sa tête sur sa poitrine, suspendu à l'étau qui retenait ses mains.

* * *

On fit patienter Rictus dans une antichambre qui donnait plutôt l'impression d'être un congélateur. La hyène tournait en rond pour se réchauffer, et la condensation qui s'échappait de sa gueule formait des cristaux sur ses moustaches.

Il avait tout gâché, il avait failli à son devoir de conseiller. Rongé par le remords, il sursauta lorsqu'une des deux portes s'ouvrit et que Vorax entra.

— Tu as effectué du bon travail, Rictus, même si c'est le mauvais ange que tu m'as livré !

— Je ne t'ai livré personne ! C'était un piège ! rétorqua la hyène.

— Tu m'avais pourtant promis de m'amener Aurélie et son ange…

— Pas de cette façon ! Pas en tant que prisonniers ! Tu avais dit que c'était pour négocier ! Tu m'avais aussi juré que tu libérerais Zach ensuite !

Rictus encaissa une ruade dans les côtes.

— Je libérerai Zach, éventuellement… cingla Vorax.

Rictus secoua la tête en pleurant.

— J'aurais dû me taire et demeurer captif du peuple serpent. Ça aurait été dans l'intérêt de tout le monde, gémit le conseiller comme pour lui-même.

— Peut-être… Pour l'instant, va réfléchir à ça. Tâche de ne pas te faire trop de mauvais sang, et encore merci de m'avoir livré Aurélie sur un plateau d'argent.

Vorax ouvrit la seconde porte et renvoya la hyène avec un magistral coup de pied au derrière. Voyant la bête enfouie dans la neige, le pirate éclata de rire :

— Avec un si piètre conseiller, Zach n'a pas besoin d'ennemis !

L'entrée se referma avec un bruit sourd. Rictus se releva et boitilla jusqu'à un arbre sous lequel il se réfugia pour pleurer. Vorax avait raison, il ne méritait pas d'être le conseiller de Zach.

La hyène se laissa choir dans la neige et espéra, à ce moment, disparaître à jamais du monde imaginaire.

* * *

Mélusine immobilisa le béluga des neiges au sommet d'une falaise qui avait une vue impressionnante sur le nord de l'île. À travers les rafales, Icare distingua les tourelles élevées d'une forteresse blanche où ondulaient des drapeaux qu'il reconnut immédiatement.

— J'en étais sûr. C'est le repaire des pirates !

Mélusine mit sa main en visière.

— Ils ont réussi à se bâtir une citadelle sans que nous le sachions !

— Avec la tempête, ce n'est pas étonnant qu'ils se soient installés incognito. Il faut trouver un moyen de s'introduire dans cette forteresse sans qu'on nous voie. Je suis certain que ce sont eux qui retiennent Zachary prisonnier.

— Une minute ! Avant tout, il faut aller chez le peuple serpent pour récupérer Rictus.

Icare croisa les bras, exaspéré.

— À quoi bon aller chercher le conseiller si nous pouvons délivrer Zach ? J'en ai assez de perdre mon temps à tourner en rond ! La nuit va finir avant qu'on ait terminé la mission !

— Rappelle-toi, Rictus m'a envoyé un kéroptère pour m'avertir qu'il était captif de Bathor !

— Sac à plumes ! Tu ne peux pas arrêter de faire la mégère et admettre que j'ai raison ? protesta l'ange.

— Et toi, tu ne peux pas demeurer gentil et agréable ? Pourquoi me traites-tu toujours comme une maladroite ou une incapable ? siffla Mélusine en gesticulant.

Dans un élan, Icare saisit le visage de Mélusine entre ses mains et l'embrassa. Puis il repoussa brusquement l'archiviste, la laissant interdite.

— Éloigne-toi de moi ! Je ne sais plus ce que je fais ! s'écria Icare.

Mélusine reprit son souffle et s'avança vers Icare.

— Ce... ce n'est pas grave. Je ne suis pas offensée.

Icare la regarda, effrayé. Elle ne comprenait pas. Comment pouvait-elle se douter qu'à ce moment précis elle représentait la pire menace au monde pour lui, bien plus dangereuse qu'un millier de monstres réunis ? Icare en ressentait une douleur sourde dans la poitrine et il savait que le seul moyen de s'en débarrasser, c'était de renouveler le péché.

Mélusine sourit avec bienveillance et Icare rendit les armes. Il se pencha et cueillit les lèvres de la jeune femme, commettant ainsi l'impensable.

Le vent hurla autour d'eux et une poignée de plumes s'envolèrent des ailes d'Icare.

* * *

Vorax introduisit Aurélie dans une salle aux murs sculptés dans la glace. Le décor y était chargé et luxueux, couvert de velours et de soie brodée. Le sol était dissimulé sous de grands tapis de fourrure qu'Aurélie reconnut pour être celle des magritériums.

Les deux gardes qui encadraient la jeune fille la poussèrent en avant et elle s'aventura dans cette pièce aux allures de harem de glace. Vorax attira l'attention d'Aurélie sur un gros bloc translucide qui trônait au milieu de la salle.

— Ceci devrait satisfaire ta curiosité.

La jeune fille sourcilla puis, sceptique, avança le visage plus près de la paroi de verre. Elle y distingua une silhouette.

— Zachary !

Le corps nu et la peau bleutée, le jeune homme flottait, inconscient, dans un liquide amniotique. Aurélie colla ses mains ligotées sur la surface froide du cube, comme si ce contact pouvait réveiller son ami.

— Maintenant, tu sais, Aurélie. Ne t'inquiète pas, il est vivant mais, là où je le garde, il est à peine conscient du monde réel ou imaginaire.

Désespérée, la jeune fille recula et secoua la tête de dépit.

— C'est ce que tu comptes me faire, n'est-ce pas ?

Vorax la saisit par le cou et planta son regard dans le sien.

— Bien sûr que non, ma chère ! Je te suis trop attaché même si c'est par ta faute que je suis dans cet état lamentable. J'ai trouvé une meilleure formule pour toi, sans douleur…

L'homme-rat posa sa paume sur le front de la jeune fille qui, après s'être débattue, sentit son cerveau s'engourdir. Une chaleur étrange se propagea dans ses veines. Avec un profond soupir, elle s'étala sur la fourrure iridescente qui couvrait le sol, sous le regard satisfait de Vorax.

18

Narcisse releva la tête lorsque Vorax laissa entrer une belle jeune femme-rat à la longue chevelure brune. Elle demeurait très féminine malgré ses cuissardes et ses vêtements informes, et la détermination rayonnait sur son visage aux lèvres charnues.

— Voici mon cadeau de retrouvailles pour toi, petite sœur ! annonça fièrement Vorax.

— Un ange ? murmura la femme-rat.

— Tu ne sembles pas surprise, Xélia, constata Vorax, contrarié.

Elle s'approcha de Narcisse, l'examina de plus près et sourit.

— Il est moins mignon que l'autre, mais il est en bien meilleur état ! Ses ailes sont fournies et magnifiques !

— L'autre ? s'étonnèrent en chœur Vorax et Narcisse.

— Bien sûr ! raconta Xélia. J'ai croisé un ange lors d'une partie de cartes au village. Ce pauvre idiot m'a fait gagner une flèche divine au jeu! Je l'ai ensuite emprisonné avec une jeune fille blonde. Hélas! ils se sont échappés… J'avais l'intention d'utiliser la flèche pour tuer la bête, mais j'ai décidé de me débarrasser de l'ange…

— L'ange est mort? interrogea Vorax, éberlué.

— C'est impossible! s'écria Narcisse. Les anges ne peuvent pas mourir, ils sont immortels!

Xélia caressa le visage de Narcisse du bout de ses doigts parfumés et s'attarda un moment sur l'ecchymose qui enflait son œil gauche.

— Je suis certaine de ce que j'avance. Je lui ai enfoncé sa flèche divine directement entre les deux ailes et il s'est effondré dans la neige. Ces flèches n'ont-elles pas le pouvoir d'anéantir toutes les créatures, réelles, imaginaires ou célestes? s'enquit-elle.

Narcisse ouvrit la bouche pour protester, mais ne trouva rien à dire.

— Je dois avouer que tu fais du bon travail, Xélia! se réjouit Vorax. Je suis très fier de toi, malgré que j'aurais aimé tuer Icare moi-même… Tu as tout pour devenir un redoutable pirate!

— Merci, je suis très flattée ! Ce spécimen venait-il avec son lot de flèches ?

— Il en reste une seule.

Les yeux de Xélia brillèrent de malice.

— Bien ! Je la veux pour cette bête dont nous ne sommes toujours pas venus à bout !

Vorax secoua la tête.

— J'ai d'autres plans pour cet animal. Ce sera encore mieux, tu verras.

Les deux rats tournèrent les talons et se dirigèrent vers la sortie. Avant qu'ils disparaissent, Narcisse entendit Xélia demander :

— Je le veux dans une belle cage dorée sur la véranda de ma chambre. Ce sera une attraction fantastique et un bel ajout à ma collection de créatures rares !

Narcisse ne s'était jamais senti aussi désemparé. Quelle était la raison de cette épreuve ? Ses supérieurs devaient savoir qu'il affronterait de tels dangers en voyageant dans le monde imaginaire, alors pourquoi ne l'avaient-ils pas mieux préparé ? Il était maintenant pris comme un rongeur dans une souricière.

De plus, il était seul. Aurélie avait été emmenée, assujettie au joug de Vorax, et Rictus, cette racaille, semblait avoir négocié avec les pirates.

Enfin, selon Xélia, Icare était mort. Une boule se forma au fond de la gorge de Narcisse.

La première fois qu'il l'avait vu, Narcisse avait su qu'Icare était un ange à problèmes. Derrière ses yeux noirs se cachait un être très spécial, bien que rebelle à l'autorité. Narcisse avait tout tenté pour le remettre sur le droit chemin : la patience, la discipline, la punition, rien n'avait fonctionné.

Pourtant, aujourd'hui, Narcisse réalisait que son apprenti était doté d'une grandeur d'âme évidente pour aider les gens dans leur monde imaginaire.

Pour la première fois de sa vie, Narcisse sentit le chagrin l'envahir. Il aurait fait n'importe quoi pour sauver Icare, même si cela impliquait d'avoir à subir ses mauvais tours pour le reste de l'éternité. Malheureusement, il était trop tard. Il avait failli à sa mission.

Les yeux bleus de Narcisse s'embuèrent. Il soupira, affrontant avec résignation le sort qui lui était désormais réservé.

* * *

À l'abri sous un conifère lourd de neige, Rictus s'apitoyait sur son sort. Il avait touché le fond et, pourtant, il ne voulait qu'aider

Zachary. Non seulement il n'y était pas parvenu, mais l'île au complet le prenait pour un infidèle qui s'était laissé impressionner par les belles promesses des pirates. Il renifla bruyamment et quelque chose de doux se colla sur son nez.

La hyène éternua à plusieurs reprises, puis retira sa patte de ses yeux mouillés. Une plume argentée se tenait en équilibre sur son museau. Elle s'envola dans un tourbillon de vent, virevoltant devant le regard fasciné de Rictus. Une nouvelle bourrasque transporta avec elle une poignée de duvet, et le conseiller se leva pour la voir passer.

Des plumes! De belles plumes aux reflets métalliques comme il n'en avait jamais vu. D'où pouvaient-elles provenir? Vorax avait mentionné la présence possible d'un autre ange sur l'île. Ces plumes magnifiques pouvaient-elles lui appartenir?

Une lueur d'espoir envahit le cœur de la hyène. En gambadant, Rictus suivit la trace du duvet aérien qui s'écrasait mollement sur la neige. Il sentit les plumes et perçut une odeur de zeste d'orange, de tabac et de bière.

Remontant la montagne escarpée, Rictus courait de plus en plus vite. Il ne se préoccupait pas de son souffle court, ni des contusions sur ses flancs tant la confiance le faisait renaître. Il réussirait à sauver Zach, il en avait maintenant la conviction.

À mi-chemin du sommet, il repéra au bord de la falaise deux silhouettes enlacées. Il reconnut Mélusine, l'archiviste de l'île aux cheveux couleur de saphir, dans les bras d'un ange. Cette scène le laissa pantois un moment, puis il se décida à briser le charme en hurlant comme un loup :

— Ohé ! Ohé ! Là-haut !

Surprise, Mélusine se détourna de son cavalier et plissa les paupières.

— Rictus, c'est toi ? Vite, Icare, transporte-moi jusqu'à lui.

Encore tout retourné par ce premier baiser de son existence, l'ange prit quelques secondes pour se ressaisir. Sans un mot, il attrapa Mélusine et plana jusqu'en bas de la pente, malgré les plumes qui lui manquaient. Dès que l'archiviste posa le pied sur le sol, la hyène se jeta dans ses bras avec un rire tonitruant, léchant le visage de la jeune femme tel un chien qui retrouve sa maîtresse.

— Du calme ! s'esclaffa Mélusine. Rictus, qu'est-ce que tu fais ici ? Je te croyais chez Bathor !

— C'est une longue histoire ! Hi, hi, hi !

Mais un ange blond et la meilleure amie de Zach, Aurélie, m'ont délivré. Ils sont maintenant entre les griffes des pirates. Zach aussi est captif dans la forteresse. Vite ! Il faut les libérer ! implora le conseiller.

Icare se remit vite de son étourdissement.

— Une minute, espèce de dingo loufoque ! On ne peut pas entrer là comme on veut ! Il nous faut un plan !

Rictus baissa la tête et reprit son souffle.

— Vous avez raison. Ce ne sera pas facile car, en plus, Vorax aimerait bien mettre la main sur vous, monsieur l'ange.

— Vorax ! Tu veux dire que ce rat psychopathe a tout machiné ? vociféra Icare.

Intimidé, Rictus hocha la tête.

— Icare, connais-tu ce pirate ? s'étonna Mélusine.

— Oui, et je n'ai pas oublié la paire d'ailes qu'il m'a coupée !

L'ange tourna les talons, marcha un peu en rond la main sur le front, puis revint vers ses compagnons abasourdis.

— Ça y est, je crois avoir un moyen de pénétrer dans la gueule du lion. Rictus, tu es mieux de rester ici et d'attendre que nous ressortions avec Zach. Mélusine, peux-tu me soulever ?

Une sentinelle couverte d'une armure sombre sortit de l'ouverture ouest de la forteresse et lança un paquet au gardien qui surveillait la porte. Ce dernier posa sa lance et défit le petit ballot qui contenait un sandwich peu ragoûtant.

— Qu'est-ce que c'est que ça ?

— C'est ce que tu m'avais demandé, non ? affirma la sentinelle.

Le garde regarda entre les deux tranches de pain et en tira un mince morceau de viande.

— Où est la viande des magritériums que vous avez chassés hier ?

— Elle rôtit pour le banquet que donnera Vorax ce soir. Malheureusement, je ne crois pas que nous pourrons en profiter. Si tu as encore faim, il y a du potage au lichen, dit la sentinelle avant de retourner à l'intérieur.

Le garde cracha et, résigné, il mordit dans son repas insipide. Soudain, une plainte attira son attention. Il regarda à droite puis à gauche et, lorsqu'il entendit une nouvelle lamentation, il quitta son poste et longea la façade de la citadelle. Au tournant d'un mur, il découvrit une magnifique jeune femme aux cheveux d'azur, assise dans la neige en train de se masser le pied. Elle leva des yeux humides sur le garde qui se penchait vers elle.

— S'il vous plaît, aidez-moi, implora-t-elle avec un air ingénu. Je me suis foulé la cheville.

L'homme-rat ôta son casque et sourit. Avant d'avoir prononcé un seul mot, il reçut un coup de pommeau de Volonté derrière le crâne. Le gardien s'effondra sur le sol à côté de Mélusine, dévoilant Icare qui se tenait derrière.

— Je déteste jouer la mijaurée ! protesta l'archiviste.

— Tu as très bien tenu ton rôle, pourtant ! ricana l'ange en enlevant l'armure du gardien inconscient.

— Maintenant, explique-moi encore ton plan tordu ! grinça la jeune femme en enfilant les cuissards qu'Icare lui tendait. Beurk ! C'est poisseux, là-dedans !

— Le meilleur moyen de ne pas se faire prendre, c'est de faire croire qu'on est déjà pris… Si nous ne croisons pas Vorax, tout ira comme sur des roulettes.

— Et si justement nous arrivons face à face avec lui ? demanda Mélusine en attachant plastron et brassards.

— Nous improviserons, affirma vaguement l'ange.

À l'aide de lanières de cuir, Mélusine fixa des liens souples aux mains et aux pieds de l'ange, et enfonça sa Volonté dans la ceinture de son armure. Avant de mettre son casque, elle plaqua un baiser sur les lèvres de l'ange.

— Arrête ça, Mélusine ! Chaque fois que tu recommences, je perds plus de plumes !

— Tant mieux, tu seras moins pesant !

— J'ai les os creux et je suis maigre comme un pic, ça pourrait être pire !

L'archiviste prit l'homme ailé sur ses épaules avec un gémissement et s'engagea à pas lourds vers la porte du château fort.

— Prêt ? C'est à ton tour de jouer les damoiseaux en détresse !

Le portail s'ouvrit sur un long couloir qui semblait taillé dans un iceberg.

Mélusine entra avec précaution, les poulaines de son armure crissant sur le sol froid de la forteresse. Ses pas la menèrent jusqu'à un hall où elle croisa une sentinelle. Elle aurait bien aimé l'ignorer, mais celle-ci ironisa :

— Je t'apporte un sandwich et tu reviens avec un ange entre les bras !

Surprise, Mélusine hésita.

— J'ai trouvé cet oiseau qui rôdait près de la porte, affirma l'archiviste en tentant de baisser sa voix de quelques octaves.

— Pourquoi as-tu la voix si aiguë ?

— Cet idiot m'a donné un coup entre les jambes... grogna Mélusine en tournant les talons.

— Fiou ! souffla-t-elle dans son casque.

La jeune femme continua son chemin dans le dédale de glace et arriva à une grande ouverture d'où s'échappait un nuage de vapeur. Le fumet à l'odeur alléchante laissait deviner qu'Icare et elle se trouvaient près des cuisines. Ils entendaient plusieurs personnes discuter, mais une seule voix porta jusqu'à eux.

— Il faut que ce soit parfait ! J'attends plus de deux cents invités pour la nomination de ma sœur à la tête de cette île. L'hôte de l'île sera également de la partie et je tiens à l'impressionner !

— Rebrousse chemin ! chuchota Icare à l'oreille de Mélusine. Vite ! Et ne regarde pas en arrière !

Mélusine pivota et marcha vers le hall.

— C'était la voix de Vorax, murmura l'ange. Au moins, nous savons où il est !

L'archiviste croisa un groupe de gardiens en rang qui jetèrent un coup d'œil à son fardeau et saluèrent la jeune femme d'un hochement de tête. Elle monta l'escalier au centre de la salle, puisque c'était le seul passage qu'elle n'avait pas encore essayé. Au sommet, deux embranchements menaient à chaque aile de la forteresse. Elle en choisit un au hasard et un officier l'intercepta.

— Vous vous trompez de couloir, le donjon est de l'autre côté de la citadelle !

L'officier venait de leur indiquer la direction du donjon et, d'après ce qu'avait expliqué Rictus, ce n'était pas dans cette partie de la bâtisse qu'était retenu Zach. Mélusine savait donc où se diriger à présent.

— Je… je réponds seulement aux ordres de sire Vorax, monsieur ! bredouilla Mélusine. Je dois livrer ce prisonnier dans ces quartiers-ci.

— Qui est-il ?

— C'est un ange qui a des dettes envers sire Vorax, monsieur…

L'homme-rat en uniforme, sceptique, leva un sourcil.

— Bien, lâcha-t-il après un moment.

Le cœur battant à tout rompre, Mélusine hocha la tête et poursuivit son chemin. Elle ignorait combien de temps elle pourrait tenir sans craquer.

— Parfait! Tu as été fantastique! souffla Icare.

Au bout du couloir, devant deux hautes portes de bois sculptées à l'effigie des pirates, l'archiviste sentit une étrange chaleur contre sa poitrine. C'était derrière ces parois que se trouvait Zach, elle le savait. Malheureusement, deux hommes-rats y montaient la garde.

— C'est ici, j'en suis sûre! chuchota-t-elle.

— Comment? murmura Icare.

— L'amulette à mon cou...

— Qu'est-ce que tu fais là? aboya un des gardiens. Tu n'as pas d'affaire dans ces quartiers!

— Vorax a ordonné que le prisonnier soit déposé dans cette pièce! clama Mélusine qui commençait à prendre confiance dans son rôle de garde.

— Quoi? Nous n'en avons pas été informés! Pour l'instant, tu devrais mener ton poulet désossé au donjon! se moqua le gardien.

En un éclair, Icare défit ses liens, attrapa sa Volonté et bondit sur le sol. Sa lame agile débarrassa les deux gardiens penauds de leurs casques et, avant même qu'ils aient la présence d'esprit de saisir leurs armes, ils tombèrent sur le sol, assommés.

Icare ouvrit les portes d'un coup de pied et Mélusine l'aida à transporter les gardes évanouis de l'autre côté. Dès que les portes furent refermées, l'ange et l'archiviste en profitèrent pour scruter la pièce.

Au centre, Zachary flottait dans son incubateur de verre, inconscient. Mélusine prit l'amulette qui pendait à son cou, vit qu'elle brillait et que ses pierres étaient chaudes comme des braises.

Fasciné, Icare observa la jeune archiviste s'approcher du cube, une lumière aveuglante à la main.

* * *

Dans le couloir désert de l'hôpital avançait une grande femme. Elle était d'une beauté surprenante, avec de longs cheveux flamboyants, un doux regard brun et une peau laiteuse parsemée de taches de son. Ses escarpins effleuraient sans bruit le linoléum, et elle semblait flotter au-dessus du sol dans sa robe sombre.

Elle adressa un sourire plein de tendresse à l'homme costaud qui s'était assoupi sur une chaise rigide dans un coin de la chambre.

Elle se dirigea vers le lit où reposait Zachary et, après une brève prière silencieuse, elle souffla :

— Mon cher petit Zach, j'ai confiance en toi et, même si tu ne me vois pas, ta maman est toujours à tes côtés.

Elle se pencha et lui donna le plus tendre des baisers sur le front. L'électroencéphalogramme indiqua à ce moment plusieurs soubresauts. La femme sourit de nouveau avec bienveillance, puis repartit aussi discrètement qu'elle était venue, tel un mystérieux fantôme.

* * *

La paroi de l'incubateur fondit comme de la glace au soleil au contact de l'amulette. Un trou se creusa dans le verre et s'agrandit jusqu'à ce qu'un filet de liquide s'en écoule. Enfin, la cloison céda avec fracas et Zachary fut éjecté dans une vague d'eau bleue. Son corps était couvert de tubes retenus à sa peau par des aiguilles. Le jeune homme ouvrit des yeux ébahis et posa une main tremblante sur sa gorge, pris d'une violente quinte de toux.

Sortant de leur torpeur, Mélusine et Icare se portèrent au secours de Zach en lui tapant dans le dos. Ce dernier se mit alors à frissonner. Hagard, il se recroquevilla et grimaça lorsque ses mains entrèrent en contact avec la panoplie de tubes qui sondaient chacun de ses organes. Avant que Mélusine puisse l'aider à les retirer, on cogna à la porte à grands coups.

— Sac à plumes ! Je pensais que nous aurions un peu plus de temps ! gémit Icare en se redressant d'un bond.

Mélusine allait aider l'ange à renforcer le verrou mais, lorsqu'elle réalisa que la serrure s'était brisée, elle se tourna vers Zach :

— Garde-la ! Garde cette amulette précieusement ! s'écria l'archiviste en désignant le pendentif.

Encore abasourdi, le jeune homme observa Mélusine sans comprendre. Tout ce qu'il voyait, c'était une silhouette informe auréolée de cheveux bleus. Sa vision trouble lui donnait l'impression qu'elle avait quatre bras et deux ailes d'argent. Il choisit de croire à cette apparition et tendit les doigts vers le bijou qui luisait de mille feux sur le sol mouillé.

Au moment où la porte s'ouvrait, Mélusine rabattit le casque de son armure et saisit la Volonté des mains d'Icare qui la regarda, interdit. L'archiviste empoigna l'ange par la gorge et tint la lame à quelques centimètres de ses yeux.

— Qu'est-ce… glapit Icare.

La main ferme, Mélusine le secoua, l'étranglant presque.

Vorax et ses hommes arrivèrent devant cette scène.

— Que se passe-t-il ici ? rugit le pirate.

Icare rougit et tenta de se défaire de la poigne de Mélusine, qui maintint sa position.

— Cet ange abruti m'avait assommée. Je ne me suis pas réveillée à temps pour l'empêcher de délivrer le jeune Zachary.

Son œil passant des gardes évanouis à Mélusine, Vorax serra la mâchoire, méfiant.

— Comment a-t-il réussi à détruire le cube ?

— Je n'en ai aucune idée… peut-être un de ses pouvoirs divins, se risqua Mélusine.

— Bien… Je te pensais mort, mon cher Icare. Pourtant, je ne suis pas fâché de te voir en vie. Je vais pouvoir en profiter pour te plumer un peu plus ! railla Vorax.

— Tu as connu des jours meilleurs, toi aussi, mon vieux ! se moqua Icare à son tour,

désignant les vilaines cicatrices qui défigu-
raient l'homme-rat.

Mélusine resserra son emprise sur l'ange,
le bousculant un peu. Vorax ordonna à l'archiviste et à ses gardes :

— Escortez-moi ce plumeau à pattes vers
les donjons ! Et ne l'épargnez pas trop en
chemin !

Le pirate se tourna ensuite vers Zach qui
grelottait, couché en position fœtale sur une
fourrure de magritérium imbibée de liquide
amniotique. Il commençait à peine à prendre
conscience de l'environnement étrange dans
lequel il se trouvait. Vorax l'observa quelques secondes en secouant la tête, puis ordonna à d'autres gardes :

— Je n'avais pas l'intention de le réveiller
tout de suite, mais puisque c'est fait, amenez-
le à sa chambre !

19

Zachary fixait son reflet dans le miroir, épaté par ce monde insolite où il avait atterri. Malgré sa peau pâle et ses cernes profonds, il trouvait qu'il avait fière allure dans les vêtements qu'on lui avait fournis. La redingote noire, la chemise bouffante et les longues bottes de cuir lui donnaient l'air d'un marin du dix-huitième siècle.

On l'avait d'abord transporté dans cette chambre luxueuse, dans un lit aux draps de soie et couvert de fourrure. Ensuite, on lui avait administré un liquide tonifiant et retiré les tubes enfoncés dans son corps.

Dans un état second, Zach avait à peine remarqué les étranges êtres à gueule de rongeur qui prenaient soin de lui. Tout ce temps, il avait gardé au creux de sa main l'amulette léguée par celle qui l'avait accueilli dans ce monde irréel.

À présent, il se sentait mieux ; encore

faible, mais ravigoté. Il regarda le bijou qui brillait dans sa main et qui représentait le cœur en coupe de façon détaillée. Le jeune homme décida de le pendre à son cou et de le dissimuler derrière le jabot de sa chemise. Il se sentit rassuré, comme si ce pendentif exerçait un pouvoir sur lui.

Il s'avança vers la seule fenêtre de la pièce et observa l'horizon. Il avait cessé de neiger et, au loin sur l'océan, au-delà de la banquise, rayonnaient les premières lueurs de l'aube. Où était-il ?

On cogna et la porte s'ouvrit sur un jeune homme-rat aux habits flamboyants. Méfiant, Zachary recula de quelques pas en remarquant la jambe de bois et le morceau de cuir qui couvrait l'œil du personnage.

Cette réaction ne froissa pas le pirate, qui esquissa son plus charmant sourire.

— Je suis heureux de te voir en forme, mon cher.

Zach fronça les sourcils devant la familiarité avec laquelle le rat s'adressait à lui.

— Où suis-je et qui êtes-vous ?

— Nous sommes dans ton monde imaginaire, Zachary. Rassure-toi, tu n'as pas à me craindre. Mes hommes n'ont-ils pas pris soin de toi ?

Zach hocha la tête tout en demeurant distant.

— Nous t'avons ressuscité d'une mort certaine lorsque tu es tombé entre les griffes de cette bande de malfaiteurs de ton école. Et il y a eu le mégacéros, tu te rappelles ?

Le jeune homme hésita. Il tenta de se souvenir. Il revit son horrible journée à l'école, le jeu de tarot de Jasmine dans lequel il avait pigé la carte du diable, puis sa dispute avec Benjamin à propos d'Aurélie et, enfin, sa rencontre avec Nico à l'arcade. Ensuite, plus rien. Ou peut-être le vague souvenir d'une terrible bête noire qui l'entraînait dans le néant.

Cette pensée provoqua chez lui un vif pincement au cœur. Il en ressentait encore de la terreur.

Zachary leva un regard confus vers l'homme-rat devant lui. Comment savait-il ces détails ?

— Je sais tout de toi, Zachary. Comment ton entourage t'a abandonné : ta mère, l'école, ton meilleur ami Benjamin et, enfin, Aurélie.

Zach tressaillit. Vorax sourit de satisfaction devant l'effet de ses paroles et fit signe au jeune homme.

— Viens, mon cher. Je vais te montrer ce que ce monde fabuleux a à t'offrir… Tu ne voudras plus jamais retourner dans la réalité !

Avec un soupir résigné, Zachary suivit Vorax dans la citadelle de glace.

* * *

Icare encaissa un coup dans les côtes et se laissa choir, à genoux sur le sol givré. Le souffle coupé, il cracha.

— Arrêtez ! cria Mélusine derrière son masque.

Devant la détresse de l'ange, l'archiviste avait oublié de prendre un ton grave et, surpris, les gardes se tournèrent vers elle. Celui qui s'apprêtait à assener une autre bourrade demanda :

— Pourquoi ? Vorax nous a recommandé de ne pas ménager cet oiseau de malheur !

Mélusine toussota et abaissa le timbre de sa voix :

— Vous ne croyez pas qu'il y ait un problème à ce qu'on tabasse un ange ? Je veux dire, est-ce qu'on n'aura pas des problèmes lorsque ce sera notre tour d'aller dans l'au-delà ?

Les gardes hurlèrent de rire.

— As-tu des remords ? Tu as pourtant entendu ce qu'a raconté Vorax ! Cet ange est en partie responsable du fiasco du projet des îles jumelles et il essaie encore de nous mettre des bâtons dans les roues !

Mélusine essayait de gagner du temps, mais Icare ne semblait pas se rétablir vite de la punition infligée. De toute façon, que pouvaient-ils faire à deux contre six ? La jeune femme éclata d'un rire gras qui sonnait faux.

— Dans ce cas, laissez-m'en un peu !

— Espèce de charogne mal dégrossie ! cingla Icare.

L'ange reçut un coup de poing et Mélusine ferma les yeux derrière le grillage de son casque. Elle devait réfléchir vite à une solution avant qu'Icare soit hors d'état de l'aider. Puis elle entendit un hoquet d'indignation.

— Qu'est-ce que ça signifie ? protesta une voix féminine aux intonations veloutées.

Apparut alors une femme-rat parée de superbes vêtements masculins. Son visage d'une étrange beauté diabolique rougit de colère, et les gardes, y compris Mélusine, se tinrent raides devant elle. Xélia empoigna les cheveux de l'ange et le força à lever la tête. Celui-ci, en reconnaissant sa rivale de la taverne, esquissa un sourire ironique.

— Comment? Tu n'es pas mort, toi? Je croyais t'avoir tué...

— Je ne suis pas tuable, belle tricheuse, rétorqua l'ange.

Xélia lui donna une gifle pour effacer son air goguenard.

— Où l'avez-vous trouvé? s'enquit la femme-rat, excédée.

Muets, les six gardes penauds désignèrent Mélusine qui crut fondre dans son armure. Xélia ne semblait pas facile à berner. La femme-rat s'approcha et toisa l'archiviste comme si elle pouvait percer le métal du casque de son regard intense.

— Que s'est-il passé?

Mélusine inspira:

— Il a réveillé le...

D'un mouvement ferme et gracieux, Xélia retira le sabre du fourreau qui pendait à sa ceinture et l'abattit sur le casque de la jeune femme. Le heaume vola sur le sol avec un claquement sonore et Mélusine fut démasquée. L'archiviste serra la mâchoire et les gardes glapirent en chœur devant l'imposture.

— Les hommes-rats n'ont pas de mèches bleues qui dépassent de leur armure. J'avais remarqué ta magnifique chevelure lorsque tu marchais dans la montagne avec l'ange, expliqua Xélia avec un sourire satisfait.

Mélusine ne répondit pas, tenant tête à la femme-rat, le menton fièrement relevé.

— Tu es loin de ton nid, petite archiviste. Nous avons en vain cherché ton repaire dans les souterrains, mais tu étais bien cachée ! Maintenant que tu es parmi nous, nous ferons bon usage de ta présence pour trouver les trésors de l'île…

Xélia tourna les talons et, avant de disparaître, ordonna :

— Si ce n'est pas trop vous demander, bande d'incompétents, enfermez ces deux personnages avec mon oiseau du paradis dans le donjon. Et gardez-les intacts jusqu'à nouvel ordre !

* * *

Fasciné par le décor irréel dans lequel il évoluait, Zachary observait, bouche bée, le luxe et l'opulence des pièces de la citadelle de glace. Dans tous les films qu'il avait vus, tous les jeux vidéo auxquels il avait joué et tous les livres qu'il avait lus, il n'avait jamais rien vu de tel. Pourtant, on lui assurait qu'il était bel et bien dans son monde imaginaire.

De plus, on s'inclinait sur son passage comme s'il représentait une figure importante au sein de la forteresse. Zach essayait de se méfier, mais il était difficile de ne pas se laisser gagner par cette attention.

Avec astuce, Vorax avait gardé le meilleur pour la fin. Il précéda Zach dans une imposante salle de banquet que plusieurs hommes-rats préparaient pour une fête. Zach demeura à l'écart, tentant de ne pas paraître trop impressionné.

— Pourquoi donnez-vous une fête ? demanda le jeune homme.

— En ton honneur, mon cher ! répondit Vorax avec éloquence.

Le rat avait mené Zach exactement où il le voulait. Pour sa part, Zach sourcilla.

— Nous sommes tes amis, Zachary. Nous croyons en toi et nous ne t'abandonnerons pas de la même façon que ta bande l'a fait à quelques semaines du Bal de neige. Au contraire, tu es notre invité de marque !

Surpris, Zach regarda deux hommes-rats qui déroulaient une banderole au-dessus de la table des dignitaires. Le jeune homme reconnut immédiatement une bannière de pirate et se tourna vers Vorax, indigné.

— Vous êtes des pirates ! s'écria Zach en

reculant d'un pas.

— Bien sûr! ricana Vorax. Et un pirate, n'est-ce pas ce que tu as toujours voulu être? En tant que crack en informatique, tu as fait ta part de mauvais coups!

— Je ne suis peut-être pas parfait, mais ça ne veut pas dire que je vais m'associer à des types aussi véreux que vous!

— Cher Zach, tu sais au fond de toi que tu as l'âme d'un voyou, et ceux qui t'entourent te l'ont souvent confirmé. Eux te le reprocheront à jamais, alors que nous, nous t'encouragerons à être au mieux de ton potentiel…

Zach ne trouva rien à rétorquer. Ce rat avait encore raison. Frustré, le jeune homme déglutit, les larmes aux yeux. Avec un petit rire réconfortant, Vorax lui posa amicalement le bras sur l'épaule.

— Tu souhaites vraiment retourner dans ce monde qui ne veut pas de toi? Aie confiance en moi, nous sommes ta nouvelle famille.

Zach serra les dents et hocha la tête. Un frisson remonta le long de son échine.

— Si ce monde est le mien, pourquoi est-il si… glacé?

Les yeux de Vorax brillèrent d'une lueur

fugitive quand il sortit de son justaucorps une magnifique flèche dorée.

— Cette tempête de glace est causée par la bête noire, le mégacéros. Si tu exécutes cet animal à l'aide de cette flèche divine, ton monde redeviendra ce qu'il a été. En accomplissant cette mission, tu prouveras aussi que tu es digne d'entrer dans nos rangs et tu seras parmi nous pour l'éternité.

L'air grave, Zachary baissa les yeux sur la pointe qui luisait entre ses doigts. La bête noire ! Elle était responsable du malheur de Zach et, s'il s'en débarrassait, cela signifierait une délivrance longtemps attendue.

— Je t'envoie de ce pas avec ma sœur Xélia et un groupe d'hommes pour mettre fin au règne de terreur de cette bête. Si tu es doué, tu seras de retour pour le banquet où nous te couvrirons de tous les honneurs !

Zachary sourit et tendit la main à l'homme-rat qui la prit avec un air victorieux.

— Marché conclu ! s'exclama Zach.

* * *

Narcisse leva les yeux au moment où on ouvrit la lourde porte du donjon et vit voler à travers la pièce un homme avec une paire d'ailes défraîchies. On y catapulta ensuite une jeune femme aux cheveux bleus vêtue d'une armure trop grande et on referma la porte.

Enchaîné au mur, Narcisse se tortilla avec enthousiasme entre ses liens lorsqu'il reconnut le personnage étendu sur le sol.

— Icare ! Icare, c'est toi ? Tu n'es pas mort ?

L'ange se contenta de gémir et de tousser.

— Du calme, mon vieux, ne te réjouis pas trop vite. Je ne sais même pas si je suis encore en un morceau !

— Cette femme-rat m'a assuré qu'elle t'avait envoyé une flèche divine entre les ailes ! s'écria Narcisse.

— Eh bien, si c'est le cas, il semble que tes fameuses flèches aient passé leur date de péremption...

— Voyons, Icare, ce n'cst pas possible ! Et qu'est-il arrivé à tes ailes ? Elles sont en pire état qu'avant.

— Ah, ça va ! C'est l'Inquisition espagnole ou quoi ? Ce n'est pas ma faute, je ne peux pas respirer sans perdre une plume !

— Ce n'est pas normal, Icare. Qui est cette jeune femme ? Fait-elle partie du clan des hommes-rats ? s'enquit Narcisse, sceptique.

Surprise par le ton accusateur de l'ange

enchaîné, Mélusine s'avança vers lui.

— Permettez-moi de me présenter. Je m'appelle Mélusine et je suis archiviste en chef de la Grande Bibliothèque de Zachary.

Voyant son supérieur toiser la jeune femme avec dédain, Icare se redressa en vacillant, la mine mauvaise.

— Tu es bien bon pour poser des questions, mais pourquoi es-tu dans le donjon ? Je t'avais demandé de prendre soin d'Aurélie ! Où est-elle ?

Narcisse perdit son air hautain et baissa la tête.

— Je… j'ai failli à la tâche que tu m'avais confiée. Je n'étais pas au courant des dangers de ce monde et je ne me croyais pas si vulnérable. Malgré cela, je sais que je n'ai pas d'excuse et j'ai bien peur que le pirate Vorax tienne Aurélie captive.

Cet aveu étonna Icare qui resta sans voix. Il craignait le pire pour sa protégée, car il connaissait l'immense pouvoir de Vorax. Avant qu'il puisse songer à une solution, la porte du donjon s'ouvrit de nouveau et un garde jeta la Volonté d'Icare à ses pieds.

— Il est temps de nous montrer ce que tu sais faire, mon ange ! ordonna l'homme-rat.

* * *

Devant la grille principale du château fort, plusieurs lévriers des neiges patientaient, prêts à affronter la tempête. Un cavalier sombre aida Zachary à s'asseoir sur la selle du plus noble des chiens.

En retrait de ce cortège, Xélia tapa du pied dans la neige, sous l'œil sévère de son frère.

— Je suis très déçu. Tu m'avais assuré que l'ange Icare était tombé sous tes yeux et qu'il était mort. Tu m'as menti, Xélia ?

— Je ne comprends pas, je l'ai vu s'effondrer ! Ma horde de cavaliers en est témoin aussi !

— Si tu mènes à bien cette nouvelle mission, je suis prêt à reconsidérer ta nomination pour gouverner cette île et à l'annoncer au banquet de ce soir, proposa Vorax.

— Je te garantis que cette bête aura disparu de ce monde dès que je la repérerai !

— Rappelle-toi, Xélia. C'est Zach qui doit planter la flèche dans le cœur du mégacéros. De cette façon, nous serons certains qu'il demeurera dans son monde à jamais et qu'il nous sera fidèle !

— Dans ce cas, pourquoi m'envoies-tu dans cc blizzard ? Les cavaliers ne pourraient-ils pas escorter Zach jusqu'à la bête?

— J'ai confiance en toi, Xélia. De plus, je veux prendre soin d'Aurélie et de ses alliés pendant ce temps. Grâce à mon plan, nous serons sûrs, chacun de notre côté, d'éloigner Aurélie de Zachary.

— Ils ne doivent pas se voir?

— Absolument pas! Si l'un ou l'autre voit une personne issue de son monde réel, l'enchantement sera brisé. Zach reprendrait espoir et Aurélie retrouverait son rôle de libératrice. Ce n'est pas ce que nous voulons!

— C'est clair, acquiesça Xélia. Je serai de retour avant la fin de la matinée, alors occupe-toi vite du sort de cette semeuse de troubles et de sa bande!

Sur ce, la femme-rat tourna les talons et, après avoir gratifié Zachary de son plus charmant sourire, elle grimpa sur un lévrier et ordonna à l'équipage de gagner les sommets glacés de l'île.

20

Tapi dans la neige et dissimulé derrière un bosquet de feuillus dénudés, Rictus surveillait les allées et venues autour de la forteresse. La porte s'était déjà ouverte plusieurs fois et il n'y avait toujours aucun signe de Mélusine et d'Icare. Soudain, il vit apparaître son maître, encadré d'un groupe de cavaliers sombres. La hyène fut soulagée en constatant que Zachary était sain et sauf.

Cependant, la présence de Vorax et de sa sœur Xélia à ses côtés ne laissait rien présager de bon. Rictus savait trop bien comment ces rats pouvaient être manipulateurs et persuasifs. D'ailleurs, il frissonna lorsqu'il remarqua les vêtements de pirate de Zach qui semblait fier et à l'aise dans ce rôle.

Un long convoi de cavaliers montant des lévriers blancs se dirigea vers les sommets vertigineux de l'île. Rictus observa le défilé quelques minutes avant d'élaborer un plan.

Il ne pourrait pas rejoindre Zach facilement avec cette horde de gorilles qui l'entouraient, mais il était possible de garder un œil sur lui à distance et d'attendre le moment opportun pour aborder le jeune homme. Entre-temps, il apprendrait sans doute quelle mission Vorax réservait à Zach.

À pas de loup, Rictus se déplaça dans cette forêt qu'il connaissait par cœur, s'arrêtant parfois pour espionner le cortège.

De son côté, Zachary fut le seul à distinguer un étrange éclair bleu se faufiler entre les arbres. Sans plus s'en soucier, le jeune homme mit cette vision sur le compte de son éveil récent dans ce monde fantastique et continua son chemin sans en faire mention.

* * *

Il y avait déjà un moment qu'on avait séparé Icare de Mélusine et Narcisse pour le jeter dans un cachot noir et humide. La lumière ne filtrait que par de minces ouvertures au bas des deux portes de la minuscule prison.

Tenant sa Volonté entre ses doigts tremblants, l'ange attendait, le souffle court, la prochaine étape de ce voyage étourdissant. Il savait qu'il n'était pas au bout de ses peines, puisque les gardes lui avaient remis son arme. Il doutait de pouvoir encaisser une nouvelle épreuve dans son état.

Icare avait perdu un bon nombre de plumes en cédant à la tentation que représentait Mélusine. Il ne comprenait toujours pas ce qui l'avait poussé à embrasser la belle archiviste. Il se comportait comme un adolescent à ses premiers émois amoureux ! Qu'est-ce qui avait bien pu le rendre gaga à ce point ?

En plus de ses ailes dépouillées, il souffrait des blessures et des contusions que lui avaient infligées les hommes-rats.

L'attente s'éternisait quand il perçut, au-delà de la porte à sa gauche, les échos de plusieurs voix. L'ange serra sa Volonté contre lui lorsque la trappe s'ouvrit vers le haut avec un bruit d'engrenages, pour révéler une grande arène au sol enneigé. Icare s'avança d'un pas hésitant vers la lumière aveuglante et pencha la tête en avant pour s'extirper de sa petite cellule.

Il fut accueilli par les cris enthousiastes d'une foule d'hommes et de femmes-rats venus assister au spectacle. L'ange leva à temps son bras pour se protéger de la panoplie d'objets qui lui étaient lancés : des gants, des bottes, des bouteilles et même des aliments pourris.

La trappe de son cachot s'était refermée, il ne pouvait plus reculer. Sa gorge se noua et il était sur le point de perdre espoir lorsqu'il entendit son nom. Il repéra Narcisse et Mélusine, chacun détenu dans une cage dorée au-dessus de l'assistance. Un sourire de soulagement allait étirer ses lèvres quand il reçut un œuf sur la joue. Il l'essuya du revers de la main.

— Icare, garde espoir ! s'écria Mélusine qui avait perdu son armure et revêtu sa soutane blanche et angélique.

Humilié, l'ange releva le menton et marcha jusqu'au milieu de l'arène. Elle dominait l'océan et, entre les gradins, on pouvait profiter d'une vue splendide sur l'eau.

Un nouveau cri anima la foule et, à la place d'honneur, Vorax apparut, paré de façon magnifique. De nombreuses bagues ornaient ses doigts et une plaque d'or couvrait son œil. Il tenait la main d'une jeune femme au sourire béat et au regard absent. Sa toilette féerique à crinoline et sa coiffure extravagante ne laissaient rien deviner de sa véritable identité. Une rumeur parcourut l'arène : qui était la jeune muse aux côtés de Vorax ?

Après un moment, Icare la reconnut.

— Aurélie !

L'ange répéta le nom de sa protégée jusqu'à ce qu'il s'aperçoive que cela n'avait aucun effet sur la jeune fille. Comment était-il possible que cette marionnette aux allures de poupée puisse être Aurélie ? Les ensorcellements de Vorax étaient de plus en plus puissants et dangereux.

Vorax rit devant la détresse de l'ange et annonça :

— Merci, mes très chers amis, d'être présents à cette activité qui marquera le début d'une longue journée de festivités ! Et ce coup d'envoi sera loin d'être ennuyeux, car ce bel ange, avec qui j'ai quelques comptes à régler, affrontera sa jolie protégée dans un duel titanesque !

Le regard vide et un faux sourire aux lèvres, Aurélie s'avança pour faire la révérence sous un tonnerre d'applaudissements. Icare, lui, sourcilla d'incompréhension et se tourna vers ses amis encagés. Comment Aurélie pouvait-elle se battre contre son ange gardien ?

— Que la joute commence ! s'exclama Vorax pour accroître l'exaltation des spectateurs.

Aurélie ferma les yeux et, avec grâce, tendit

les bras avec des gestes semblables à ceux d'un chef d'orchestre. Tous attendaient, bouche bée, le tour de magie qui suivrait.

La terre au milieu de l'arène se mit à trembler. Icare recula de quelques pas et fut projeté sur le dos par la force du séisme. Le sol enneigé du cirque s'ouvrit. Des racines et des ronces en sortirent et s'entremêlèrent en une impressionnante sculpture végétale. Des lianes et des lierres contribuèrent à donner forme à cette créature organique. Subjugué, Icare ne bougeait pas, assis sur la neige.

Aurélie continuait sa danse lancinante, remontant les mains le long de son corps, jusqu'à son visage. Icare releva la tête et se rendit compte que la géante organique devant lui, tel un portrait sculpté dans la verdure, avait adopté la physionomie d'Aurélie.

Ses cheveux blonds étaient représentés par des gerbes de blé mûr, ses yeux, par des melons verts, et son visage, par un savant assemblage de légumes et de plantes.

Sans qu'Icare ait le temps de réagir, la créature lança un bouquet de lianes vers lui.

— Aurélie, non ! s'écria Icare, paniqué.

* * *

Zachary referma les pans de sa cape de fourrure pour se protéger de la bise glacée. Malgré le froid, il laissait errer ses pensées depuis qu'il avait quitté la citadelle de glace.

Le jeune homme posa un regard impressionné sur la horde de cavaliers noirs qui l'accompagnait et se demanda ce que Nico, la terreur de l'école, penserait de tout cela. En étant un pirate dans le monde imaginaire, plus personne ne l'intimiderait. Son autorité serait respectée et aucun de ses fidèles ne l'abandonnerait.

Par contre, il ne verrait plus ses amis ni la réalité.

Mais à quoi bon ? Il ne réussissait pas à l'école, il était la cible de taxeurs et ni sa famille ni ses amis ne se préoccupaient de lui. Aurélie avait accepté l'invitation de Benjamin et il savait ce que cela signifiait. Même si elle lui assurait qu'ils demeureraient de bons amis, ils se verraient de moins en moins et elle finirait par disparaître de sa vie à l'instar de sa mère.

Liliane lui manquerait beaucoup, cependant. Sa sœur devrait suivre l'exemple de quelqu'un de mieux que lui. Vorax avait raison : il serait plus heureux dans le monde imaginaire que dans la réalité.

Devant lui, Xélia lança un ordre et la caravane s'arrêta. Le groupe se trouvait devant une grotte creusée dans la falaise, dont l'entrée avait été bloquée par un éboulis. Une petite ouverture avait été dégagée et deux gardes en surveillaient l'accès.

Au moment où Zachary descendait de son lévrier, il entendit un bramement de douleur dans la caverne, ce qui lui glaça le sang. Il avait reconnu le cri de la bête qui l'avait fait basculer dans la noirceur. Comme le jeune homme restait figé, Xélia s'approcha de lui avec un air réconfortant.

— Ne t'inquiète pas. Le mégacéros est grièvement blessé et il ne nous fera aucun mal dans son état. Es-tu prêt pour ta mission?

Zachary se détendit un peu et hocha la tête. Il sortit la flèche divine de sa cape et la tint devant son regard fasciné. La pointe dorée semblait fragile. Pourtant, elle était aussi tranchante qu'une lame de rasoir.

— Bien! l'encouragea la femme-rat. Rappelle-toi de lui planter la flèche dans le cœur. Ainsi, cette bête disparaîtra à jamais de ton monde imaginaire et tu seras enfin libéré… C'est de cette façon que tu prouveras que tu es digne de notre clan. Ensuite, ce soir, tu seras récompensé à ta juste valeur!

Zachary inspira profondément, puis jeta un coup d'œil hésitant à Xélia et aux cavaliers groupés autour d'eux. Prenant son courage à deux mains, le jeune homme s'avança vers l'entrée de la grotte, pour accomplir ce qui marquerait un tournant important dans sa destinée.

* * *

À quelques mètres à peine, enfoui sous la neige derrière un rocher saillant, Rictus saisissait des bribes de conversations. C'était une catastrophe ! Zachary avait pour mission de tuer le mégacéros !

Cette bête était reliée au jeune homme par un cordon invisible, et l'un ne pouvait vivre sans l'autre. L'animal représentait la volonté, le courage et les espoirs du jeune homme, et agissait selon ses humeurs. Si le mégacéros était devenu aussi monstrueux, c'était que Zachary s'était laissé abattre par les événements de sa réalité. En temps normal, ce cervidé symbolisait un animal noble et pacifique admiré pour sa prestance.

Zach ne devait lui causer aucun mal, sinon il ne verrait assurément plus son monde réel et serait condamné à errer dans son monde imaginaire qui se désintégrerait peu à peu. Après tout, la réalité nourrissait l'imaginaire…

Rictus songea qu'il devait rejoindre son maître avant qu'il ne commette l'irréparable. En tant que conseiller de l'île, il connaissait pratiquement chacune des issues menant aux souterrains.

Calculant chaque geste pour ne pas alarmer la cohorte de gardes, il renifla un peu partout et, du bout du museau, fouilla les congères. Il repéra une brèche dans le creux de la falaise et se mit à gratter la neige qui la recouvrait. Il savait comment arriver à Zach et au mégacéros. Il ne restait qu'à déterminer si Rictus pouvait s'y rendre à temps.

* * *

Dans un déploiement extraordinaire de tentacules végétaux, Icare fut pris d'assaut de tous les côtés. Malgré ses ailes abîmées, l'ange réussit à bondir et se faufila entre les jambes de la géante organique. Par chance, elle ne pouvait déplacer rapidement ses membres aussi gros que des troncs d'arbres.

Le visage fermé, Aurélie continuait à dicter chaque geste à cette créature fabriquée par sa volonté. La géante se tourna donc et tira une série de lianes vers Icare qui, avec habileté, grimpa le long de son avant-bras. Elle secoua l'épaule pour se débarrasser de l'homme ailé qui n'était qu'un insecte à ses yeux. Icare perdit pied et roula sur le sol. Il se redressa, son épée devant lui, le souffle coupé par cette cascade forcée.

— Tiens bon, Icare ! S'il y a un bougre d'ange capable d'affronter ce monstre, ça ne peut être que toi ! encouragea Narcisse qui suivait le combat en se mordant les lèvres.

Surpris de cette marque de confiance, Icare leva les yeux vers la cage de son supérieur. Puis il fut assommé par une liane qui le frappa en pleine mâchoire.

Icare secoua la tête et tenta de se relever. Il commençait à manquer de forces et ne fut pas assez rapide pour éviter la nouvelle attaque du monstre. Les lianes se refermèrent sur lui comme un étau et serrèrent sa poitrine au point de l'empêcher de respirer. Du haut de leurs prisons suspendues, Mélusine et Narcisse poussèrent des cris de consternation.

Icare savait qu'il ne servait à rien de parlementer avec Aurélie puisqu'elle était sous un charme puissant. Avec une manœuvre subtile, il dégagea la lame de son épée et la balança contre ses liens. La créature hurla avec Aurélie, et une sève verdâtre s'écoula des lianes coupées.

Alarmé par le gémissement de sa protégée, Icare se tourna vers la loge d'honneur. Aurélie tenait sa main devant ses yeux stupéfaits et au bout de chacun de ses doigts perla une goutte de sang écarlate. La blessure n'était pas importante, mais Icare comprit avec effroi que le sort de la géante était directement lié à celui d'Aurélie. Il ne pouvait blesser le monstre sans mettre en péril la vie d'Aurélie.

— Attention, mon cher ! Tu ne voudrais pas tuer celle que tu es censé garder ! ricana Vorax, satisfait du déroulement du combat.

Des larmes de rage brouillèrent la vue de l'ange quand le monstre se rua de nouveau sur lui. Comment Icare pouvait-il déjouer cette horrible machination ?

* * *

Zachary entra dans la grotte, enjambant les monceaux de roche et de glace. Dans ce trou sombre, il percevait la respiration bruyante et haletante de la bête mystérieuse. La gorge du jeune homme se serra lorsque le manteau noir qui drapait l'intérieur de la caverne l'enveloppa. Il se sentait chavirer dans le néant qui l'avait happé lors de sa dernière rencontre avec le mégacéros.

La panique se propagea dans son sang tel un venin, et il étreignit la flèche divine. Son regard bleu papillotait à la recherche d'une lueur ou d'un point de repère, et son souffle rapide trahissait sa peur. Puis il aperçut les yeux de braise du cervidé.

Zach glapit de stupeur et tourna les talons pour s'enfuir vers la sortie. Pourtant, avant de retrouver la lumière réconfortante de l'extérieur, il s'arrêta. Il ne pouvait pas rater cette mission. Il devait prouver son courage et montrer aux pirates qu'il méritait de se joindre à leurs rangs.

Le jeune homme laissa ses yeux s'habituer à la noirceur et constata que la bête n'avait pas bougé. À petits pas, il progressa vers le mégacéros, hypnotisé par son regard aussi rouge qu'intense. Il remarqua aussi l'étoile de poils blancs sur son front. Ce regard le troublait profondément et, sans qu'il sache pourquoi, une douce chaleur se répandit dans sa poitrine.

La bête souffla un nuage de brume chaude par ses naseaux. Zach hésita un instant, mais continua à gagner du terrain. Devant cette immense masse immobile, il ne put qu'être intimidé. Il remarqua une blessure saignante sur le flanc de l'animal et, étrangement, il en ressentit de la pitié. Malgré cela, il ne se découragerait pas et compléterait sa mission avec succès.

Il souleva la flèche divine au-dessus de sa tête et visa le cœur battant de l'animal. Avant qu'il puisse planter la pointe, une douleur terrible lui serra le torse. Incapable de contrôler ses gestes, Zach tomba à genoux en sanglotant et lâcha la flèche.

Cette bête avait-elle un pouvoir? Il se massa la poitrine pour tenter d'éloigner le mal et sa main effleura l'amulette pendue à son cou. Celle-ci brillait d'une lumière aveuglante.

— Qu'est-ce que tu attends, Zachary? Dépêche-toi! s'écria Xélia à l'entrée de la grotte.

Le jeune homme contracta les mâchoires et, au prix d'un effort terrible, il se releva et visa de nouveau le mégacéros blessé. Une ombre passa alors devant lui et lui mordit le bras.

21

Zachary roula dans la poussière, attaqué par un animal qui grognait tel un loup enragé. Le jeune homme portait les mains à son visage pour se protéger quand il entendit :

— Lâche-la ! Hi, hi, hi ! Lâche cette arme !

Étonné par ce ricanement singulier, Zach ouvrit les bras pour voir à qui appartenait cette voix. Il découvrit devant lui une hyène hirsute et bleue qui l'observait avec un air plus inquiet que menaçant. L'animal insolite prit la flèche des mains du jeune homme et, d'un coup de gueule, la lança plus loin.

— Qui es-tu ? demanda Zachary, intrigué.

— Tu ne me reconnais pas ? Hi, hi, hi !

— Non ! Et pourquoi ris-tu comme un idiot ? s'exaspéra le jeune homme.

— Pardon ! C'est nerveux… Je suis ton conseiller et je m'appelle Rictus.

— Rictus ? Mon vieux toutou en peluche bleue ?

— Ah! Ça y est! Tu te souviens de moi! Hi, hi, hi! souffla la hyène en se détendant.

— Pfft! Ne te réjouis pas trop vite! Je n'ai pas besoin d'un conseiller et surtout pas d'un dingo! s'impatienta Zach en se remettant sur ses pieds.

— Mais… mais tu m'as fait tant de confidences lorsque tu étais petit! Je sais tout de toi et je peux t'aider! bredouilla Rictus.

Zach se pencha et ramassa la flèche divine, ignorant les protestations de la hyène.

— Je sais que tu as pleuré deux jours et trois nuits lorsque ta mère est partie! Je sais que tu m'as ordonné de veiller sur ta sœur lors de son séjour à l'hôpital quand elle avait deux ans! Je sais que tu es parfois jaloux de Benjamin, même si c'est ton meilleur ami! Je sais que tu aimes… énuméra la hyène d'une voix désespérée.

Zach se tourna brusquement vers Rictus, stupéfait par ce qu'il venait d'entendre.

— Moi aussi, j'étais une épave sans espoir lorsque tu m'as trouvé dans les poubelles derrière un magasin. J'étais une de ces peluches ridicules, fabriquées en milliers d'exemplaires dans des usines asiatiques et gagnées dans des foires populaires. J'étais un produit de consommation de piètre qualité, mais tu m'as pris sous ton aile. Tu m'as lavé, recousu et tu m'as aussi confectionné une cape avec des retailles de tissu pour que je n'aie pas froid.

« Avec toi, j'ai voyagé, j'ai été cajolé, tu m'as raconté des tas d'histoires et montré des trucs. Bref, j'ai été choyé même lorsque tu m'as donné à ta sœur et qu'ensuite j'ai été laissé dans un hôpital pour enfants. Avec toi, je n'ai jamais été seul, et toi non plus, tu ne l'es pas. »

— Comment ça ? s'étonna Zach.

— Jasmine, Annabelle et Benjamin passent leur temps libre à l'hôpital. Ta petite sœur prend une minute à chaque heure de la journée pour prier afin que tu retrouves la santé, et ton père qui n'a pas quitté ton chevet depuis ton accident…

Cette énumération décontenança le jeune homme qui se laissa gagner par l'émotion.

— En plus de tous ces gens, ta meilleure amie est ici pour t'aider.

— Qui ça ? s'enquit Zach.

— Aurélie.

— Aurélie est ici ?

— Oui. Elle a parcouru terre et mer dans le monde imaginaire puisque tu es si important à ses yeux, murmura Rictus.

— Je dois la voir ! Où est-elle ?

— Elle est captive des pirates ! Contrairement à ce qu'ils t'ont fait croire, ils veulent tout sauf ton bien ! grogna Rictus. À cause d'eux, tu as failli commettre l'irréparable !

— En tuant cet animal ? déduisit Zachary en désignant le mégacéros.

Celui-ci émit un râle et ferma ses yeux rouges. Visiblement, il souffrait.

— Tu es relié à lui, Zach. Si tu le tues, tu te condamnes à mourir à petit feu toi aussi. Hélas, à le voir si mal en point, je doute que nous puissions le sauver, se désola la hyène. Il n'existe qu'une seule façon de le voir renaître.

— Laquelle ?

— Le Cœur de l'île…

Zach secoua la tête, car il ne savait pas de quoi la hyène voulait parler. Pourtant, il se rendit compte que l'affreuse douleur à sa poitrine s'était résorbée pour céder la place à la même chaleur qu'il avait ressentie plus tôt. Il écarta les pans de sa chemise et vit l'amulette qui luisait. Un cœur, le Cœur de l'île… Il sortit triomphalement le bijou et le brandit devant Rictus, dont le regard abattu s'illumina.

Dans la main de Zachary, le pendentif

brilla telle une étoile. Le jeune homme se pencha et pressa l'amulette contre le flanc blessé du mégacéros.

L'animal hurla comme si sa plaie était brûlée par une torche.

Les tissus endommagés se cicatrisèrent et de la peau rose et fragile apparut. Un pelage fin poussa presque aussitôt. Puis le poil noir et laineux du mégacéros perdit graduellement sa pigmentation et la bête se couvrit d'une fourrure blanche immaculée. Même ses bois pâlirent sous l'effet de cette transformation. Les yeux incandescents de l'animal, eux, redevinrent marron, profonds et placides.

Bouche bée, Zachary et Rictus suivirent avec fascination les étapes de cette résurrection.

L'amulette glissa sur le sol avec un tintement sonore et l'animal se remit sur pied en vacillant. Dans cette grotte exiguë, le cervidé parut encore plus imposant. Il fixa son regard sur Zachary et, sans un murmure ni un son, l'animal demanda au jeune homme quelle était maintenant sa position : ami ou ennemi ?

Zach déglutit et, après réflexion, il tendit sa main droite. Le mégacéros s'avança et posa son museau dans la paume du jeune homme. Celui-ci sentit à ce moment un poids indicible se soulever de ses épaules, et le soulagement se répandit dans son corps tel un baume bienfaisant. Zach venait de se retrouver.

Il remarqua que l'étoile de poils sur le front de l'animal devant lui était maintenant noire, témoin que le désespoir menacerait à jamais de planer sur lui. Mais, pour l'instant, il devait éloigner les forces du mal qui avaient envahi son île.

Gagné par une nouvelle confiance, Zachary caressa le front du mégacéros avant de pendre l'amulette à son cou. Il se tourna vers son conseiller et lança, un sourire coquin aux lèvres :

— Puisque tu sais où est Aurélie, Rictus, emmène-moi vers elle le plus vite possible !

* * *

À l'entrée de la caverne, Xélia tapait du pied.

— Il semble que nous ayons affaire à un poltron ! rouspéta-t-elle. Si je veux assister à ma cérémonie avant que le gâteau soit servi, je vais devoir persuader ce jeune idiot de se dépêcher !

La jeune femme-rat fit signe à son homme de main qui accourut aussitôt.

— Cerdo, va donc voir ce qui se passe et aide-le à enligner sa flèche s'il n'en est pas capable !

Le sbire au masque de cochon acquiesça d'un hochement de tête et se dirigea vers l'ouverture de la grotte d'un pas déterminé. Dès que sa silhouette se découpa dans l'embrasure, il vit un énorme fantôme blanc foncer sur lui. Il fut renversé par le mégacéros qui galopait à toute vitesse, Zachary et Rictus perchés sur son dos.

Pris de court, les cavaliers sombres demeurèrent figés de surprise.

— Qu'est-ce que vous attendez ? hurla Xélia. Pourchassez-les !

Les cavaliers pirates enfourchèrent leurs montures et détalèrent à la poursuite des fuyards, mais déjà ils ne les distinguaient plus dans le nuage de poudrerie qui avait été soulevé.

* * *

La mâchoire serrée, Icare observait le monstre d'Aurélie devant lui. Même si la géante avait été décontenancée par l'attaque de l'ange, cela n'avait qu'amplifié son agressivité.

Résigné, Icare allait baisser les bras et se laisser anéantir par la créature pour éviter de faire souffrir Aurélie quand Narcisse hurla :

— Icare, la chasse au requin !

L'homme ailé fronça les sourcils, puis ses yeux se posèrent sur les morceaux de lianes qu'il avait tranchés des doigts du monstre un instant plus tôt. Il saisit enfin l'allusion de son supérieur et attrapa au passage quelques liens en évitant de justesse le poing de la créature.

Avec un regain d'énergie, l'ange se faufila près de son antagoniste et l'emprisonna dans ses propres lianes. L'agilité et la rapidité d'Icare le sauvèrent du monstre immense qui fit un pas de plus dans la direction de cet étrange oiseau aux ailes hirsutes.

Avec une expression étonnée, la créature se débattit et tenta de se libérer, ce qui eut pour effet de la déstabiliser, et elle finit par trébucher. Elle tomba vers le sol avec un grincement sinistre et Icare bondit en avant pour éviter de se faire écraser au passage. Un petit séisme ébranla l'arène, où les spectateurs lancèrent des exclamations hébétées.

Une fois couchée sur le sol, la créature

sembla maladroite et ne réussit pas à défaire ses liens, malgré les gestes brusques que lui imposait Aurélie. Icare en profita pour attacher les lianes en faisant un nœud solide. Debout sur sa prise avec un air de conquérant, l'ange se tourna vers Vorax qui ne souriait plus.

— Libère Aurélie, Vorax ! Tu ne gagneras pas !

Sous les pieds d'Icare, la créature continuait à se démener, et de nouvelles lianes sortirent du sol pour la défaire du piège. La mine glorieuse d'Icare se décomposa, et il réalisa qu'il avait sous-estimé les pouvoirs d'Aurélie. Il regarda ses amis encagés et tout ce qu'il lut dans leurs yeux fut une profonde détresse. L'ange baissa alors la tête et les bras, lâchant sa Volonté dans la neige, tandis que le monstre levait la main pour le saisir.

— Le combat n'est pas terminé ! cria Vorax avec un rire tonitruant.

* * *

Bathor Venin-de-Lave remonta la dernière butte qui coiffait la montagne en agitant sa queue dans la neige. Normalement, peu d'événements forçaient le peuple serpent à sortir de sa tanière, mais l'arrivée d'une jeune fille et d'un ange avait tout fait basculer. L'arène était désormais condamnée et le traître de Rictus avait réussi à prendre la fuite.

Le chef, accompagné de Haje Croc-Noir et de Naja Fer-de-Lance, avait demandé à son peuple de se mettre à la recherche des trois semeurs de troubles.

Peu de temps s'était écoulé depuis qu'ils s'étaient évadés et le peuple serpent avait encore des chances de les retrouver. Il les mènerait ensuite devant un jury qui déterminerait la punition à leur infliger. Et Bathor s'assurerait qu'elle ne serait pas légère…

Le chef au flair incomparable s'arrêta net. Le vent de la tempête transportait jusqu'à ses narines le parfum âcre des humains, et les secousses du sol lui indiquaient qu'ils étaient nombreux. Ce n'était certainement pas le petit groupe qu'ils cherchaient. En plus, il y avait cette odeur de houblon qui les imprégnait. Armées jusqu'aux crocs, les troupes du peuple serpent se rangèrent derrière leur dirigeant, attendant ses consignes.

— Qu'y a-t-il? s'impatienta Haje.

— Je ne sssuis pas certain… Je sssoupçonne qu'un groupe d'humains ssse dirige vers nous.

— Qui cela peut-il être ? interrogea Naja Fer-de-Lance. Peu de peuples habitent encore les montagnes depuis le début des tempêtes.

Un silence lourd, entrecoupé des gémissements sifflants du vent, ponctua l'attente du peuple serpent. Lances et épées dressées vers le ciel, ils ne virent d'abord qu'une ombre noire envahir les flancs de la montagne opposée.

Le bataillon retint son souffle en constatant à quel point les troupes adverses étaient nombreuses. Puis les silhouettes se définirent.

Ayant repéré les hommes-serpents à leur tour, des humains costauds couverts de peaux et coiffés de casques à cornes traversaient le vallon dans leur direction.

— Ce sssont les barbares ! cracha Bathor avec dégoût.

À cette déclaration, les guerriers du peuple serpent pointèrent leurs armes en avant, prêts pour le combat. De l'autre côté, les barbares avaient cessé d'avancer et retenaient leurs bélugas des neiges. Une bannière entre les mains, le plus grand d'entre eux marcha jusqu'au milieu de la vallée qui séparait les adversaires.

— Ils sssemblent vouloir négocier, constata Haje.

— C'est bien la première fois ! grinça Bathor. En plus d'être laids et de sssentir mauvais, ces brutes ne sssavent pas penssser sssans leurs poings et leurs haches ! Sssurveillez messs arrières pendant que je vais voir ce que veulent ces primates !

L'air sceptique, Bathor descendit la côte.

Le froid était un désavantage pour le sang chaud des hommes-serpents et Bathor craignait qu'advenant une guerre son peuple perdrait le combat. Les barbares étaient mieux adaptés au froid avec leurs peaux épaisses et leurs corps velus. Mais la force des choses avait obligé Bathor et ses semblables à quitter leur repaire tempéré et, à présent, ils n'arrêteraient devant rien pour terminer leur mission et retrouver leur quiétude.

Le chef des hommes-serpents se posta devant le barbare à la peau burinée et aux cheveux roux. L'homme, répondant au nom de Morak, le dépassait d'au moins une tête. Pourtant, Bathor ne se laissa pas intimider. Ses pupilles jaunes soutinrent avec majesté le regard fauve du barbare.

— Que me vaut cette sssurprenante rencontre ? siffla Bathor.

Agressif, le barbare fronça le nez et expliqua d'une voix rauque :

— Nous n'avons aucune intention à l'égard du peuple serpent. Nous sommes à la recherche d'une jeune femme et d'un ange qui ont saccagé notre campement avant de s'enfuir !

— Vous ausssi… ricana l'homme-serpent.

— Vous vous moquez de moi ? s'emporta Morak.

— Loin de moi cette idée face à une créature ausssi noble que vous, ironisa Bathor. C'est plutôt que nousss avonsss un problème commun. Nous sssommes également à la poursssssuite d'une jeune fille et d'un ange qui ont détruit notre arène et enlevé le conssseiller de l'île que nous tenions captif.

Le barbare esquissa un sourire :

— Dans ce cas, vous pouvez retourner vous réchauffer dans votre tanière avant de vous geler le bout de la queue. Nous nous en occuperons !

— Pas quessstion, s'opposa Bathor. Ces individus doivent être traduits devant un sssystème de jussstice valable lorsssque nous les retrouverons !

— Ne vous inquiétez pas, nous les ferons payer cher pour leurs délits !

— Ah oui ? Vous allez fessstoyer en

mangeant leursss entrailles et nousss envoyer les ressstes, bande de russstres! lâcha l'homme-serpent.

Avec un cri de rage, Morak empoigna le reptile par le collet et le secoua. Devant cette scène, le peuple serpent protesta en brandissant les armes. Haje allait déclarer la guerre lorsque Bathor se dégagea de l'emprise de son agresseur et fit taire les ardeurs de son armée d'un signe de la main.

L'homme-serpent observa les tribus barbares à la dérobée. Ces enfantillages n'avançaient aucun des deux peuples dans leurs missions respectives, mais ces frictions devenaient oppressantes et une guerre était peut-être inévitable.

— Espèces de reptiles crapoteux! Vous pouvez bien vous croire civilisés mais, sous vos écailles, vous n'êtes que des freluquets délicats! reprit le barbare.

— Au moins, nous ne sssentons pas le vieux bouc! rétorqua Bathor. Nous obéisssons à un régime ssstructuré et nous ne nous comportons pas comme des primatesss imbéciles!

Ces paroles avaient marqué le début du combat, tel le heurt d'une baguette contre un gong. Il était impossible de reculer. Les peuples ennemis régleraient leurs comptes ici et maintenant, une fois pour toutes.

— Nous allons vous étriper et vous transformer en purée ! nargua Morak.

— N'en sssoyez pas sssi sssûrs ! L'intelligence a toujours prévalu sur les mussscles, l'assura Bathor.

Les deux chefs regagnèrent leurs troupes, la rage au ventre, prêts pour ce qui suivrait. Bathor donna ses consignes et ses recommandations à Haje et à Naja qui hochèrent gravement la tête avant de transmettre les ordres au bataillon. Du côté des barbares, un héraut annonça le début de la bataille en soufflant dans un cor.

Pendant une fraction de seconde, le silence fut complet, et pas même le vent n'osa pousser une plainte. Puis, en hurlant, les guerriers dévalèrent les flancs des montagnes vers la vallée qui les reliait.

Bathor était fier de son peuple, convaincu de sa ténacité et de sa détermination. Pourtant, en voyant les deux clans qui allaient se rencontrer et s'affronter, il se demandait s'il n'avait pas été trop loin et si cette guerre d'orgueil n'aurait pas pu être évitée. Des hommes-serpents méritaient-ils de mourir pour cette cause ?

Il n'eut pas le temps de songer à la réponse, car une lueur d'une intensité aveuglante apparut au-delà de la montagne, tel un astre tombé des cieux. Les guerriers, qui n'avaient pas encore croisé le fer, furent forcés de se cacher les yeux devant cette lumière blanche.

Ce n'était pas le soleil, car l'aube s'était déjà levée depuis un moment. Et il y avait ce bruit de galop qui résonnait partout dans la vallée. Une main au-dessus de ses yeux plissés, Bathor constata que pour la première fois de sa vie son flair lui faisait défaut et ne lui permettait de récolter aucun indice sur ce phénomène mystérieux. Sur la butte opposée, Morak, le chef des barbares, semblait aussi décontenancé que lui.

Alors, qu'est-ce que c'était ?

22

Les contours d'un animal immense surmonté de deux silhouettes se découpèrent
sur la lumière éblouissante. La bête poussa
un bramement grave qui figea les guerriers
et les dirigeants sur place.

Bouche bée, tous laissèrent la mystérieuse
bête se frayer un passage au milieu de leur
combat avorté. Devant le noble animal aux
énormes bois, hommes-serpents et barbares
s'agenouillèrent avec respect. Il y avait longtemps que le mégacéros n'avait parcouru
l'île, et son manteau d'un blanc presque immaculé donnait l'indice que, après une période noire et instable, l'animal avait repris
son rôle de pacificateur.

Intrigués, les dirigeants des clans opposés
s'avancèrent vers le mégacéros.

Côte à côte, oubliant leur rivalité, ils dégai-
nèrent leurs armes avec méfiance lorsqu'un
jeune homme descendit du dos de la bête,

vêtu comme un pirate. Puis un profond embarras les fit se prosterner bien bas lorsqu'ils reconnurent le roi Zachary. Jamais le souverain n'avait foulé le sol accidenté de l'île, mais personne ne pouvait se tromper sur son air espiègle, ses boucles hirsutes et son regard d'un bleu profond.

Devant ces hordes de guerriers prosternés à ses pieds, Zach demanda à son conseiller :

— Qu'est-ce qui se passe ici ?

— Tu es le roi de l'île, Zach, et ils te démontrent leur estime, répondit Rictus.

Bathor Venin-de-Lave leva sa tête de cobra et se redressa d'un bond.

— Ah ! tu es là, toi ! Nous te tenons enfin, essspèce de traître !

Rictus glapit et se réfugia entre les pattes du mégacéros qui éloigna le chef du peuple serpent d'un meuglement grave.

— Une minute ! protesta Zach. Qu'est-ce que cela signifie ?

— Nous avons découvert que ce fourbe de Rictusss avait négocié avec les pirates pour vous berner, mon roi ! raconta Bathor.

— Ce n'est pas vrai ! gémit la hyène. Hi, hi, hi ! Lorsque j'ai su que Vorax te tenait captif, j'ai voulu te sauver. Ce pirate m'a assuré qu'il te libérerait si je lui amenais une jeune fille et un ange qui se trouvaient sur l'île. Je ne savais pas à ce moment qu'il s'agissait d'Aurélie ! Et j'ai essayé de les empêcher, elle et son ange, de se rendre à la forteresse, mais ils sont tombés entre les griffes de Vorax à leur tour ! Il faut me croire !

Bathor cracha de haine et Zach s'interposa :

— Je ne sais pas ce qui s'est produit avant que je me réveille. Tout ce que je peux dire, c'est que, moi aussi, j'ai failli trahir l'île. La preuve, c'est qu'il y a quelques minutes à peine j'allais tuer le mégacéros à la demande de Vorax ! Ce rat peut être très persuasif et c'est ce qui en fait un dangereux ennemi.

Zach marqua une pause, surpris par le discours qui venait de franchir ses lèvres, et se rendit compte que tous l'écoutaient attentivement. Il remarqua également les deux êtres singuliers devant lui, un homme-serpent et un barbare, qui semblaient prêts à suivre ses consignes. Il aurait pu en être intimidé, sauf qu'il décida de poursuivre son rôle de médiateur.

— Que se passait-il ici avant mon arrivée ? interrogea le jeune homme.

— Nous allions enfin régler nos comptes avec ces avortons écailleux, grinça Morak.

Bathor grogna.

— Le peuple serpent et les tribus barbares ont toujours eu de grandes divergences d'opinions, et cela ne s'est pas amélioré avec l'arrivée des tempêtes sur l'île, expliqua Rictus, dissimulé entre les pattes du cervidé géant.

— Eh bien, je ne peux pas vous demander de vous aimer ni de vous entendre, fit remarquer Zach, mais si vous voulez encore avoir une île sur laquelle vous promener demain matin, c'est aux pirates qu'il faut vous en prendre !

Bathor et Morak s'observèrent du coin de l'œil, sceptiques.

— Cette guerre est de l'énergie perdue ! Si vous combattez, quel que soit le vainqueur, vos peuples seront affaiblis et vous laisserez le champ libre aux pirates pour envahir ces territoires ! Et j'imagine que, s'ils dérobent tout, vous mourrez à petit feu, et moi aussi. Ne voulez-vous pas que les tempêtes cessent ?

Les deux dirigeants baissèrent les yeux comme deux enfants qui se faisaient gronder. Bathor fut le premier à tendre la main à son adversaire. Le barbare hésita un instant, sourit, puis serra la paume verte devant lui.

— Cette cause est bien plus justifiée ! dit-il.

* * *

Dans l'arène, les cris et les applaudissements devinrent assourdissants, tandis
qu'Aurélie arrachait les plumes d'Icare avec
un sourire pervers. Fier du spectacle auquel
il avait convié ses invités, Vorax suivait avec
fascination le déroulement de la bataille :
dans cette version de David contre Goliath,
le géant l'emportait haut la main, semblait-
il.

— Continue à combattre, Icare ! sanglotait
Mélusine. Essaie quelque chose au moins !

Conscient de cette situation sans issue,
Narcisse ne pouvait prononcer aucune parole
d'encouragement et serrait les barreaux de sa
cage entre ses jointures blanches, le chagrin
lui étreignant le cœur.

Au désespoir, telle une poupée de chiffon,
Icare laissa faire le monstre sans tenter de se
dégager de sa poigne ni de se débattre. Il
avait perdu le combat. Il entendit à peine les
cris de joie de l'auditoire ; seule lui parvint
la voix douce de Mélusine à travers la brume
qui lui embrouillait l'esprit.

La géante végétale referma sa paume, et
Icare sentit les os de ses ailes craquer sous
la pression.

— Non, Aurélie, non! supplia-t-il d'une voix faible.

Cette requête aurait dû attiser les ardeurs de la foule. Cependant, un bruit sourd derrière le portail de l'arène fit taire le public. Un nouveau heurt provoqua des murmures interrogateurs, puis un troisième, des froncements de sourcils. Au dehors, on entendit des cris qui ne rassurèrent guère les spectateurs.

Un garde se faufila entre les grandes portes et se précipita vers la loge d'honneur.

— Sire, nous sommes attaqués!

— Comment? s'écria Vorax, stupéfait. Mais par qui?

— Des barbares! Et des hommes-serpents! Ils viennent d'au-delà des montagnes et il y en a partout!

La rumeur parcourut la foule comme une traînée de poudre et, avec des cris d'effroi, les hommes et les femmes-rats quittèrent les gradins de l'arène et coururent en direction des sorties.

Vorax pinça les lèvres avec mépris. Qu'avait-il bien pu se produire? Son plan était pourtant parfait. Les barbares et les hommes-serpents ne s'entendaient pas, alors ils auraient dû se battre entre eux, pas côte à côte ! Pour l'instant, peu importait, il devait surmonter cette défaite. Il perdrait peut-être l'île de Zachary ainsi que les trésors qu'il y convoitait, mais il avait encore Aurélie. Le pirate empoigna la jeune fille ensorcelée par le bras et lui ordonna :

— Aurélie ! Finis-en avec cet ange pour que nous puissions quitter cet endroit !

Le visage inexpressif, elle allait serrer les doigts quand les portes de l'arène s'abattirent pour laisser passer un énorme animal à fourrure blanche. Le jeune homme qui le chevauchait hurla à pleins poumons :

— Aurélie !

Celle-ci se réveilla de son enchantement en un sursaut, saisie par cette voix familière.

— Zach ? murmura-t-elle.

Une expression de stupéfaction envahit les traits du sosie végétal d'Aurélie. Le monstre relâcha son emprise sur Icare qui roula par terre, puis la géante de lianes se décomposa sur le sol enneigé de l'arène. Aurélie secoua la tête pour reprendre ses esprits, remarqua Vorax à ses côtés et lui cracha au visage. Il soupira :

— Tu es une vraie calamité, chère Aurélie. Hélas ! j'en ai assez de toi !

Le pirate dégaina son sabre brillant et transperça la poitrine de la jeune fille qui hoqueta avant de s'effondrer sur le tapis doré de la loge d'honneur.

23

Un son étrange réveilla Liliane. Seule dans la pénombre de la chambre d'amis chez Aurélie, la petite fille remonta les couvertures jusqu'à son visage. Elle chercha du réconfort et aperçut le chaton Nofrig qui dormait sur son oreiller. Pourtant, cette présence ainsi que les premiers rayons de l'aube qui filtraient sous les rideaux ne lui offrirent que peu de soulagement.

Effrayée par cet environnement inconnu, par les craquements étranges de la demeure et par le coma de son frère, elle sentit les larmes perler au coin de ses yeux. Elle devait voir Aurélie, même si celle-ci se trouvait dans une mission importante dans le monde imaginaire. Peu importe, la fillette avait besoin de se faire consoler.

Prenant son courage à deux mains, Lili sauta du lit et, Nofrig dans les bras, elle marcha d'un pas incertain jusqu'à la chambre d'Aurélie. La porte était close et elle posa les doigts sur la poignée, déterminée à entrer. Puis elle vit une intense lueur rouge filtrer sous le battant. Terrorisée par cette vision insolite, elle serra Nofrig plus fort, tourna les talons et courut se réfugier sous les couvertures protectrices de son lit.

* * *

Sans être parvenu à dormir depuis qu'Aurélie, Icare et Narcisse avaient quitté les quais avec Thazar, Gayoum sautillait de long en large, inquiet. Le projet de la jeune fille tenait de l'exploit et les paroles encourageantes d'Aldroth ne rassuraient pas le crapaud. Il y avait un moment que l'aube s'était levée et il n'y avait aucun signe des voiles de l'*Intuition* à l'horizon.

« Pourvu qu'aucun incident n'arrive… Pourvu qu'Aurélie n'ait aucun mal… » se répétait-il.

En entendant le cri des marins sur le quai, Gayoum leva les yeux. Le ciel s'était brusquement couvert et le reflet rouge qui teintait les nuages n'avait rien de naturel.

— Oh! mon Dieu! Non! murmura le crapaud.

* * *

Baref ouvrit les portes de sa penderie et en examina le contenu les sourcils froncés. Il enfila un pantalon de cuir pour être prêt à entraîner ses troupes à la lueur des premiers rayons du soleil. Si le commandant Kanos était trop abruti pour le faire, il allait leur montrer comment manier une fronde, lui.

Des gémissements attirèrent son attention. Il s'avança près de la fenêtre, scruta les rues du royaume pershir quelques étages en bas du palais et remarqua que les visages des habitants étaient tournés vers le firmament. Il releva la tête à son tour.

— Par le grand caniraz! s'exclama le Pershir.

En voyant ce ciel menaçant, Baref songea à sa reine. Sans se préoccuper d'être torse nu et en chaussettes, le garde du corps de la souveraine s'élança vers les quartiers royaux. Il trouva Majira sur le balcon du palais, qui observait, médusée, la danse des nuages écarlates.

— Ma reine!

— Que se passe-t-il, Baref? s'enquit Majira, alarmée par le spectacle troublant.

Le conseiller pershir se racla la gorge.

— Cela augure très mal, avoua-t-il avec un air douloureux.

— Inutile de m'épargner! De quoi parles-tu, Baref?

— Ces nuages signifient que la reine Aurélie n'est plus.

Majira écarquilla les yeux, atterrée.

— Pour l'amour des étoiles, l'île va donc monter au ciel?

Baref soupira.

— Il y a un moyen de vous en sortir, ma reine. Nous pouvons rapidement vous amener à un bateau et vous pourriez commencer une nouvelle vie sur une autre île.

— Et toi, Baref, que deviendras-tu?

— Je… j'endosserai la décision que vous prendrez.

— Dans ce cas, je reste, trancha Majira. Tel est mon destin.

Baref sourit malgré le chagrin qui voilait son regard.

— Vous êtes brave, ma reine. Votre père serait fier de vous.

— Ah! cesse ces compliments, Baref! Je sais que tu aurais fait le même choix à ma place!

— *O ma kia, o ma koru!* Je suis fidèle

à mes souverains, à la vie et à la mort, acquiesça-t-il.

Le vent se leva et des tourbillons se formèrent entre les nuages chargés d'éclairs, donnant naissance à des tornades qui descendirent du ciel. Tels des tentacules, ces appendices devaient arracher l'île à l'océan du monde imaginaire pour la transporter jusqu'aux étoiles.

Ensemble, les yeux rivés sur le ciel, Baref et Majira attendirent la suite des événements avec courage, malgré leur gorge nouée par l'incertitude.

* * *

Lorsque Aurélie s'effondra sur le sol, le silence fit place aux cris de ses amis. Une main tremblante sur la poitrine, la jeune fille observait sans comprendre le sang qui s'écoulait de sa plaie. Par la douleur profonde que lui infligeait chaque respiration, elle sut que la blessure était sans doute fatale.

Malgré sa jambe de bois, Vorax dévala les gradins et tenta de s'enfuir du côté de la mer. Une fois de plus, il avait tout prévu et un bateau l'attendait. Mais, avant qu'il puisse mettre son plan à exécution et se rendre à l'escalier qui descendait jusqu'aux quais, un cri força le pirate à faire volte-face et il fut confronté au mégacéros qui fonçait droit sur lui. Vorax perdit pied et se retrouva étendu sur le sol, le sabot de l'animal posé entre les omoplates.

Zachary se pencha sur le pirate et arracha le trousseau de clefs qui pendait à sa ceinture.

— Tiens, Rictus, va libérer les prisonniers ! ordonna le jeune homme à son conseiller.

Malgré le poids qui pesait sur son dos, Vorax éclata d'un rire mesquin.

— Ainsi tu as décidé de retourner dans ce monde qui ne veut pas de toi…

— Erreur, Vorax ! Ce monde a besoin de moi autant que j'ai besoin de lui ! Et tu m'as pris la…

La voix du jeune homme se brisa.

— … la personne qui avait traversé le monde imaginaire pour me le prouver ! conclut Zach en réprimant un sanglot.

— Que vas-tu faire ? Me tuer à ton tour ? Tu en es incapable, Zachary, car tu es un faible, lâcha Vorax avec mépris.

— C'est ce que tu crois…

Zach sortit la flèche divine de sa redingote et la leva bien haut, prêt à tuer le pirate.

— Ne l'exécutez pas! cria une voix derrière lui.

Le jeune homme se tourna et fut subjugué par l'ange qui se tenait devant lui.

— Une flèche divine n'opère qu'avec des ordres divins, lui expliqua Narcisse. Ce que vous êtes sur le point de commettre pourrait aussi vous détruire!

— Je m'en fous! Il a tué Aurélie et je veux qu'il aille en enfer!

Au moment où Narcisse retirait de force la flèche des doigts du jeune homme, Vorax en profita pour dégainer son sabre de sa main valide. Le pirate lacéra une des pattes du mégacéros qui bondit avec un râle de douleur.

Vorax se redressa alors et courut en direction de l'escalier qui menait à l'océan. Cela attisa la colère du cervidé géant qui se rua vers le pirate.

Avant que Vorax puisse atteindre son but, l'animal lui heurta le dos de ses bois, l'envoyant plonger la tête la première en bas des deux cent trente-quatre marches qui longeaient la falaise.

Xélia, qui venait d'arriver aux abords de la citadelle avec ses cavaliers sombres, n'eut que le temps d'assister avec horreur à la cascade spectaculaire de son frère.

* * *

Sans se préoccuper de la douleur profonde que lui causaient ses blessures, Icare se redressa et gravit les gradins jusqu'à sa protégée. Les larmes jaillissant de ses yeux noirs, l'ange s'agenouilla auprès de la jeune fille qui respirait avec peine. L'air hagard, elle l'observa et articula entre ses lèvres exsangues :

— Icare, je suis désolée pour tes belles ailes.

L'ange se cacha un instant le visage entre les mains, puis serra doucement la jeune fille dans ses bras.

— C'est moi qui ai tout raté ! Je devais te protéger et… Pourquoi ne t'es-tu pas réveillée avant, Aurélie ? gronda l'ange.

Derrière lui, Mélusine l'entoura de ses bras et le berça. Le cœur en morceaux, Icare continuait à tenir Aurélie contre lui.

— Je voulais compléter cette mission et sauver Zach… Ce n'est pas ta faute, Icare. Est-ce qu'il va bien ?

À son tour, Zachary se pencha sur la jeune fille et lui prit la main.

— Je suis ici…Tu n'aurais pas dû venir jusqu'ici, Aurélie ! Je ne pourrai pas vivre en

sachant que tu n'es plus là à cause de moi !
Tu es ma plus vieille amie ! Je croyais que
nous serions toujours ensemble, que nous
irions manger des beignets et que nous regar-
derions nos bandes dessinées japonaises pré-
férées…

Aurélie sourit.

— Ça m'aurait plu… J'ai froid, murmura-
t-elle en fermant les yeux.

Zach la couvrit de sa redingote et Icare
l'étreignit plus fort. À ce moment, l'ange remarqua que son supérieur observait la scène
un peu à l'écart.

— Fais quelque chose, Narcisse ! N'importe quoi ! Ne la laisse pas mourir comme
ça ! s'écria Icare en pleurant de rage.

Narcisse détourna les yeux, incapable
d'affronter le regard suppliant d'Icare.

— C'est sa destinée, c'est ça ? demanda
Mélusine en essayant de comprendre pourquoi Narcisse ne réagissait pas.

— On s'en fout, de son charabia divin ! Il
est une autorité, il a le pouvoir, sac à plumes !
protesta Icare.

Le cœur de Narcisse se contracta si violemment que l'ange craignit qu'il s'arrête.
C'était la première fois qu'il ressentait une
telle émotion et cela l'alarma au plus haut

point. Il ne pouvait empêcher ces flots de sentiments de le gagner en voyant le corps pâle et inerte d'Aurélie. Bientôt, il n'y aurait plus aucun espoir de revoir une étincelle de vie dans son visage si expressif.

Il savait qu'il ne devait rien tenter et, pourtant, il était désemparé à l'idée de ne plus entendre le rire cristallin et moqueur de cette jeune fille.

Puis Narcisse eut une idée. Une idée qui lui coûterait très cher.

Son cœur se gonfla lorsque ses yeux se posèrent sur la flèche divine qu'il tenait dans les mains. Du bout du doigt, il cueillit une des larmes d'Icare et la posa sur la pointe.

— Qu'est-ce que tu fais ? demanda Icare.

— Le destin existe, mais on peut parfois lui donner un coup de pouce…

Il planta la pointe dans le cœur d'Aurélie. La jeune fille ouvrit les yeux et inspira une grosse bouffée d'air avec une expression ébahie. La flèche dorée fondit sur son corps, et le métal liquide remplit la plaie. Il souda la blessure, ne laissant qu'une marque rouge.

— Aurélie ? s'exclama Icare.

La jeune fille fut accueillie par une pluie de larmes de joie versées par son ange gardien qui se leva ensuite et saisit son supérieur à bras-le-corps, dans une étreinte à lui faire craquer les ailes.

— Merci ! Merci ! Merci !

— Ça va ! grogna Narcisse en le repoussant. Je vais avoir une tonne de travaux communautaires et d'heures supplémentaires à me taper pour ce délit !

24

Un peu en retrait des quais où se ravitaillait le navire de Thazar, l'*Intuition*, Mélusine s'appliquait à poser une attelle de fortune sur les ailes amochées d'Icare.

— Aïe ! se plaignit l'ange.

— Si tu arrêtais de gigoter comme ça, ce serait moins douloureux ! gronda sévèrement la jeune archiviste.

— Il ne me reste que les os et le duvet, tu pourrais m'épargner un peu !

— Tu as le don d'exagérer ! s'exaspéra Mélusine en resserrant les bandages.

Depuis la fin des combats, quelques heures avaient passé et le soleil continuait sa course vers le zénith. Les nuages s'étaient dissipés et une brise chaude et légère soufflait. Sur les flancs des montagnes, ainsi qu'au creux des falaises, la neige commençait à fondre. Il faudrait encore un moment avant que le printemps renaisse, mais l'île retrouverait le climat agréable d'antan.

Un peu plus tôt, Icare, Mélusine et Narcisse avaient utilisé un traîneau tiré par des lévriers des neiges pour ramener Aurélie dans la quiétude et la sécurité du village qu'ils avaient visité au début de leur périple. Zach et Rictus avaient suivi sur le dos du mégacéros, laissant au peuple serpent et aux barbares le soin d'éliminer ou de chasser les derniers pirates de l'île.

Malgré cela, personne n'était parvenu à rattraper le navire à l'effigie du crâne de rongeur qui s'éloignait à l'horizon, et on n'avait pas retrouvé le corps de Vorax non plus. Zach soupçonnait Xélia d'avoir profité du plan de fuite qu'avait élaboré son frère. Les pirates resteraient encore une menace pour les îles du monde imaginaire. Heureusement, celle de Zach s'en sortait presque indemne.

Puisqu'il était déjà tard, tous sentaient que l'heure des adieux était proche et qu'il serait temps de partir bientôt. Les dents serrées, Icare continuait à subir en silence le traitement de son infirmière qui désinfectait ses ailes. Puis il se redressa d'un bloc et prit la main de la jeune femme dans la sienne.

— Mélusine, il faut qu'on parte…

L'archiviste baissa les yeux pour cacher son chagrin.

— Je sais.

Icare enlaça la jeune femme pour s'imprégner de son parfum. Il ne devait pas, mais il ne put s'empêcher d'embrasser ses lèvres douces.

— Est-ce qu'on se reverra un jour? demanda Mélusine en s'accrochant.

— Il ne faudrait pas! Tu es en train de me plumer comme une alouette! rit tendrement Icare.

La jeune femme allait protester, mais il la fit taire d'un dernier baiser. Puis il tourna vite les talons pour s'éloigner, le dos voûté et les mains enfoncées dans les poches. Il ne regarda pas en arrière, craignant de ne plus pouvoir partir s'il voyait l'archiviste. L'ange leva les yeux au ciel:

— Ça va, sac à plumes! Je m'en vais! Pas besoin de m'arracher les trois ou quatre plumes qu'il me reste!

Il continua son chemin et monta à bord du bateau sous le regard embué de Mélusine qui avait le cœur gros.

— Adieu, mon bel ange…

* * *

Aurélie examinait Zachary qui discutait avec Bathor et Morak un peu plus loin. Le jeune homme avait fière allure dans sa chemise à jabot et ses cuissardes. Mais, au-delà de ses habits, Aurélie avait l'impression qu'il avait changé ou qu'il avait vieilli. Était-ce possible en une seule nuit?

Bien sûr, Zach avait vécu des événements extraordinaires dans son monde imaginaire et Aurélie savait à quel point son aventure sur son île l'avait elle-même changée. Pourtant, elle trouvait quelque chose de différent au jeune homme sans pouvoir mettre le doigt dessus.

Bathor et son adversaire finirent par hocher la tête et conclurent leur entente en se serrant la main. Avec un sourire satisfait, Zach les laissa retourner à leurs peuples et revint vers Aurélie.

— J'ai réussi à éviter une guerre et à les pousser à s'entendre! dit-il, fier de lui.

— Ah, comment?

— Le peuple serpent aime les combats, tu as pu le constater…

Aurélie hocha la tête, aussi exaspérée qu'embarrassée.

— Eh bien, les deux peuples vont reprendre le site de la forteresse de glace pour y organiser des duels entre leurs champions. Ça ne les empêchera pas de se battre, mais ça calmera au moins leurs ardeurs de guerre !

— Tu as toujours été un négociateur habile, Zach ! s'exclama Aurélie.

Un ricanement attira leur attention et ils virent Rictus arriver à la hâte, un objet enroulé d'un tissu dans la gueule. À bout de souffle, il le déposa aux pieds d'Aurélie.

— Voici ! Hi, hi, hi ! Le peuple serpent a trouvé ça pour toi en ratissant les pièces de la citadelle, Aurélie !

La jeune fille défit le mouchoir iridescent et découvrit avec joie sa Volonté intacte. Elle l'avait perdue lorsque Vorax la lui avait confisquée et elle avait craint de ne pas la retrouver. Un message l'accompagnait.

Je comprends à présent les raisons de votre fuite, mais nous devrons reprendre notre duel un de ces jours...
Naja Fer-de-Lance

Aurélie rougit, gênée. Elle n'avait aucune envie d'affronter de nouveau la championne du peuple serpent.

— Tu lui diras que je lui concède la victoire, lança-t-elle à Rictus.

La hyène hocha la tête et repartit en courant porter le message.

À ce moment, Thazar annonça de sa voix grave et forte que le navire était sur le point de quitter l'île.

— Tous à bord !

Un silence embarrassé s'installa entre Aurélie et Zach.

— Ça fait drôle de se retrouver ici, affirma le jeune homme. Maintenant, tu connais une partie de moi que personne d'autre ne connaîtra jamais.

— Ne t'inquiète pas, Zach. Ton île ressemble à la mienne… On a dû déteindre l'un sur l'autre à force d'être amis ! sourit la jeune fille, mutine.

— Est-ce qu'on se rappellera tout cela lorsqu'on se réveillera ?

— Ce sera comme un rêve… Nous allons retenir certaines choses et en perdre d'autres. C'est ce qui est arrivé pour moi la dernière fois.

Zach hésita un moment, puis céda.

— Ah ! tant pis !

Il saisit le visage d'Aurélie entre ses mains et posa les lèvres sur les siennes. Ce baiser fut bref et tendre. Devant l'air médusé de la jeune fille, Zachary bredouilla :

— Je… je m'excuse…

Aurélie reprit ses esprits et embrassa le jeune homme à son tour, avec plus d'insistance. Elle n'avait jamais pensé à Zach de cette manière mais, après cette aventure, plus rien ne serait pareil entre eux de toute façon.

La jeune fille se sauva ensuite en courant vers le bateau et ne se retourna qu'une dernière fois pour lancer avec un clin d'œil :

— À bientôt, Zach ! On se verra dans la réalité.

Encore décontenancé par le baiser de son amie, le jeune homme eut un large sourire et lui envoya la main.

Aurélie gravit la passerelle et, en voyant le sourire ironique de ses deux anges gardiens qui avaient suivi la scène depuis le début, elle grogna :

— Ne dites rien !

— J'ai rien dit, moi ! se moqua Icare. Et toi, Narcisse, tu as dit quelque chose ?

Appuyés au bastingage, les deux anges s'esclaffèrent. Puis Icare tourna le dos à son supérieur en enfonçant les mains dans ses poches. Narcisse remarqua ce geste et demanda, l'air suspicieux :

— Qu'as-tu là ? Tu n'as pas sorti les mains de ton jean depuis que tu es monté à bord !

— Rien !

Narcisse attrapa le bras d'Icare, mais l'ange rebelle gardait résolument le poing fermé. Devant l'air contrarié de son supérieur, Icare soupira et, résigné, il ouvrit la paume pour dévoiler une boucle de cheveux bleus. La surprise se peignit sur le visage d'ordinaire stoïque de Narcisse.

— Ce sont les cheveux de Mélusine ! Tu ne peux pas, Icare ! gronda-t-il.

— Laisse-moi tranquille, sac à plumes ! Ce n'est pas de ma faute…

— Ah ! je comprends, à présent ! s'écria Narcisse avec un rire goguenard.

Interdit devant l'attitude de son supérieur, Icare fronça les sourcils. Narcisse souriait à peine, normalement, alors d'où venait ce rire franc ? Celui-ci s'essuya une larme au coin de l'œil et expliqua :

— La flèche que tu m'as prise à la taverne et qui est tombée entre les mains de Xélia… Eh bien, cette femme-rat m'avait assuré qu'elle te l'avait envoyée entre les deux omoplates. Mais voilà que tu es demeuré vivant…

— Oui, et ? s'impatienta Icare.

— C'était la dernière flèche de mon lot sur lequel tu avais mis des philtres d'amour ! Et, ironie du sort, cela s'est retourné contre toi ! Au lieu de mourir, tu es devenu amoureux de Mélusine ! conclut Narcisse en riant de plus belle.

Icare observa la mèche azur au fond de sa main. Ainsi, il s'était berné lui-même ! Pourtant, il n'y avait aucun moyen de reculer. Ses sentiments ne pourraient s'estomper qu'avec le temps, ou encore ils ne disparaîtraient jamais. Dépité, l'ange rangea la boucle dans sa poche, abandonnant son supérieur à son fou rire.

Tandis qu'on déployait les longues voiles diaphanes de l'*Intuition*, une foule s'était rassemblée sur les quais autour de Zachary pour saluer le premier navire qui quittait l'île depuis longtemps. Cela signifiait que la vie reprendrait son cours et que les habitants éprouvés par le froid pourraient enfin retrouver leurs activités d'autrefois. Parmi la foule, Icare reconnut une grande jeune femme à la queue de cheval cuivrée.

— Hé, Narcisse ! Toi aussi, tu laisses des cœurs brisés derrière ! le nargua Icare avec un coup sur l'épaule.

— Je n'ai rien à voir avec cette fille ! C'est elle qui m'a agressé !

— Allez, mon vieux, envoie-lui un signe !

En tant qu'ange, n'es-tu pas censé apporter l'espoir et la joie ?

— Je suis un ange respectable, moi, pas un Casanova ! s'exaspéra Narcisse.

Pour faire taire Icare, il souffla un baiser en direction de la fille. Celle-ci jubila et lui renvoya la pareille.

— Si tu ne parles pas de mon histoire avec Mélusine aux gars d'en haut, je ne mentionnerai pas tes délits, proposa Icare.

— C'est du chantage, ça ! Mais j'accepte… maugréa Narcisse en serrant la main de son élève rebelle.

Le navire s'élança vers l'océan, un requin toujours attaché à sa proue pour éloigner les prédateurs volant dans le ciel.

* * *

Mélusine introduisit son bras dans une brèche de la paroi rocheuse et activa une série d'engrenages. Sous l'œil fasciné de Zachary, la paroi s'écarta et dévoila un corridor dont les murs étaient couverts de peintures représentant différents événements de sa vie.

Le jeune homme s'attarda un peu devant ces fresques, puis suivit Mélusine et Rictus dans une pièce immense surmontée d'un dôme.

— Ta maison sur l'île a été emportée par les tempêtes, mais tu devrais trouver ici un havre où tu te sentiras en sécurité, l'assura l'archiviste.

Zachary entra d'un pas hésitant, les yeux fixés au plafond sans se préoccuper des cercles de métal encastrés dans le sol. Il n'y avait que lui et son conseiller qui pouvaient accéder à cette chambre sans déclencher les nombreux pièges, pensa Mélusine avec un sourire. Puis les yeux du jeune homme se posèrent sur le visage de la statue qui trônait fièrement là.

— C'est... c'est ma mère ! constata Zachary.

Mélusine et Rictus hochèrent la tête.

— Tu peux maintenant remettre le Cœur de l'île entre ses mains, indiqua Rictus.

Zachary grimpa sur les genoux de la déesse et posa l'amulette dans la paume ouverte. En descendant, il fut pris d'un étourdissement.

— Je crois que je suis un peu fatigué.

— C'est normal, le rassura Mélusine. Il est temps pour toi de retourner dans la réalité. Tu es déjà resté assez longtemps dans le monde imaginaire.

Mélusine ouvrit les bras et serra le maître de l'île.

— Au revoir, Zach. Je continuerai à suivre tes aventures avec beaucoup d'enthousiasme.

— Tu veux dire que tu ne connais pas le futur ? demanda le jeune homme avec un sourire coquin.

— Certaines choses… Mais c'est à toi de les découvrir ! répondit Mélusine. Au revoir, Rictus, et tâche de gagner un peu de confiance en toi !

La jeune femme lança un dernier signe de la main et s'engouffra dans les méandres des souterrains de l'île. La dernière fois qu'elle avait effectué ce trajet, elle n'était pas seule…

Maintenant, elle allait rejoindre ses huit sœurs qui l'accueilleraient sans doute avec des cris de joie. Et Clio, la plus casse-pieds, bredouillerait certainement quelques excuses maladroites sur son attitude d'avant son départ. Mélusine soupira. Elle avait hâte, après tout, de retrouver son petit monde, ses lectures et ses manies…

Pourtant, sur le pas de la porte de la Grande Bibliothèque, l'archiviste hésita un peu, puis sortit une grande plume argentée de sa manche. Pouvait-on tomber amoureuse en une seule nuit ? Peut-être bien…

De son côté, Zachary s'étendit au pied de la déesse, les paupières lourdes. Voulait-il vraiment quitter ce monde où il régnait en roi et maître? La réalité n'était pas facile et ne le serait jamais. Cependant, s'il voulait garder cette précieuse île au fond de lui, il devait affronter le quotidien avec détermination et courage.

Il pensa à ce qu'il retrouverait et cela le réconforta. Il y avait Aurélie, bien sûr, mais aussi Lili et son père. Puis il devait des explications à Benjamin, sans parler des mauvais tours qu'il comptait jouer à Annabelle. Il pourrait aussi donner un indice à Jasmine sur la dernière carte de la lecture du tarot. Enfin, un jour il espérait revoir sa mère…

Prêt pour un autre voyage, Zach tendit les doigts et Rictus vint se coucher en boule auprès de lui.

— Je suis là, Zach. Je serai toujours là.

Le jeune homme se laissa alors emporter avec un sourire, sous l'œil tendre de la madone sculptée.

Plus haut, dans la montagne, le mégacéros arrêta sa course entre les pics rocheux et émit un bramement qui n'avait plus rien de douloureux, mais sonnait plutôt comme un cor annonçant une victoire.

* * *

Un léger gémissement réveilla Roch, qui dormait recroquevillé sur sa chaise. Embrouillé par le sommeil, il cligna des yeux et scruta la pièce. Son regard se posa sur le lit où son fils était étendu. Au premier abord, son état ne semblait pas avoir changé. Le sang de Roch ne fit qu'un tour lorsqu'il vit les doigts de Zachary remuer. Il bondit au chevet de son fils.

— Zach ? Zachary ?

Le jeune homme battit des paupières et, les yeux plissés, fixa le colosse qui se tenait à ses côtés.

— Papa ? articula-t-il malgré le masque qui couvrait son nez.

Les larmes jaillirent des yeux de Roch qui soupira de soulagement et serra la main de son fils.

— Oh ! Mon gars… mon petit gars ! Tu es fort ! Je savais que tu reviendrais !

25

Même si le ciel s'était dégagé des nuages écarlates qui l'avaient menacé peu de temps auparavant, Gayoum demeurait anxieux et sautillait le long du quai, les yeux rivés sur l'horizon. Il se faisait déjà tard lorsqu'il vit apparaître les voiles gonflées d'un navire sous le reflet d'un rayon de soleil. Un soupir de soulagement bomba la poitrine du crapaud. La reine de l'île était sauve et l'*Intuition* arrivait à bon port.

Dès que le voilier accosta, le crapaud se précipita pour accueillir les passagers. À son grand étonnement, les anges semblaient en meilleurs termes et Gayoum trouva Aurélie un peu pâle, malgré son visage souriant et détendu. Ces voyages d'une nuit avaient le don de changer ceux qui s'y aventuraient...

Aurélie retrouva son conseiller avec un cri de joie et lui plaqua un gros bec sonore sur la joue.

— Gayoum, c'était fantastique! Nous avons réussi à sauver Zach!

— Et tu as causé toute une frousse aux habitants de ton île! gronda le conseiller.

— Crois-le ou non, c'est grâce à Narcisse si je suis restée parmi les vivants!

— C'est bien… Mais il faut que tu te dépêches! Ta mère ne tardera pas à venir te réveiller! la pressa Gayoum.

Aurélie serra la patte boursouflée de Thazar et le remercia chaudement.

— Ce fut un voyage fort utile pour mon équipage, sourit le vieux marin au visage de phoque, car j'ai l'impression que les cargaisons et les échanges vont se multiplier entre votre île et celle de Zachary.

Aurélie rougit. Elle se tourna vers son ange gardien et, en constatant l'état pitoyable de ses ailes, elle devina que c'était ici, dans le village d'Aberlour, qu'ils se quitteraient. La jeune fille se jeta dans ses bras.

— Je suis désolée pour tes belles ailes d'argent! Si seulement j'avais été consciente de mes actes dans l'arène…

— Voyons, ce n'est pas grave, Aurélie! Je ne blâme personne, c'est ma faute. À force de faire des gaffes, je ne peux pas les garder intactes!

— Elles repousseront, prédit Narcisse. Je vais m'assurer que les autorités d'en haut sachent à quel point tu as réalisé du bon travail.

— C'est vrai ? s'étonna Icare. Sac à plumes ! Tu n'es pas aussi casse-pieds que tu aimes en avoir l'air, sacré chérubin à cornes !

Avec un rire tendre, Aurélie posa son conseiller sur l'épaule d'Icare.

— Gayoum, veille à ce qu'il se soigne !

Puis elle s'adressa à Narcisse :

— J'ai besoin d'un moyen de transport pour me rendre chez moi, dans ma maison au centre de l'île, si je veux me réveiller dans mon lit…

Un sourire étira les lèvres de l'ange qui hocha la tête en ouvrant les bras. La jeune fille contre lui, Narcisse s'élança dans le ciel.

Le port d'Aberlour était magnifique sous le soleil avec tous les bateaux aux voiles blanches qui y naviguaient et les auvents multicolores du grand bazar. Mais, dans la foule bigarrée, Aurélie regarda son conseiller et son ange gardien qui lui envoyaient la main, et c'est le cœur gonflé de chagrin qu'elle laissa de nouveau ses deux chers amis derrière elle.

* * *

— N'avais-tu pas des troupes à entraîner ? Tu sais, tu n'es pas obligé de rester avec moi, Baref ! Je n'ai plus peur et je vais bien !

— J'aime mieux garder un œil sur vous, ma reine ! Ne suis-je pas censé m'assurer de votre sécurité ?

— Je me demande lequel de nous deux a eu le plus peur… Celui qui n'a pas pris le temps de s'habiller et s'est présenté devant sa reine dans une tenue… scandaleuse ? se moqua Majira.

Baref rougit légèrement.

— Là n'est pas la question, ma reine…

Majira redoubla l'ardeur de ses coups de sabre, mais son garde du corps les bloqua sans broncher. Avec habileté, elle feignit des coups et en porta d'autres très efficaces.

Pourtant, Baref les prévit, comme s'il avait des yeux tout le tour de la tête.

— Je me tue à vous le répéter, ma reine, vous ne serez jamais plus forte que moi !

— Espèce de Pershir préhistorique ! Je vais te montrer, moi ! grogna Majira.

Les lames tintaient dans un vacarme assourdissant et le conseiller de la reine ne semblait pas s'essouffler.

— Vous êtes mille fois plus agile et rapide que moi ! Vous devriez vous concentrer sur ces qualités pour me battre !

Sans manquer un seul des coups que lui assenait son élève, Baref remarqua un étrange oiseau passer dans le ciel.

— Ma reine ! Voilà la reine Aurélie et son ange ! Elle est sauve !

Majira leva les yeux, le cœur plein d'espoir, mais son regard s'assombrit lorsqu'elle vit qu'il ne s'agissait pas d'Icare. Baref, lui, se réjouit secrètement de ce constat. La reine haussa les épaules avec un soupir et retourna à son entraînement.

— En garde, Baref ! Je vais te trancher en rondelles et te servir au banquet de la cour !

— Ne croyez-vous pas que ma viande serait un peu coriace pour vos invités ? À moins que vous vouliez les étouffer…

— Un peu de sérieux ! J'ai l'intention de trouver un moyen de te battre avant la fin de la journée ! déclara la reine pershir en ouvrant le combat avec un coup magistral qui surprit son mentor.

* * *

— Lorsque je me suis rendu compte qu'Icare ne revenait pas de sa mission et qu'aucun supérieur ne faisait rien, racontait Narcisse, j'ai cru qu'ils avaient décidé de le laisser où il était, ayant abandonné son cas. Quand j'ai proposé d'aller le chercher, ils ont essayé de m'en dissuader. J'ai insisté et ils m'ont laissé partir. Eux savaient qu'il avait trouvé sa place et ils voulaient que je le constate moi-même.

«Puisque j'étais son professeur, j'avais depuis le début remarqué qu'il avait un immense potentiel. Pourtant, son destin n'était pas de suivre les traces d'un archange modèle. Il est plus humain que la majorité d'entre nous là-haut et il préfère l'action et le contact avec les gens. Je crois qu'il est plus efficace dans le monde imaginaire qu'à mes côtés à se ronger les sangs!»

— Toi aussi, tu as changé, Narcisse! reconnut Aurélie. Tu demeures sérieux, mais tu es moins snob et vaniteux.

— Ce que j'ai vécu cette nuit m'a fait éprouver des sentiments que je n'avais jamais connus! Cela ne facilitera pas mon travail à l'avenir! Je ne dois pas laisser intervenir les émotions dans ma tâche!

Aurélie secoua la tête avec un sourire et

vit, au loin, la forêt d'arbres géants qui encer-
clait sa maison. Elle allait l'indiquer à l'ange
quand une voix dans sa tête la fit sursauter :
« Aurélie ! Aurélie ! »

— Qu'y a-t-il ? demanda Narcisse en constatant la confusion sur les traits d'Aurélie.

Avant que la jeune fille puisse prononcer
un mot, elle se sentit bousculée et fut projetée
hors des bras de Narcisse.

— Aurélie ? hurla l'ange.

Avec un long cri, elle chuta la tête la première vers un des bassins qui entouraient sa
maison et, lorsqu'elle fut sur le point de toucher la surface de l'eau, elle disparut du monde imaginaire sous l'œil médusé de Narcisse.

* * *

— Aurélie ! Aurélie !

Abasourdie, Aurélie reposait sur le plancher à côté de son lit, d'où elle venait de tomber. Liliane se jeta à son cou et la serra à
l'étouffer.

— Aurélie ! Mon père vient d'appeler !
Zach s'est réveillé ! Tu as réussi ! Tu es une
vraie héroïne ! débita la petite fille à bout de
souffle.

Incrédule, Aurélie secoua la poussière

d'étoiles qui la recouvrait et se redressa lentement en observant sa chambre. Ce passage du monde imaginaire à la réalité avait été plutôt violent. Elle remarqua aussi qu'elle tenait quelque chose entre ses mains : sa Volonté !

La jeune fille tenta de la cacher à Lili qui venait, hélas, de l'apercevoir.

— C'est quoi, ça ? demanda la fillette avec curiosité.

— C'est… c'est mon épée. Mais tu ne dois en parler à personne !

Lili glissa le doigt sur ses lèvres comme on tire une fermeture éclair pour signifier qu'elle ne dirait rien.

— C'est trop génial ! Viens-tu, Aurélie ? Ta mère va me reconduire à l'hôpital ! s'exclama la petite fille en quittant la pièce en courant.

Encore embrumée par le sommeil, Aurélie cacha sa Volonté au fond de sa garde-robe et s'assit sur le lit. Que s'était-il passé ? Elle ne se rappelait pas tous les événements de la nuit, mais elle savait au moins qu'elle avait mené sa mission avec succès.

Un bref souvenir lui fit écarter les pans de son pyjama. Là, sur sa poitrine, reposait la marque rouge laissée par la flèche divine qui resterait sans doute tatouée sur sa peau pour toujours…

26

En ce vendredi soir neigeux, Zachary était vautré sur le sofa du salon devant la télévision, une canette de boisson gazeuse dans une main et une manette dans l'autre. Sa cheville encore un peu enflée reposait sur un sac de glace.

Son père travaillait et Zach se sentait seul même si sa sœur lui tenait compagnie. D'ailleurs, Liliane ne pouvait pas rester en place et n'arrêtait pas de le narguer. Elle courait dans l'appartement, voulait le coiffer, le grondait de ne pas être mieux habillé. Zachary l'endurait avec un sourire, sans savoir quel esprit malin habitait sa sœur.

— Laquelle de ces chemises préfères-tu ? Moi, j'aime la bleue ; elle va bien avec tes yeux ! Veux-tu l'essayer ? Je crois aussi que…

— Lili ! s'exaspéra Zach, pourquoi est-ce que tu veux que je change de vêtements ? Nous sommes à la maison et papa ne sera pas de retour avant tard ce soir !

La fillette fit la moue.

— Bien ! Reste ordinaire, dans ce cas-là ! lâcha-t-elle avant de partir en direction de sa chambre.

Zach secoua la tête et soupira. C'était le soir du Bal de neige et il aurait souhaité y être. Cependant, il avait Liliane sur les bras, il n'avait pas de billet d'entrée et il ne pouvait marcher sans béquilles.

Pourtant, il n'allait pas s'apitoyer sur son sort. Depuis sa sortie du coma, beaucoup de choses étaient rentrées dans l'ordre.

À son retour à l'école, on l'avait accueilli en héros étant donné la blessure qu'il avait infligée au nez de Nico. Cela avait eu pour effet de pousser plusieurs de ses copains à raconter au directeur comment ce bourreau terrorisait les élèves de l'école. C'est à ce moment que le directeur avait découvert dans le casier de Nico plusieurs articles volés non seulement à des élèves, mais aussi à des professeurs…

Quelques jours plus tard, Nico avait été définitivement expulsé de l'école puisqu'il n'en était pas à son premier délit. Les membres de sa bande, penauds, avaient cessé d'épauler leur chef.

Le directeur avait aussi fini par dévoiler la raison des examens de logique qu'il avait fait passer à Zachary. Il s'agissait de tests de quotient intellectuel, et Zach avait obtenu le résultat phénoménal de cent quarante, ce qui signifiait qu'il avait une intelligence bien au-dessus de la moyenne. Malheureusement pour le jeune homme, cette note avait confirmé au directeur que ses mauvais résultats scolaires n'étaient pas justifiés. Zach devrait désormais travailler plus fort...

Enfin, Jasmine avait prédit le destin du jeune homme à l'aide du tarot. Dans son jeu, il y avait une papesse qui guidait Zach vers un nouveau départ. Zachary avait trouvé un air familier à la femme représentée sur cette carte : elle avait des cheveux bleus, une soutane blanche et tenait un parchemin roulé sur ses genoux. Et, il en convenait, les derniers événements laissaient présager que la vie du jeune homme prendrait un nouveau virage.

Malgré tout, cela ne l'avait pas empêché de se retrouver seul un soir de fête.

La sonnette retentit et Lili poussa un cri qui força Zach à se boucher les oreilles.

— C'est pour toi ! Je sais que c'est pour toi ! chantonna la petite fille en sautillant dans le salon.

Avec un grognement, Zachary attrapa ses béquilles et clopina jusqu'à la porte. Celle-ci s'ouvrit sur Aurélie, radieuse dans une robe sertie de minuscules étoiles brillantes. Surpris, le jeune homme bredouilla :

— Aurélie ? Qu'est-ce que tu fais ici ? C'est le Bal de neige ce soir, non ?

— Oui, mais les membres de la bande et moi avons convenu que ce ne serait pas amusant si tu n'étais pas là ! déclara-t-elle en désignant l'escalier.

Zachary baissa les yeux vers la rue et vit ses amis Benjamin, Annabelle et Jasmine qui le saluèrent d'un signe de la main.

— Je garde Lili, je ne peux pas partir, dit Zachary à contrecœur.

— On a tout prévu ! Janie va me conduire au travail de papa, lança fièrement la fillette. Arrête de rouspéter et mets ton manteau ! Vite !

— Vous avez tout organisé dans mon dos ? s'étonna Zach.

— C'est comme dans *La belle au bois dormant* et, moi, je suis ta fée marraine ! se réjouit Lili. Et Aurélie est… le prince !

Aurélie rougit et entraîna la fillette à l'extérieur.

— Allez, espèce de fée ambulante ! Cesse

de babiller et monte dans la voiture qui t'attend en bas !

Lili gloussa et descendit les marches quatre à quatre.

— Te sens-tu assez en forme pour aller à cette danse ? demanda Aurélie.

— Ouais, mais avant de partir, je voulais te poser une question…

— Quoi ?

— Avant de me réveiller de mon coma, j'ai fait un rêve étrange. Il y avait une archiviste aux cheveux bleus, une hyène névrosée, des anges, des pirates… Tu y étais, toi aussi, et tu avais traversé un océan pour venir m'aider…

Zach ne savait pas où il voulait en venir avec sa question. Ce rêve était si frais dans sa mémoire qu'il se demandait s'il y avait des chances qu'il soit réel. Puis il se tut lorsque ses yeux se posèrent sur une marque rouge au creux de l'encolure de la robe d'Aurélie, près de son cœur. Celle-ci se contenta de sourire et dit :

— Je suis contente que tu aies décidé de revenir parmi nous… Tu viens ?

Zachary l'observa descendre l'escalier. Il songea que si Aurélie avait vraiment affronté les menaces qu'il avait vues dans son rêve pour le sauver, peut-être était-il possible qu'elle nourrisse à son égard des sentiments plus forts que l'amitié…

La réponse à cette question, seul le temps pourrait l'apporter.

Guide
de
survie

Grotte du
mégacéros

Campement
de Xélia

Port de l'île
(Sperare)

Carte de l'île
de Zachary

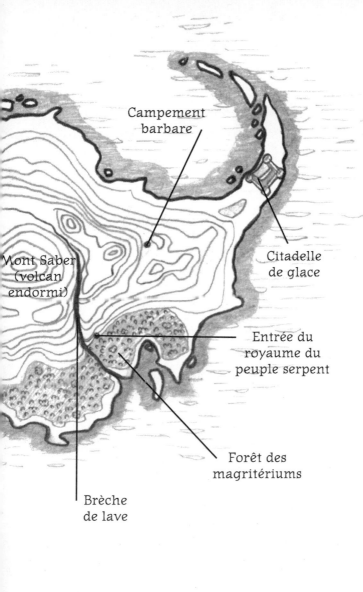

Campement
barbare

Mont Saber
(volcan
endormi)

Citadelle
de glace

Entrée du
royaume du
peuple serpent

Forêt des
magritériums

Brèche
de lave

Extrait de *Théories et voyages dans l'imaginaire :*
comment prendre le contrôle sur le monde de vos
rêves, du père Ambroise Chevalier, publié en 1937 :

(...) Alors que certains tendent à interpréter les rêves d'un point de vue strictement physiologique et d'autres comme des prémonitions, mes récentes rencontres m'ont fait découvrir qu'à l'intérieur de chaque individu se situe un monde à la fois riche et complexe, bien différent de la vision réductrice de mes congénères. M. Yin Wong, que j'ai eu le plaisir de connaître lors de mon expédition dans le sud de la Chine, est un spécialiste des rêves et descend d'une lignée d'onirologues qui ont su transmettre leurs connaissances au fil des générations. Au moment de ma visite, lui-même s'appliquait à apprendre les rouages du monde imaginaire à ses quatre jeunes apprentis.

Bien qu'il préférât garder secrète la formule de poudre permettant de basculer dans le monde imaginaire, il était très intéressé par mes études et m'a permis d'expérimenter le passage moi-même. À l'aide d'une lanterne écarlate tissée de fils d'or, dans laquelle fut versée une mystérieuse poudre scintillante, mon sommeil s'est trouvé transformé. Je ne subissais plus les événements se déroulant dans mes rêves et j'avais un parfait contrôle de mes pensées ainsi que de mes gestes.

À mon réveil, hélas, je n'avais pu retenir tous les éléments aperçus lors de mon escapade nocturne. Mais ce que je savais à présent, c'était que le monde intérieur de chacun prenait l'aspect d'une île dont la configuration, l'état et les habitants étaient en rapport direct avec le tempérament de son hôte. M. Wong m'a par la suite aidé à traduire ce que j'avais vu pour que je puisse poursuivre mes recherches.

Les liens entre le rêve et la réalité

Lors de la visite de mon île, j'ai constaté qu'il y avait des liens surprenants entre le monde des rêves et le monde réel. Pour commencer, l'environnement en dit beaucoup sur l'état d'âme de l'hôte. Puisque mon île est couverte de champs dorés et habitée par des gens paisibles et chaleureux, cela signifie que je vis en paix avec moi-même. En revanche, une île ravagée par les tempêtes ou enfouie sous la neige démontre que l'insulaire jongle avec des problèmes existentiels dans la réalité. Une île volcanique indique que l'hôte renferme énormément de colère.

Les personnages

Les personnages rencontrés dans ces mondes sont, quant à eux, dotés de vertus qui traduisent certains traits de caractère de l'hôte. Par exemple, un valeureux guerrier peut démontrer le courage, la discipline. Des habitants faibles et effrayés illustrent le manque de confiance ou une mauvaise influence sur le maître de l'île. Si ce dernier ne nourrit pas son imaginaire ou vit des moments de profonde détresse psychologique, il se retrouvera avec une île dépeuplée et sans ressources. D'ailleurs, les habitants de l'île sont à la source de l'inspiration et de la capacité créatrice de l'hôte.

Il est à noter que ces personnages ne doivent pas entrer en contact avec la réalité. Cela menacerait l'équilibre des mondes. La réalité nourrit l'imaginaire, et non le contraire...

La mémoire

La mémoire, elle, prend une place particulière sur l'île: chacun possède sa Grande Bibliothèque où sont archivés ses souvenirs depuis la naissance. Ces documents sont classés dans un nombre d'allées équivalent à l'âge de l'hôte. On dit aussi que le gardien des lieux connaît la longévité du maître de l'île, car il sait le nombre d'allées qu'il reste à remplir... Un insulaire n'ayant pas de Grande Bibliothèque, ou dont celle-ci a été détruite, souffrira de troubles psychotiques qui peuvent résulter en une catalepsie dans la réalité.

La volonté

Dans certains cas, un hôte développera des pouvoirs particuliers dans son monde intérieur. On appelle cela « la Volonté » et elle se manifeste sous la forme d'une arme fabuleuse autant que d'une aptitude prodigieuse. Elle témoigne justement de la volonté d'un insulaire à surmonter les obstacles lors de son cheminement intérieur.

Enfin, lorsqu'un hôte décède, son île est transportée vers le firmament où brillent les mondes intérieurs passés.

L'océan imaginaire

Une facette intéressante de cet univers est l'océan sur lequel il repose. Les îles possèdent en général un port où les bateaux transportent des cargaisons vers d'autres mondes. C'est ainsi que les relations entre les individus sont assurées. Je n'ai pas eu la chance d'accomplir pareil déplacement, mais il semble qu'il soit possible pour un insulaire de visiter l'île d'une autre personne. Si les cas recensés sont rares, on raconte qu'à l'éveil des deux individus leur rêve est le même, et les liens qui en résultent sont indissolubles.

Les contacts établis par les navires seraient gérés, eux, par un centre nerveux connu des navigateurs comme étant les «Archives interspirituelles». Ce bâtiment caméléon, qui se confond avec l'eau, garderait en banque tout ce qui concerne les liens interpersonnels.

Les pirates

Les mers du monde imaginaire ne sont pas sécuritaires. Nombre d'êtres menaçants s'y promènent, tels que les pirates, d'obscurs hommes-rongeurs qui écument sans pitié îles et vaisseaux.

Par le passé, certains insulaires ont traité avec ces êtres sombres pour obtenir des faveurs et soutirer des éléments des autres îles. Cette pratique n'est pas recommandée et est considérée comme dangereuse. Les pirates n'exécutent aucun travail sans ensuite demander un prix faramineux...

M. Wong m'a appris que, pour entrer en contact rapide avec les pirates, il s'agit de tracer, sous son lit ou sous la pièce où l'on dort, une étoile à cinq branches avec, en son centre, un croissant de lune. Si vous voulez visiter l'île d'une autre personne, il faut placer sur ce pentacle des objets lui ayant appartenu. Bien que cela paraisse inoffensif, on dénombre plusieurs disparitions d'individus reliées à ce rituel.

On raconte aussi que les pirates prolifèrent depuis le début du siècle pour une raison encore inconnue. Cela pourrait démontrer que de plus en plus de gens cèdent au désespoir et à la peur, et que l'imaginaire collectif s'effrite.

M. Wong explique que, malgré l'invasion du monde imaginaire par les pirates, leurs troupes sont divisées. Une prophétie millénaire annonce par contre l'arrivée d'un être qui aura le pouvoir de rétablir l'équilibre. L'avenir nous reserve peut-être un peu d'espoir.

D'ici là, il est essentiel de poursuivre les recherches sur le sommeil et les rêves. Je suis certain que, grâce à eux, nous pourrons mieux comprendre l'esprit humain.

Les personnages

Aldroth

- Taille: 1 m 62.
- Poids: 90 kg.
- Archiviste de la Grande Bibliothèque d'Aurélie, il sait tout sur la jeune fille… même les choses dont elle n'est pas consciente.
- Il provient d'un dessin maladroit de dinosaure qu'Aurélie avait fait à l'école primaire.
- Astucieux et érudit, il connaît tout des personnages et des langues de l'île, ainsi que du monde imaginaire en général.
- Vertus: la connaissance, la clairvoyance.

Aurélie

- Taille: 1 m 70.
- Poids: 50 kg.
- Elle est vive, généreuse et courageuse. Elle a aussi un petit côté moralisateur, et elle nargue souvent Icare.
- Elle raffole des bandes dessinées japonaises, des beignets, des sushis, des dinosaures et des montagnes russes.
- Elle a le pouvoir d'accéder à son île en traversant les miroirs, de faire pousser les plantes, et a acquis son épée de Volonté, une épine de rose géante, dans la gueule d'un dragon des sables.

Bator

- Taille: 1 m 70.
- Poids: 85 kg.
- Souverain du peuple des hommes-serpents de l'île de Zachary, c'est un dirigeant sage et chaleureux, prêt à tous les sacrifices pour les siens.
- Vertu: la force d'esprit, l'intelligence.

Gayoum

- Taille: 20 cm de haut, orange.
- Mort d'engelures derrière la maison de la grand-mère d'Aurélie il y a plusieurs années, il est maintenant le conseiller du monde imaginaire de la jeune fille.
- Crapaud calculateur et à l'esprit logique, il est un excellent négociateur. Même s'il a tendance à être angoissé, sa détermination est immense.
- Il adore les mouches marinières bien grasses.
- Vertu: la raison.

Icare

- Taille: 1 m 93.
- Poids: 45 kg (il a les os creux, ce qui le rend très léger).
- Ange rebelle et désobéissant, il a été envoyé dans le monde imaginaire pour remplumer ses ailes.
- Malgré son sale caractère et son arrogance, il est vaillant et dévoué.
- Il aime l'hydromel, les cigarettes et les parties de cartes très risquées.
- Il a acquis son épée, la Volonté, au cours d'un combat contre un caniraz.
- Il s'exclame souvent: «Sac à plumes!»
- Vertus: l'impulsion, la liberté d'esprit.

Majira

• Taille: 1 m 78.

• Poids: 60 kg.

• Princesse du royaume pershir, elle est déterminée à gouverner son peuple malgré le désaccord de son père, Otodux.

• Rebelle aux coutumes des siens, elle déteste les parures de cérémonie et les banquets de la cour. Elle préfère les combats de sabre et les excursions en montagne.

• Malgré son côté impulsif, elle est très brave et responsable.

• Elle a un faible pour Icare et aime bien détester Baref, celui auquel elle a été promise.

• Vertus: la détermination, le courage.

Le mégacéros

• Animal unique habitant l'île de Zachary, ce cervidé représente son hôte, ses états d'âme, ses humeurs et ses craintes. La forme qu'il prend et sa couleur traduisent les sentiments du jeune homme.

• Par sa force et sa prestance, le mégacéros impose le respect et l'ordre chez les peuples de l'île. Par contre, lors des mauvais moments, il terrorise et sème le chaos.

• L'animal a une étoile de poils noirs sur le front, synonyme des forces du mal qui menaceront à jamais de planer sur Zachary.

• Vertu: la force vitale.

Mélusine

- Taille: 1 m 73.
- Poids: 57 kg.
- Archiviste en chef de la Grande Bibliothèque de Zachary, elle et ses huit sœurs connaissent le passé, le présent et un peu le futur de leur hôte.
- Belle et savante, elle se sent isolée sur l'île de Zachary et a tendance à vouloir s'évader de son quotidien. Ainsi, elle aime la musique, la danse et les fêtes.
- Même si elle ne peut se le permettre, elle est amoureuse d'Icare et garde une de ses plumes en guise de porte-bonheur.
- Vertu: l'amour inconditionnel.

Morak

- Taille: 1 m 95.
- Poids: 115 kg.
- Chef du clan des barbares de l'île de Zachary, il est plus doux et sensé que ne le laisse croire sa rudesse apparente.
- Vertu: la force brute.

Narcisse

- Taille: 1 m 76.
- Poids: 55 kg (comme Icare, il a les os creux).
- Supérieur d'Icare, cet ange s'est donné pour mission de ramener son apprenti au ciel.
- Beau comme on imagine un ange, il est froid et hautain. Pourtant, sous cette carapace se cache un être plus humain qu'il n'y paraît.
- Porteur de flèches divines, il a le pouvoir de décider du destin des êtres terrestres et imaginaires. D'ailleurs, son habileté pour tirer à l'arc est insurpassable.

Rictus

• Hyène bleue et hirsute ayant été l'animal en peluche préféré de Zachary dans sa jeunesse.

• Conseiller de l'île de Zachary, il est complètement dévoué et loyal à son maître.

• Névrosé et complexé, il aurait intérêt à avoir plus confiance en lui-même.

• Il a tendance à ricaner au mauvais moment, ce qui irrite les autres. Cette manie est causée par sa nervosité excessive.

• Vertu: la loyauté.

Vorax

- Taille: 1 m 82.
- Poids: 75 kg.
- Jeune roi dirigeant un empire d'hommes-rats, il a l'ambition de bâtir le plus grand port de pirates du monde imaginaire.
- Son assurance et son charme masquent le fait qu'il est manipulateur et impitoyable.
- Il a un goût prononcé pour le luxe et les cérémonies.
- Il connaît plusieurs enchantements pour contrôler le sommeil et les rêves, ce qui le rend très puissant.

Xélia

- Taille: 1 m 65.
- Poids: 55 kg.
- Petite sœur de Vorax, elle caresse les mêmes ambitions que lui.
- Belle et envoûtante, elle se sert de son charme pour obtenir ce qu'elle veut.
- Elle possède une ménagerie de créatures exotiques qu'elle trouve sur les îles qu'elle visite.
- Même si elle ne détient pas les pouvoirs de son frère, elle est extrêmement intelligente et ne se laisse pas berner facilement.

Zachary

- Taille: 1 m 80.
- Poids: 70 kg.
- Grand ami d'Aurélie, ils se connaissent depuis l'école primaire et partagent plusieurs intérêts.
- Espiègle et un peu rebelle, il sous-estime par contre sa vive intelligence. Sensible, il se laisse souvent aller à son côté sombre.
- Ses émotions sont directement reliées à celle du mégacéros, ce qui peut soit le rendre très puissant, soit menacer la quiétude de son île.

Lexique pershir

Akri: Croire
Alasto: Maintenant
An: De, en
Anos: Ardent, vif
Aura: Lumière
Az: Être
Babril: Parler, dire
Bar: Fils, garçon
B'az: Tu es
Bi: Tu, toi, ta, te, ton, tes
Bin: Bien, bon
Binira: Bonjour, salutations
Biz: Vous, vos
B'zan: Tu as
Canid: Dent
Cluff: Mieux, meilleur
Crusto: Insecte
Detars: Refuser, empêcher
Drakos: Pirates, brigands, voleurs
Dux: Puissant, fort
Fidar: Dominer, subjuguer
Fim: Faire
Fir: Plus
Iko: Là-bas, loin
Inn: Non
Ira: Jour
Ita: Ici

Kan: Feu

Kia: Vie

Koru: Mort

Koshi: Courage

Koshiar: Encourager

La: Ça, ce, cet, cette

Laz: Ces

Li: Oui

Liah: Belle, précieuse

Ma: Il, elle, le, la, un, une

Maji: Étoile

Maz: Ils, les

Mina: Fille

Moor: Regarder, observer

Na: Ou

Naki: Merci

Ni: Ne

Nir: Moins

Oto: Sabre

Pishar: Village, communauté

Po: Pas

Rag: Roi

Ragna: Reine

Ragnar: Royaume

Raki: Toujours

Raz: Aiguisé, coupant, tranchant

Ref: Nuit

San: Jamais

Taf: Mal, mauvais

T'az: Je suis

Te : Que
Tea : Qui
Te'az : Qu'est-ce, qui est-ce
Tiban : Penser, songer
Too : Je, moi, ma, me, mon, mes
Tooz : Nous, nos
T'zan : J'ai
Zan : Avoir

Quelques noms et leur signification...

Baref : Fils de la nuit
Caniraz : Dents coupantes
Kanos : Feu ardent
Majira : Étoile du jour
Utodux : Sabre puissant

Parus à la courte échelle, dans la collection Ado

Ginette Anfousse
Un terrible secret

Chrystine Brouillet
Série Natasha :
Un jeu dangereux
Un rendez-vous troublant
Un crime audacieux

Denis Côté
Terminus cauchemar
Descente aux enfers
Série Les Inactifs :
L'arrivée des Inactifs
L'idole des Inactifs
La révolte des Inactifs
Le retour des Inactifs

Marie-Danielle Croteau
Lettre à Madeleine
Et si quelqu'un venait un jour
Série Anna :
Un vent de liberté
Un monde à la dérive
Un pas dans l'éternité

Sylvie Desrosiers
Le long silence
Série Paulette :
Quatre jours de liberté
Les cahiers d'Élisabeth

Véronique Drouin
Série L'archipel des rêves
L'île d'Aurélie
Aurélie et l'île de Zachary
Aurélie et la mémoire perdue

Magali Favre
Castor blanc, éternelle fugitive

Carole Fréchette
Carmen en fugue mineure
DO pour Dolorès

Bertrand Gauthier
Série Sébastien Letendre :
La course à l'amour
Une chanson pour Gabriella

Charlotte Gingras
La liberté ? Connais pas…
La fille de la forêt

Marie-Francine Hébert
Série Léa :
Le cœur en bataille
Je t'aime, je te hais…
Sauve qui peut l'amour

Sylvain Meunier
Piercings sanglants

Stanley Péan
L'emprise de la nuit

Maryse Pelletier
Une vie en éclats

Francine Ruel
Des graffiti à suivre…
Mon père et moi

Sonia Sarfati
Comme une peau de chagrin

Achevé d'imprimer en janvier 2007 chez Gauvin, Gatineau, Québec